洪範文學叢書㊽

# 十五篇小說

王文興

洪範書店印行

# 序

王文興

我的一些舊書之遲遲未能再出，舊稿之遲遲未能出書，都是因爲的我懶於校對的緣故。校對之無聊，世上可是罕有一事堪與相比的。校對是件標準的缺涵創作力的工作（創作力早在創作本身中已表現過）。尤有甚者，牠更是缺涵創作力工作中的最乏味者。其他種種，就說賣郵票吧，你說牠也缺少創作力（——除非一塊錢的郵票私自以一塊半賣出），但也都還有趣味，你可以看到形形色色的，芸芸衆生的人（至少形形色色的手）。工廠裏裝配線上的工作吧，——你一輩子，的確，只絞同樣的一顆螺絲釘——但是，你的腦筋還是自由的，你可以海濶天空，遨遊太虛，想得你不知所之。校對不然，當其時，你見不到任何人的臉，你連思想都無法自由——你只能全神貫注在一隻隻黑蜘蛛上，仔細檢查看是否隻隻相似。你變成一個眞正的奴隸：——服勞役的奴隸，加上一無思想自由的奴隸。換句話，你是部機器，——一部每一句話喃喃讀兩遍的機器。

不懂爲什麼，在連打蛋，刷牙，都已經有了機器的今天，竟無眞正給人以方便的校對機器。由於沒有這種校對機，使得這本書——由於我不樂意權充機器人——一拖再拖，延遲了三個月才出書。

「十五篇小說」是我的兩本舊作，「玩具手鎗」和「龍天樓」，的合訂本。最早的一篇，「玩具手鎗」，寫成於廿年前。重看這十五篇舊作，首先令我驚嘆的是時間飛度之快。在我初寫頭幾篇時，我對文學生活充滿了綺想，以爲「廿年後」，說什麼一定已經著作等身了。書也不知道讀完多少本了。總之，我那時把廿年，看成有「大半個人生」那麼長。眞想不到，今天回首顧盼——這「大半個人生」已成過去了。我讀過的書，不到當時預期的五分之一，寫成的書，至多也只五分之一。對於數目之沒有到，我倒不後悔——我覺得我就該讀這麼少，就該寫這麼少。當年的估計，只是少年時期的非非之想而已。但是，對於當時所認爲的「大半個人生」，——恐怕眞的是「大半個人生」——而這「大半個人生」眞的過去了，——眞的過掉了。今天，要讓我來想一想以後的廿年的話，我自然會現實許多——大約我只會想到要看過去廿年所看數量的書，出過去廿年所出數量的書。乃至，甚或更少些。我重讀舊作的另一個感歎是，我有幾分欽佩我當時的文學勇氣，我現在感覺頗爲慚愧，我今天的「文學良心」大不如前，不及從前正直。「母親」，「草原底盛夏」——尤其「草原底盛夏」——是可以使我掛幾許微笑的篇作，管別人怎麼想，愛怎麼寫怎麼寫。凡故事，人物，心理，全部去牠的。我如今後悔自這兩篇以後，志節不堅，常顧慮到別人懂不懂，同不同意。我多多少少出賣了自己。無論如何，我以後的小說，顯得加重了故事的成份，那，不可否認的，都是「迎合大衆趣味」的一個軟弱缺點。

這十五篇小說，我各做了一些修改。多半在文字和標點的方面。但是，有兩處，在內容方面的，我願意在這裏先提一提。這兩處都是我十多年來一直縈繞於懷，想要把牠改過來的。一處是，「黑衣」中，秋秋初見黑衣人時，說的：她怕他，怕他穿的這一身黑衣服。改成：她不喜歡他穿的這一身黑衣服。理由在，假若眞出於害怕的話，秋秋以後便沒有勇氣同他相抗。最初寫這處時，我就已經陷入兩難中，但那時候覺得，害怕之後的對抗 ，不是不可能。害怕的程度若不大，仍舊是有可能對抗的。而，其時 ，我更注重「怕」一字的內在含義，我希望用這個「怕」字，可以隱喩靈魂對「邪惡」基本的畏懼意思。而如今，想想，覺得倒是平易近人些的好——由厭惡，轉為對抗，畢竟較因害怕而對抗要平易近人一些。是故寧可犧牲了較深一層的隱喩靈魂基本的涵義。

另一處，在「龍天樓」，最後一句，自「整座樓沒進暗影中」，改為「整個樓面落進暗影中」。當初也是過度注重內在的象徵一面的意思。仔細讀的話，都可讀出先前的語病，若要整座樓都沒入暗影中，除非還有一座更高的樓在牠的背後擋住。一旦修改過困擾了我十多年的問題，就像治好了十多年的痼疾一樣，頓然輕鬆許多。

但是，還有一件痲煩的事情要做，我還得等着去校對這一篇序文。

一九八〇年八月十日

# 再序

寫這一篇再序，又是廿年後了。關於廿年，我的感言已經寫過，今不必再寫，因看法仍一樣，我是說，第二個廿年，我仍覺時光飛快，我未讀多少，未寫多少，其他，對我舊作的看法，今我的所見與前文也一樣。但有一處，——有一處——我要聲明一下，我非常的抱歉，非常非常抱歉。「龍天樓」的最後的一句，我又改回去了。還是「整座樓沒進暗影中」。從行人的觀點，雖只看到樓面，但仍覺整座樓沒進暗影中。我責怪廿年前我多事，我的修改實可曰「深求反失」。我該罰站。

王文興

二〇〇〇年九月卅日

# 目次

# 玩具手槍

……for destruction ice
Is also great
And would suffice.
——Robert Frost *"Fire and Ice"*

六點鐘時，無邊無際的黑暗，像潮湧一般，鯨吞了整座臺北市。天氣冰冷，一觸到肌膚，就跟鋼鐵一樣，冷得似乎具有一種刻骨的、腐蝕性的破壞力——也就像化學實驗室裏用的強酸溶液。

仁愛路二段的尾端，一條寂靜的巷子中，這時忽然出現一條人影。這人影，疾步潛入一座築有高牆的巨宅，因爲大門虛掩，他不曾驚動任何人。人影繼續向內侵入，他推開房屋的紗門，脫了鞋子，踏上地板，沿着一條狹長的走廊筆直往裏穿，直趨廊底。最後，他停在廊底客廳的門口。他站在那兒發怔，不復再向前移一步。

首先，他被室內一股溫暖的氣流迎面沖得微醉似地昏眩起來。等他稍微恢復後，他發現這是一所忽然開豁，極寬敞，極高大的客廳。天花板下吊着幾門昏昏陶陶，關在白玻璃缸裏的電燈。在昏黃不亮的光線之下，客廳呈一片火紅色；地板是紅漆的，天花板也是棗紅色，甚至沿着窗子一一拉上的大幅窗帘也是火紅的。廳中情形異常混亂，除了聽到跡近瘋狂的搖滾樂之外，還有嗡嗡不停的人聲。只見到處都是人，坐着擠在沙發上的；站着靠在牆上的；倚在椅背上的；還有坐在地板上，斜躺在地板上的。桌子和椅子，方向也都搬歪了，酷似逃難時火車站裏的情形。然而他們絲毫沒有焦灼不安的現象，倒好像是安之若素，看來似乎只有這種混亂才能給他們的精神帶來舒適的休息。

這闖入者是一個年輕人，矮個子，身材瘦弱，渾身上下，被衣服包裹得密不透風。頸子上，纏着一條黑格子紅圍巾；上身，穿一件黑皮夾克，拉鍊從底一直拉到頂；下身，穿一條黑呢西裝褲。「我遲到了！」他心裏說，雙手插在夾克口袋裏，垂着蒼白的臉，微喘着氣站在門口，陰鬱地向裏望。

後來，他們發現他了，大家齊聲用一種這一代青年慣用的調笑方式，一種沒有字意的怪叫，來招呼他。然後有一個走上前跟他握手，這是主人馬如霖。接着，許多人都伸出手來和他握，不過他彷彿不太自在，不甚自然地微笑着，被動地把手伸給他們。一一握過手後，出來一個身材高大的青年，寬濶的肩膀，穿一件白襯衫，打一根印有紅薔薇的領帶，看來像是一個運動員。他對這位瘦小青年的歡迎方式與別人不同。他一把抓住這瘦小青年的肩膀，猛烈地搖撼他，對他說道：「啊！你怎麼越來越清秀了。」這話引得大家哄笑起來。這瘦小的青年聽了之後，面露不快之色。然後，主人領他到一個牆角落去，那裏有一張椅子，這瘦小的青年就坐了下來。

這是慶祝馬如霖生日的聚會，馬如霖請了他中學時代的同學，來他家吃晚飯。剛才進來的青年，名叫胡昭生，是一個埋頭用功的文學院學生。搖撼胡昭生的那個高大青年，名叫鍾學源。鍾學源是個籃球選手，儘管他不唸書，言詞粗俗，但是無論在甚麼地方總是風頭最健的人物。

當時，他們誰也不曾察覺到坐在角落裏的胡昭生底臉色不太愉快。現在胡昭生正坐在角落裏，爲着剛才鍾學源說的一句話不舒服着。他們誰也沒有想到這話會重重刺傷胡昭生的自尊心。胡昭生忌諱別人取笑他的弱點，尤其是譏笑到他的體質衰弱時，他渾身都會發起燒來。鍾學源不但說了一句使他發燒的話，抱着他的肩膀，猛力搖撼他，更使他感到奇窘無比。胡昭生認爲，這是充滿了輕蔑性的侮辱。當時，他曾經想用力推開鍾學源，然而又怕別人看見，只得輕輕地滑脫他的手。他不知道大家看見他那滑脫的動作沒有。希望他們沒有看見。希望大家不會像他一樣，認爲鍾學源的話是一種對他的侮辱。可是他記起來，分明聽見他們的哄笑聲。那麼大家是知道他的受辱了？想到這裏，胡昭生不禁焦灼得坐直起來。

胡昭生掉在羞憤的沉思裏，眼睛凝視前面，一霎也不霎，有人在他面前來來往往走過，可是他都視而不見。後來他咬着手指甲。十根指頭上的指甲，都早已被他咬得只剩半片，而他還喀嗒喀嗒地咬着指甲根。

五六分鐘後他放下濕濡濡的手指頭，把兩手都納進衣袋裏，長長的舒了一口氣。他初次從角落裏放眼看一看客廳中的情形。靠近他的，是兩桌打橋牌的人，地板上撒滿了水果糖，茶杯也都擱在地板上。他立刻聯想到馬如霖沒有倒茶給他，好在他看見地板上的茶杯只有一兩隻，就想可能是誰要茶的自己去倒吧。打牌的過去，以一條長沙發爲中心，是一羣聊天的人，正在呵呵地放聲大笑。他記起來，他們的笑聲一直就沒有間斷過。其中有六個人擠在長沙發裏，有一個還坐在另一個的膝頭。其他的兩人共坐在別的單人沙發裏，有的坐在地板上，有的站着。他們的背景是像舞臺幕似的大紅窗帘。不打牌也不聊天的人，就圍在唱機周圍選唱片，或是細查這部新唱機的外觀與構造。還有幾個也不聽唱片，只在紅窗帘前走過來走過去。胡昭生覺得眼前這情景很像夢境，他好像掉在夢裏面了。他把這像夢境的特點記在心裏，準備回家後記進他的扎記簿中。

忽然，他想回家。他感到停留在這裏，簡直就是浪費時間。他看一看錶，現在六點一刻了。要是他在家的話，這時已經吃晚飯，七點鐘時，就可以關上房門，坐在書桌前，攤開書，開始他每天閱讀卅頁的例行工作；或者，有時拿出筆來寫一寫扎記。像這樣直到十一點，整整四個鐘頭，都屬於他的。可是今天晚上是註定浪費了。一本艾里亞特的詩選，現在正躺在家中的書桌上等他哩！他眞希望能立刻回去打開來讀。這些人——他們有太多的時間用來揮霍。一到放假，他們成天都在喊：「無聊無聊，不曉得怎麼打發時間好！」而他可不同，他只覺得在和時間賽跑；恨不得一把抓住時間，別讓一天過得那樣快。但是現在，他只好眼睜睜地看着時間溜走。本來他是不想來的，無奈馬如霖寄給他的明信片上說：「好久沒看見你，難道丟開我們老同學不顧了嗎？」既然已經進來，就沒有辦法出去了。「浪費就浪費掉算了！」他心裏無可奈何地說。

孤零零的坐在角落裏，他自覺這模樣顯得好像是被人排斥在一旁，誰也沒有留心到他在客廳裏。他們一大夥人，是一個集團；而他，單獨一個人，是一個單位，跟他們相隔老遠一段，就像是有人罰他坐在牆角落。並且，這張椅子沒有扶手，越發使他看來像是坐在警察局裏受審。假如這是一把有扶手的椅子，情形就不會這麼不自然。於是胡昭生決定離開牆角落。

他走向一張牌桌，去看他們打牌。

他站着看；他們坐着打，傾身向前，四個頭幾乎拚在一起。他看不見他們的臉，覺得興味索然。奇怪，他的注意力就是沒法集中在牌上。看了半天，他還弄不清究竟來龍去脈如何。他心不在焉，想叫自己專心看，定住眼睛仔細看，但是依然無效。他想：這一定是因為平時對橋牌沒有興趣所致吧。這時，有一個朝後靠向椅背，他能看見他的臉了。然而那人只顧跟他們說話，根本沒有理會他。照胡昭生的想法，他應該抬起頭，和他打個招呼。胡昭生心裏因此不太高興。他改站到另一個後面，試試看這一個如何。當這一個往後靠時，同樣的，也沒有跟他打招呼。胡昭生認為，這個人一定知道他站在旁邊，只是有意地不搭理他。忽然，其中一個怒駡起來：「不要賴好不好！打出來了怎麼可以再收回去？」這是個胖子，臉上一團白肥肉，短鼻子，沒有鼻樑。他怒叱，圓眼一睜，瞪住把牌收回去的那個，一付倨傲的態度。胡昭生忽然湧起一股莫名的氣憤，彷彿這是駡的他，於是一轉身走開。

他茫茫然，一步步拖近那羣聊天的人。起初，他站的地方較顯眼，經他發覺後，就向兩個站着的人捱近。大家都在笑，張着大嘴吧，互拍大腿，互擊着肩膀。坐在長沙發裏的人，更是擠得透不過氣。有一個被兩旁的人擠得只露出頭，呼叫也沒人聽見。看他們笑得這麼起勁，胡昭生也只好掛出僵硬的笑容；雖然，他還不曉得他們笑些甚麼。他不喜歡他們坐得這樣擠，若是他的話，可情願站着。有人跟他打招呼了，那人單獨坐在單人沙發上，挪出小半個空位，邀他一起坐。可是胡昭生搖頭拒絕掉。而那人，依舊還讓那小半個位子空着。胡昭生希望他快點記得去佔掉那一小半，因為空出來的鮮紅沙發棉墊，使他覺得精神不安。他們笑過之後，鍾學源拉高粗嗄嘶啞的嗓子（顯然他的嗓子已經笑啞）又說了一句話，使大家又狂笑不已。胡昭生卻聽不懂他說的甚麼，他說：「只有他那口子做得了。」「口子」是甚麼？做得了甚麼？他都不懂。假如他早點來聽，也許能知道做得了的事是甚麼。但「口子」是甚麼呢？後來，另外一個又說：「昨天我看見他帶他那口子去陽明山。」於是胡昭生懂了「口子」的意思。他緺緺眉頭，這麼粗俗的俚語！他們的談笑他既都不懂，充滿奇怪的綽號和暗語，他當然只好走開。

他再度走到牌桌去看牌，這回看的是另一張牌桌。但這張牌桌上的人，對待他的「冷淡」，與前一張沒有兩樣。而他，卻釘牢站住不走，似乎被催眠術迷住，過了好一會，直到他受不了那種枯燥，空洞的壓迫了，才掉頭走開。

他謹愼地，避開地上的杯子。不覺，他向牆角落走過去。將到時，他停住步子，心裏說：「不，我不想回角落。走來走去，我像一具幽靈，我應該帶一本書來看才對。不錯，我可以在這裏找本書消磨一下！」這突至的念頭拯救了他。

胡昭生就在一張牌桌的玻璃桌面底下，找到一本舊畫報，於是帶着畫報，他隱身到角落去。他打開了畫報。別人看不見他了，只看見一張女明星的臉，明眸皓齒，笑容可掬。

不久，他頓忘身在馬如霖的客廳中。搖滾樂的聲音聽不見，嗡嗡的人聲聽不見，笑聲也聽不見。

看完畫報後，他覺得眼睛乾燥，呼吸發熱，就放下畫報休息。他剛一放下，正好看見鍾學源從客廳門外走進來。鍾學源一定需要從他面前經過，胡昭生不想理他，於是急忙垂下眼睛，假裝沒看見。他感到鍾學源走近了，走近了，經過他面前了，可是卻不繼續往前走，似乎站在他前面，似乎正嘻皮笑臉地端詳他，似乎猜透他的心思，要等他抬起頭來時窘他。既是這樣，那麼，他就得無所懼地抬頭迎戰。於是胡昭生板起臉孔，猛一抬頭。可是跟前甚麼人也沒有。鍾學源，坐在老遠的聊天人堆中，正跟他們指手劃脚爭論着甚麼，顯然已坐下好久了。

胡昭生重又拿起畫報。他從頭再看一次。這次他覺得已經沒有趣味。翻了幾頁，就感到煩膩，可是他又沒決心丟開不看。

「拍！拍！拍！拍！」他突然聽見玩具手槍的響聲。抬頭一看，只見一個小孩，穿着米色太空裝，拿着手槍對着聊天的人拍拍直放。他是馬如霖的弟弟。聊天的人叫他小馬，他們要他把槍給他們看。小馬卻不肯。鍾學源就攔腰一把抱他起來。小馬尖聲叫着，騰空蹬着兩條穿牛仔褲的小腿：

「不要！不要！是人家的槍！」

「我又不拿你的，看一下都不行嗎？你還想不想要我的郵票了，小鬼？」聽到郵票，小馬就欣然答應了。他把槍交給鍾學源，並且對他說：

「我還有眞的子彈哩！」說着，他眞地從口袋裏掏出一顆腥紅的鞭炮。

「這可以放嗎？」鍾學源問。

「當然可以！」

「怎麼裝？」

「你不會裝，我來裝給你看！」小馬驕傲地接過槍。他把槍折斷，扳開了槍機，把鞭炮塞進一個格子。他說：「可以裝六顆哩，六顆一起連發！好厲害哦！」

鍾學源接過槍，平舉右臂，準備發射。大家都圍過來看熱鬧了。打橋牌的人雖然牌興正濃，可是有人叫他們快看，他們也都暫時停住了牌。小馬兩手掩着耳朵，在鍾學源旁邊，躲來躲去。

於是鍾學源扣動扳機，「拍」的響一聲，一顆東西颼地從槍管射出，在三步遠的地方嘣地炸開。小馬因是樂得直蹦直跳。其他的人，起哄地喊着，都變成了小孩子，一個個爭着上去搶槍，扭成了一團。電燈底下，拘廻着絲絲藍煙，空氣中充滿刺鼻尖酸的硝煙味。

胡昭生看獃了。他的興趣，跟他們一樣也被挑了起來。他也希望把槍拿在手裏，放它幾槍玩玩。「現在玩具工業眞比從前進步，精巧得連大人都想玩了，」他心中解嘲地說。不過，他必須按捺住參加奪槍的念頭，因爲假如他也過去奪的話，一定會被人視爲驚奇。

由是他又回到畫報中。然而爆炸的槍聲，不時使他嚇一跳。「這些人眞無聊，玩一下就夠了，一直玩就成小孩子了！眞是幼稚！」他心裏罵道，憤憤把畫報丢在一邊：「我別看了！」其實他忘了對畫報早已膩煩。他又想，爲甚麼還不開飯？這一想，使他心情輕鬆許多。只要一開飯，情形就會兩樣。他就不會再這麼枯坐乏味。而且，一吃完飯，他就可以找一個藉口，提早先回家。他又看了一看錶，現在七點差五分，如果再過五分鐘就開飯的話，那麼頂多半個小時他就可以吃完飯向馬如霖告辭了。那時不過七點半，回到家裏，也許剛好八點鐘。那麼從八點，到九點，到十點，到十一點，一共三個鐘頭，只比平常損失一小時。想到這裏，他的心情眞像長了翅膀，翩翩欲飛了。再想到書桌上的那本書，那本艾里亞特詩選，扁扁平平的，像書夾似的一大本，他幾乎樂得要微笑起來。但是他該向馬如霖說甚麼藉口告辭？那很容易，譬如撒個謊說：「對不起，我得回去趕寫一篇稿子，明天一早就要交給人家……」

「胡昭生，舉手！」就在他胡思亂想之際，思路突然被一聲吆喝打斷。他抬起頭，畫報扔在膝上，不覺大大吃驚。不知幾時，靜悄悄得沒有一絲聲音，在他前面已經圍攏了密密一圈人。他們轟然笑起來。

「他躲在這裏用功哩，」有人說。

「大概作家正在構思吧！」

站在中間的，是體格最魁偉的鍾學源。剛才吆喝的人也就是他，他臉上掛着深富戲劇性、半戲謔、半兇惡的笑容，右手端着那把鋁質槍管亮晃晃的手槍，槍口對準胡昭生的面。

胡昭生開始感到不安，因爲這麼多人對着他笑，使他覺得彷彿做了甚麼可恥的事，被大家當場抓到，人贓並獲那麼的不舒服。他彎彎嘴角，扮出一絲微笑，向前傾一傾身，想用一種敷衍的態度來應付他們，可是鍾學源以爲他想溜走，就說：

「不要跑！不許動！」

立刻，有兩個人搶了上來，一邊一個，像鉗子鉗住似地，揪住他的手臂，叫他動彈不了。他的畫報已丟到地上去了。他並沒有反抗，因爲知道反抗沒有用；但是他的憤怒使他的手臂僵硬，因而他們並不能順利地使他就範。他們按住他的手還不算，左右兩邊又都把他的手臂拉開。於是，他就活像受難的耶穌了。胡昭生對自己的殉難姿態深感羞恥。

鍾學源鼓一鼓胸脯，又拿手提一提領子，這動作輕浮得令胡昭生幾要作嘔，然後他又清了清喉嚨，高聲笑道：

「嗯，嗯哼！現在本大法官宣布，開庭審判你這個小叛徒。好，小叛徒胡昭生，綽號叫小老鼠，生性膽小如鼠，體弱多病，卻還要性情驕傲，孤高自賞，只知閉門唸書，不和同學來往。現在特以叛國罪起訴，根據全班陪審官的意見，本大法官現在宣判被告死刑，就地槍決。但本大法官尚屬仁慈，如今姑念被告年少無知，又屬初犯，嗯，這個，這個，所以啊，假如你肯做一件事，那就可以將功抵罪，饒你一條小命。我們要你立刻公開你的羅曼史，立刻乖乖說給我們聽。否則，用不着我講，你該知道這把槍的厲害吧？在你那張漂亮的小臉上留一朵花做紀念，那滋味大概不好受吧！」

鍾學源說話時，胡昭生不敢望他，垂下眼睛，注視地板上的一顆水果糖。鍾學源的話，像火鉗似的，燙了他幾下。有幾次，他忍不住了，就抬頭急掃鍾學源一眼，看看他究竟是鬧真，還是鬧假。他都得不到答案，因爲鍾學源說話的態度似乎兩者都包藏。「強盜！」他心裏駡着。

鍾學源話一說完，大家就又哄笑起來。啊！好多人，所有的人都在這裏了，連打橋牌的也在，那胖子擠在最前面輕視地笑着，手叉着腰，像個屠夫。他們團團把他圍住，擠得密不透風，圍了一圈又一圈，而圈子又收得這樣小，鍾學源離他只有一步遠。有人在人羣背後伸進頭來，有人找不到立足之地，就登上椅子，按着別人的肩膀，居高臨下地向圈子裏望進來。他們一個個都張大了眼睛，發亮，興奮，咧着口，露着白森森的牙，盯住他看，好像一羣餓狼，準備把他撕成片片，吞下肚子。胡昭生感到一陣寒心，同時感到一股仇恨，一股衝着他們全體發出的仇恨。

他想目前該做的事，是對這個惡作劇表示態度冷漠，以不變應萬變，那麼大家見他不感興趣，就會自行散開。於是他又垂下頭，望着那顆水果糖，看來彷彿他像一個垂死的，不剩一絲力氣的病人，聽由他們的擺佈。

忽然，一團柔軟、豐富、溫暖的東西托起他的下巴，是那胖子的手。「頭抬起來！」胖子說。胡昭生把頭一摔摔開，想揮手揍他，可是手被按着動不得。他怒瞪住胖子，一句「媽的個×！」差點衝出。這一來，他非要抬起頭面對他們不可了。於是他就傲慢地一抬頭，直望進鍾學源的臉，充滿了挑戰意味。他這次清楚看到鍾學源的表情了，好可恨的嘴臉！但不容許他躲避不看，那驕傲的笑容，沿着鼻子兩旁各撇下一道深溝，上唇微微掀起，露出上半雪白的門牙。最令胡昭生恨的，是他左頰上的一條紫紅印子。因爲天冷，血液凍結在那裏，像燒焦了一條痕。鍾學源在胡昭生單刀直入地瞪他後，眼光也就忽然變冷，充滿敵意地逼射回去。胡昭生禁不住他的逼視，眼睛逃開了。鍾學源大概發覺自己的變化不大合體，連忙彎一彎嘴露出笑容，但這笑容可不好看。胡昭生只覺得這是見過最醜相的笑。他也回他一個同樣醜惡的獰笑。鍾學源挑一挑槍口，喝道：

「姓胡的小子，咱們先禮後兵，到時候可不客氣。快招！」

「假如我有，當然我會告訴你們。可惜我沒有，叫我說甚麼好呢？」胡昭生假裝非常輕鬆地對大家說。可是說完後，竟覺得聲音纖細、並且微顫，尤其令他困窘的是大家都保持靜默，在寂靜中只聽到他那單薄的聲音。而且「叫我說甚麼好呢？」聽來十分軟弱，像是在哀求。他臉乃通紅——

「你要是不肯招，我就開槍啦！」

「你開吧！」胡昭生說，他諒鍾學源不敢。

「你到底講不講？」忽然鍾學源怒喝一聲跳到他前面，好像獅子撲上來要叉他的喉嚨似的。這突如其來的粗暴動作使胡昭生嚇得非同小可。

「不講！」他怒視鍾學源。

大家都笑了，胡昭生還不曉得他們爲甚麼笑，等了一下，才想通，是他的話有語病。「不講！」豈不表示他有秘密，但不肯講嗎？

「大家都聽到了吧？」鍾學源欣然笑道，於是回顧四周，樂陶陶地說：「是胡昭生不肯講。旣然如此，那麼我就替他講出來了。現在請聽本大法官宣布一件胡昭生的高度秘密，胡昭生的香艷戀史。嗯哼，某年，某月，某日，在一個春光明媚，嗯哼，在一個鳥語花香的上午，胡昭生把他的情書——大概第一封吧——把這封情書送給一個女同學。這不是我亂造謠言，這女同學，名叫楊玉梅，跟胡昭生一系，你們大家可以去查。胡昭生想『上』她差不多想了一年。每天放學回家時都要跟她，可是，他就是從來沒和她講過話。不過胡昭生怎麼會突然寫信給她，據我這權威人士的分析，大概是因爲受到大自然某種季節的影響吧，（大家哄笑大笑），眞的，你們笑甚麼？在情感豐富文思洶湧的情形之下，一封偉大的情書就自然產生了。這本來就是詩人的常有現象，不是很『自然』嗎？」（「哈哈！」大家笑。）

「閒話少說，言歸正傳，話說那天上午，一下了課，胡昭生早已經急得像熱鍋上的螞蟻，看見楊玉梅一走，立刻跟在後面，跟跟跟，一直跟到校門口。然後，一個箭步趕上去，沒頭沒腦的就拿了信往楊玉梅裏塞。楊玉梅被他搞得莫名其『沙』。楊玉梅後來知道是怎麼回事，立刻就快速逃走。我們的小老鼠立刻來了一段百米賽，追了上去。他把楊玉梅攔住，非要她收下信不可，並且還口口聲聲的哀求她：『啊，楊玉梅，假如妳不收，我今天晚上會整夜失眠。』（大家又哄笑起來。）這時楊玉梅氣極了，就把那封信摜到地上，可是咱們的大詩人精神可佳，檢起信來再遞。（大家笑得更厲害，還有向胡昭生喝采的。）最後，楊玉梅氣得柳眉倒豎，杏眼圓睜，乾脆站住，劈頭毫不留情的猛刮他一頓，問他：『你到底走不走？不知恥的東西！再不走，我就要你的好看！』（「嗅！」大家說。）楊玉梅對我們的詩人實在太殘忍，欺人太甚，令人憤慨。被這一刮，胡昭生只好讓她走掉。胡昭生的初戀就這麼慘稀稀的『當』了！」

胡昭生滿面通紅。但是他的驚訝，不下於他的羞恥，不下於他的憤恨，他驚訝得簡直有點神思恍惚。他問自己：

「我在做夢嗎？這是夢嗎？他怎麼會知道我的秘密？難道他有神仙法術？不是夢，這不是夢，讓我冷靜一下，我，明明坐在這裏，坐在馬如霖的客廳中，站在我對面的人，也的確是鍾學源……」

他木然地望着他們，這羣狂樂的人：他們嚷着，笑着，搖着，圍困住他，如非洲野人歡跳祭神舞一般。他們對他嚷些甚麼，他卻聽不見。這是一羣野人，他們已經把祭品宰殺了，就要生食人肉了，因此與高采烈地狂歡着。

他覺得甚麼都完了，一件最可恥的私人秘密，竟突然在大庭廣衆之間被宣布出來，一種破產的，無可收拾的刼後感覺淹沒了他。後來，他想起竟忘了否認，連忙說：

「不要亂造謠言，是誰說的？」

可是他感到這否認軟弱無力，自己首先氣餒了。

「怎樣，你不承認嗎？好，那麼本大法官現在宣佈一下槍斃詩人胡昭生的執刑辦法。我手上這把槍，可以連發六顆子彈，剛才我只放進去了一顆，但是，唉，很不幸，我忘了放進第幾格！好！被告胡昭生，本庭要你立刻承認我剛才說的事。假如你不承認，我就開槍，我要一槍一槍開，你幾時承認，我就幾時停止。你要知道第一槍也許就有鞭炮，所以我勸你不如及早承認，免得皮肉受苦。不過，假如你有種的話，倒也不妨堅持到底，要死要活，請聽尊便。我再給你最後一次機會。承不承認？」

胡昭生遲疑着，他不復自信鍾學源不敢開槍了。但是容不得他遲疑，自尊心使他衝口說道：

「不！」

「拍！」

槍聲一響，胡昭生眼一閉，頭一低，全身一衝跳起，好像臀部被人戮了一刀，但因爲兩手被人按住，他不曾跳開椅子。他只覺得一陣熱血直衝太陽穴，熱熱痲痲的，像是被好幾千根細針刺扎一般。不過稍一定神後，他知道這一槍沒有鞭炮，因爲臉上沒有燒痛的感覺，身上也沒有挨到硬粒的感覺。而且，他只聽到一聲清脆的「拍」，不曾聽到第二聲沉悶的「啢」。他抬起頭，看見大家都在大笑，大笑他剛才那害怕的模樣。他重重咬了一下嘴唇，因爲他恨他自己！

「承不承認？」鍾學源又問，眼睛笑得發光。

「不！」

「拍！」

胡昭生又是眼一閉，頭一低，身體一衝。但這次仍然沒有鞭炮。他又聽見一片哄笑聲。「這次我無論如何不准自己動一下！」他咬緊牙關在心裏發着誓。

「兩槍都沒有，算你運氣好。承不承認？」

「不！」

「拍！」

胡昭生又背叛了自己。還是沒有鞭炮。一陣笑浪，應時而洪亮，像運動會裏跳高決賽時觀衆的喝采。

「不，絕不承認！」他忽然發狂似地叫着。

「拍！拍！」

胡昭生衝身跳起兩次，但兩聲都是淸脆的單響。然後，在笑聲中，他瞥見鍾學源的臉，冷峻如冰，殘酷無人道，切着一排白齒，不是笑，只是像笑一樣地咧開嘴。胡昭生覺得好恨他，可是心中打着寒噤，怕他。

「還剩一槍，一定就是這一槍了，我是記得剛才放進第六格嘛！」鍾學源挑一挑槍口說，分開腿站着，穩得像一座山，對四周的人富暗示性地瞟了一眼。在人羣密密圍繞中，藍色的硝煙飛不出去，被困在裏面，像蛇似地上下盤繞。硝煙的酸味，濃得使每個人都覺得太刺鼻。胡昭生更覺得好像要窒息一樣，喉嚨裏是苦的。隔着藍霧，胡昭生看他們的臉，一會兒淸楚，一會兒模糊。他自己的臉，慘白濕淋，前額底中央暴着一條粗筋。

「算了吧，算了吧，這不是鬧着玩的！」有人勸鍾學源。

「我看你還是承認了吧！」有人對他說。

「怎麼樣，胡昭生？快點！」鍾學源說。

胡昭生不說話，深信鞭炮就在這一槍。

「我應該退後一點，免得火力太強！」鍾學源說，往後退了一步，背後的人羣也跟着往後退。

「鍾學源，打他的鼻子，把他的小鼻子打下來！」擠在前面的小馬尖聲叫着，引得大家笑起來。胡昭生惡狠狠瞪了他一眼。

「快點決定，胡昭生！給你兩秒鐘！」鍾學源不耐煩地命道。

「……」

「快點啊！」

「隨你便吧！就算我承認了，」他說。但說完後他後悔到極點，他恨不得向地下鑽。

突然，槍聲又響！鍾學源竟背信，竟把第六槍補給他！他沒有準備，不禁驚聲叫起來。而人羣卻爆出與前幾次不同的，驚天動地的狂笑巨浪；那是快樂的，輕鬆的，滿足的笑聲，其中鍾學源的笑聲最大。抓住他手臂的人也都鬆開了，因爲一幕精采的活劇已經圓滿結束了。片刻後，他才能明白第六槍也沒有鞭炮。他受騙了！受騙了！一切都是假的！他們戲弄他！讓他白白丟了一頓大醜！讓他無端受到最大的損害！他倏地跳下椅子，握緊拳頭，喘着氣，對着一張張臉輪來輪去看着，好像要在許多陌生人當中找出他認識的人。鍾學源把手槍還給小馬，然後伸開手臂，像一隻大張翅膀降落地面的巨鷹，一大把抱住了他連聲笑道：

「Sorry! Sorry! 開玩笑的，你不生氣吧？」

胡昭生整張臉壓在他的胸口上，透不過氣，嘴唇貼住他的襯衫，就像是嬰孩被人悶在棉被裏。胡昭生用盡平生之力，想要推開他，可是怎麼也推不開。在別人看來，他是乖順地躲在他懷裏，像個撒嬌的孩子躲在媽媽懷中。後來，鍾學源自動鬆開了手臂，依然連聲不迭的說：「

Sorry, Sorry.」這時馬如霖大聲宣布說，晚餐已經準備好了，請大家進飯廳。於是圍觀的人羣一哄而散。一件快樂的事情剛過，另一件興奮的消息又來，當然沒有一個人不高興。人人都掛着滿足的笑容，凌亂地，喧鬧地，步入飯廳。

「甚麼事情啊，鍾學源？你們打架嗎？可不要把我的東西打破喲！」馬如霖的母親，站在門口，笑着說。她是個中年的胖太太，和鍾學源很熟，所以跟他笑道。

「打破東西我來賠雙份，伯母。」鍾學源笑道。他跟大家一塊兒步入飯廳。進飯廳是走側門進去，馬如霖用背抵住紗門，使它不會彈回來。胡昭生站在角落裏，掏出手巾，揩着汗。

「小弟，聽話，媽媽帶你去看電影！」馬如霖的母親拉住小馬，因爲小馬也要跟大家一道進飯廳。小馬不肯跟他媽媽走。

「騎馬打槍的電影你都不看啊？好，那媽媽一個人去了！」

小馬猶豫起來。

「快來，快來，不然趕不及了。唉啊，你看，又把手槍拿在手裏！嚇死人了！口袋裏裝得鼓鼓的是甚麼？都是鞭炮啊！誰跟你買的？又是你那好哥哥了！快拿出來，以後不許你再玩槍，打傷人家的眼睛怎麼好？」她把槍和鞭炮都放到桌子上，一邊說，一邊對胡昭生微笑，可是胡昭生祇睃她一眼，沒有搭理。

「我們快走！如霖，你好好招待一下同學啊！我不賠你們大家了！」

胡昭生是最後一個進去，他是自己推開了紗門，踏進飯廳。「懦夫！」他心裏罵着。他嘴唇發抖，壓抑着停在胸口一觸卽發的哭聲，激動得像個小孩似地易哭。

飯廳跟客廳一般大，點着慘白的日光燈，輝映着白牆，白冰箱，白桌布，和裝滿玻璃器的碗櫥。食桌上堆滿一大盤一大盤的冷食物，以及兩疊堆得高高的磁盤，一堆銀亮的叉子。只聽到盤子叉子嘩啷啷的清脆響聲，大家正一個個輪着上去拿，然後繞着桌子走，把食物裝進盤子裏，裝完後，就都拉把椅子隨便坐下，但也有幾個回到客廳去吃的。胡昭生是最後一個接上去拿。他抽下包住叉子的紙，揉成一團，拋在桌上，忘了該拿它揩一揩食具。他裝食物時，馬如霖請他多裝一點，他點點頭，可是沒聽到。繞完桌子一圈後，他就在飯廳的角落裏坐下來，他把叉子插進一塊鴨頸，但叉子竟停在鴨頸上不動，他的耳根忽然燒得通紅，因爲他忽然想起鍾學源宣布他秘密的那一幕。

「他怎麼會知道？是我自己不小心講出去了嗎？沒有。會不會我神經有問題，講出去後現在忘記了？那天明明四週沒有人，就是老遠有人看見，也不會知道這麼詳細。這事只有天知道，地知道，我知道，楊玉梅知道。——一定是楊玉梅講出去的。但楊玉梅怎麼會認識鍾學源？鍾學源又不在我們學校。對了，鍾學源有個女朋友，聽說她們從前都是一女中的。這就清楚了，楊玉梅告訴她，她再告訴鍾學源。——那麼可見楊玉梅把這事告訴給她所有的同學聽了。系裏凡跟楊玉梅熟的女同學也都知道了。當她們看見我時，一定都在背地竊笑我了。哦！天！還有許多我不認識的人也知道了！我不認識她們，但她們都已認識我，看見我走過，心裏就說：『就是他！』天！原來全世界早都知道這件事，就我還不知道！」

他感覺恨透了楊玉梅，也恨透他系裏的女同學。他也恨透這個世界，好像全世界都在跟他爲敵。

他動了一下叉子，可是吃到嘴裏的甚麼味道都沒有。他只咬了一口，就放下。他十分厭煩地咀嚼着嘴裏那一口。

「我來幹甚麼的？馬如霖是請我來吃飯的。可是大家拿我尋開心，恣意侮辱我，愚弄我，害我現在一點食慾也沒有，連一頓飯都不能好好享受一下……」他的眼淚迸出了一滴，——但這眼淚倒不是爲的傷心，而是氣憤，氣憤他爲甚麼偏想到這食慾甚麼的俗氣事情，令他作嘔的。他恨這些嘲弄他自尊心的怪思想，他拼命地捽着頭，想擺脫開。接着他連吃了兩口東西，藉以擺脫這胡思亂想。

「無論如何，我不可以擺出這付餘痛猶在的神氣給人家看。我應該裝得神態自然些。我要裝得若無其事，好像剛才的事只不過是個無關緊要的玩笑——那不眞的是個無關緊要的玩笑嗎？——不！不！」他不肯承認那是玩笑，因爲假如一承認，鍾學源就會顯得沒有過錯，他可不肯便宜鍾學源，他認爲鍾學源罪大惡極，重不可恕！因此，他盡力偏袒心中控告鍾學源的一邊，而把爲鍾學源辯護的另一邊不講理地壓服。

「柔和些，柔和些，露出個微笑吧！」他對自己說，試着放鬆臉部的肌肉，抬起了頭，像一個工作過度的人歇口氣一樣；然而，他的努力不曾令自己滿意，總覺得臉鬆不下來。

空氣悶熱，他覺得眼睛發乾，視線不太清楚，每樣東西，雖都在日光燈強光的照耀之下，但表面都有一層暗霧，這和發高燒時所見的情形差不多。他的臉，這時也燒得像烤過一樣，但雙手和雙脚卻冰涼得像石頭。

他決定不再吃下去，因爲咀嚼的動作，對他已變成一種難以忍受的負擔。他就把這只略動一角的盤子送回桌上。以後他就退到較陰暗底紅色客廳中去，因爲客廳裏人較少，他正需要尋一塊安靜地方。他原先坐過的角落，現在倒很受他歡迎了。他的腦子裏亂閧閧的，其中擁塞着羞怒與痛苦，逼着他非要把它們想完、想盡不可——否則，他會覺得有甚麼事未做完似的掛心。於是他就垂頭坐着，一手撐在腹部，手掌托着下顎，像患牙疼一般，讓由剛才發生的事一遍遍地重複傷害着他。祇要一想到他虛弱地屈服了，他就渾身灼熱，如通過了電流。

「我一定是中了魔，否則我爲甚麼會承認？他說過有種你堅持到底！我忍受了五槍，怎麼就沒有勇氣忍受第六槍？懦夫！眞的忘記我在那一刹那間怎麼會突然軟弱的。假如我早知道六槍都沒有鞭炮，我還會丟這個醜？他們騙我！他們騙我！他們騙我！」每想到這裏，他就會握緊一隻拳頭，好像對他們的欺騙，看得比對其餘的侮辱更嚴重。

客廳裏又充滿了人，他不曾注意他們幾時已用完晚餐退進來。甚至連唱機都已經關掉，他也不曉得，還仍舊覺得耳朵裏充滿着囂樂聲。他們一個個都是臉上汗油油的，笑容滿面。馬如霖拿出了一聽他父親的洋煙，這些人就一擁而上，把一聽煙搶走了一大半。點起打火機，一個個吞雲吐霧起來。

「膚淺！無聊！流氣！」胡昭生心裏批評着。那胖子傻嗬嗬地嘗試吐煙圈，然而一圈都沒有吐成，——看他那付樣子，那德性。那兩個按他手的人，都伸展着四肢，舒服地倚在沙發上抽着，也令他憎惡。當然他最看不慣的是鍾學源。鍾學源一面戲劇化地抽着，一面和人說話，斜瞇起眼睛，仰着頭，煙從翕大的鼻孔施出，有意施給別人看，甚至還要從嘴裏輕呼出一口餘煙，表示老練。「小丑！」胡昭生罵着。他把他的每一個動作，都看在眼裏，只覺得沒有一個動作不可惡，不反胃，但是他卻目不轉睛地直看下去。

忽然，那胖子出現在他面前。

「噫，大詩人，你怎麼一個人坐在這裏悶悶不樂啊？」胖子問。

胡昭生把頭避開，不說話，過了一會，才望着他笑道：「我快樂得很。看見你噴煙圈的樣子我快樂得很！」

這胖子竟沒聽出話裏的意思，轉身走開，繼續吐他的煙圈。

這時，鍾學源正和他們談電影，滔滔不絕。胡昭生最討厭電影，一向認爲電影淺薄幼稚，於是就滿懷輕視地聽聽他們談甚麼。

「好片子！非常好的文藝片子！是從一個法國文豪的名著小說改編過來的。」鍾學源說，噴一口煙。

「是那一個文豪？是那一本名著？」遠隔着兩張桌子，胡昭生忽然開口問過去。大家都吃了一驚，回過頭來看他，因爲意想不到他會插嘴。——他們幾乎已忘了他在屋子裏。他把頭斜靠在椅背上，嘴角掛着神秘的笑容，作爲對於他們吃驚的答覆，似乎在說：「不錯，是我問的，怎麼『樣』！」

「是誰寫的我倒忘了，好像叫甚麼史達爾的，書的名字我也忘了。不過故事的確非常好，非常感動人。」

「史達爾？哈哈！㖿！非常好！非常感動人！好在那裏？感動人在那裏？」他的眼睛與笑容，都在說：「快點講出來啊，快點講啊——」

「這我講不出來，你自己去看就知道。」

「你講不出來！」胡昭生說。然後他連連點着頭，嘴邊掛着笑，笑容彎彎的。隨卽他拘下頭，彷彿這事已完全忘啦。他繼續拘着頭。一片沉默。末了有人提議打牌，於是又恢復了燥雜的聲音。

胡昭生垂着頭，垂了好久。他們的沉默，使他不敢抬頭。但他覺得，這個諷刺還沒有多大效力，也許鍾學源不認爲這是諷刺。就算鍾學源知道，這諷刺的力量亦太薄弱，距離滿意的報復還相差太遠。除了不滿足之外，胡昭生對於大家的冷淡，及不予附和，感到十分尷尬，失望，憤怒。

紙牌，又在兩張桌子上傳開了。鍾學源坐在較遠的一桌。胡昭生站了起來，他慢慢走向較遠的一桌。他先在別人的背後默默看了下牌，然後繞到鍾學源的背後。鍾學源贏了許多付牌。胡昭生看完，就轉到鍾學源上家的背後。那個人挑了一張，準備打出去。胡昭生勸住他說：

「不要打這張！他有老K！」

「你不要講啊！」鍾學源笑道。

胡昭生不說話，也對他笑一笑。

第二次，那個人亮出一張紅心A時，胡昭生又說：

「不要打，他已經沒有 Heart 了，他要出王牌！」

坐在鍾學源對面的一個，怒氣沖沖地站起罵道：

「請你不要囉嗦好不好？」

「你駡誰？」胡昭生轉身向他。

他們對望着，約莫有三秒鐘。

「打牌打牌，老王！」鍾學源說。那人坐了下來。胡昭生又瞪了他一會兒，然後轉身走開。現在，胡昭生恨那個人亦不亞於鍾學源。他又回到角落，再像患牙疼似的，撫摸他的下頦。

「今天晚上是一場惡夢嗎？被侮辱，秘密被公開，被戲弄，被屈服，被駡……爲甚麼我不受歡迎？鍾學源戲弄我，他們就附和，我戲弄他，他們就反對，是甚麼道理？……是因我剛才懦弱，大家看不起我麼？大概就是這原因了……可是難道只有我一個人懦弱，其他的人就都是英雄了嗎？換一個人，讓他也像我一樣處在槍口之下，他難道就不會屈服？」他的思路忽然一亮，他看見光了，「他們不見得比我勇敢，就是鍾學源也不見比我勇敢！他們沒有試過他——讓我來試吧！讓我來拆穿他這隻紙老虎！第一槍還沒打也許他就投降了！那時候他們就會知道誰是英雄誰是懦夫！鍾學源，你的好日子來了！我就要你的好看了！」他興奮，激動，像一條復仇的毒蛇，飛鑽出地洞。他們正都向一張空着的茶几聚攏，準備切蛋糕。茶几上擺着一層奶油大蛋糕，上面點着一根根紅蠟燭。「但是他們會不會又幫他的忙而不幫我測驗他？他們可能更瞧不起我！——甚麼？難道我怕他們？一個人就一個！上帝！你就看我一個人來對付他們全體吧！我向他們全體挑戰！」他跳起來。他們都圍在蛋糕四周，誰也不曾看見他。他墊着脚步，輕輕步向那放手槍的桌子。那把漂亮的手槍，鑲着塞璐璐的象牙柄，凸着長角牛頭的花飾，躺在桌上，近旁擱着一堆鞭炮，像花一樣的陪着。胡昭生一手抓起槍，一手抓起鞭炮。

鍾學源正領着他們唱祝壽歌，他們唱道：

Happy birthday to you
Happy birthday to you
Happy birthday to 如霖
Happy birthday to you

歌一唱完，響起一陣歡呼，——這一代青年人所愛用的，怪聲呼喊的，沒有字義的歡呼。然後一片哄笑聲。接着馬如霖吹蠟燭。

「拿出吃奶的力氣來，一口氣吹掉！」

「熄了，熄了！」鼓掌的聲音。

「刀子在這裏，壽星自己來切吧！」

胡昭生正逡巡在圈子外面，兩手插在夾克口袋裏。他推開人，擠了進去。他看見鍾學源正站在當中，在馬如霖旁邊。他就一步跳到他面前，掏出了手槍，像夢魘似地高聲疾呼道：

「鍾學源，舉手！你的末日到了！」

所有的人都呆住了。馬如霖一刀才切了一半。鍾學源手裏端着一隻空盤子，起初一怔，望着胡昭生，過了片刻，含着微笑，把盤子放下。

「不許動！一動我就開槍！」看見鍾學源放下盤子，胡昭生以爲他要過來搶槍，急忙下令，並且機警地向後跳一步。鍾學源果眞不動，偏着頭，鎭靜地從眼角側視着他。

「告訴你……這手槍裏面，沒有鞭炮！——你信不信？……我知道你開始狐疑了，哈哈，讓你猜吧！……鍾學源！立刻答覆我的問題！……我問你，你和你那『口子』，打過 kiss沒有？」

鍾學源的臉色突然變灰。他們從來沒有看見鍾學源臉色那麼難看過。大家都不知道該怎麼辦。馬如霖想出來調停，可是又怕反而會把事態弄得嚴重，也只好一籌莫展地呆望着他們兩個。這兩個人對峙而立，鍾學源立得像一座山。胡昭生，手裏執着槍，槍桿微微顫動地垂着。

「限你三秒鐘之內回答！」

時間凍結住了。

「你眞的想知道嗎？」鍾學源問。

「當然！」

「我跟楊玉梅打過 kiss ！你信不信？」

「……」

胡昭生擠出了一絲笑容。他把槍口慢慢提高，對準鍾學源的臉。他們中間的距離，才不過兩步。可是突然他手軟了，然後他重重把槍扔向地板，轉身衝出了人羣。他奪門衝出客廳，直奔走廊。馬如霖趕了上去。當他套鞋子時，馬如霖站在旁邊，卻不知說甚麼好，只說：

「吃完蛋糕再走吧？」

「不……謝謝你……我有點事要回去……要趕稿子……今天晚上……很對不起，」胡昭生道。胡昭生覺得有種暈眩，酩酊大醉的感覺。

於是馬如霖穿上拖鞋，送他到大門口。這時外面的氣溫只有五六度那麼低，寂靜得像荒城，天空沒有月亮，也沒有星。馬如霖爲他開了門，望着他投進廣大如海的黑暗裏，黑暗只一口，就把他呑掉。

馬如霖縐着眉頭，回到客廳。這時客廳也和外面同樣寂靜。鍾學源正抓着手槍，打開槍機，把一顆顆的猩紅鞭炮倒出來。他數了一數，整整六顆。

馬如霖趕到唱機旁邊，放下唱頭，擰開開關，把音量旋到最大。頓時，衝出一陣喧鬧，熱烈，野蠻的黑人號叫，雜着鼓聲，鐃鈸聲，喇叭聲，吉他聲，滙成一股巨流，洶湧地淹沒了客廳。馬如霖笑着請大家齊來分蛋糕。

# 最快樂的事

寒冷的上午，爬進樓下的街，已經好幾句鐘。這個年青人睜開眼，仰對天花板呆視良久。他套上毛衣，離開床上的女子，向一扇掩閉的窗戶走過去。他垂視樓下的街；高高的前額，抵住冷玻璃。冰冷，空洞的柏油馬路面，宛如貧血女人的臉。天空灰濛，分不出遠近的距離，水泥建築物皆停留在痲痺的狀態。同樣的街，天空，建築，已經看了兩個多月，至今氣候仍沒有轉變的徵象。

「他們都說，這是最快樂的事，but how loathsome and ugly it was!」他對自己說。

幾分鐘後，他問自己：

「假如，確實如他們所說，這已經是最快樂的事，再沒有其他快樂的事嗎？」

這年輕人，在是日下午自殺。

# 母親

七月的太陽，如一首無聲的音樂，從早晨一直嗡嗡地唱到晚。過了正午，這一帶郊區裏的稻田，新建的密集平房，油加里樹，沙灘，都靜靜地，充滿耐性地伏着，裹身於稀薄的灰霧中，等待猶甚遙遠的傍晚降臨。在迷漫了白煙的藍空裏，固定地偃臥着一堆堆白雲，它們肥胖的身軀，毫無忌憚地舒展開，像懷孕的母親躺在床上休息。河裏的水已經枯淺，河床的中間：暴露出黑色的沙灘。盛着淺水的沙坑裏，裸體的孩子們在其中打滾，拍水，呼喊。

河的對岸有一家碾石工廠。在上午，工人把船撐往河心，裝載半船的石子。船靠岸時，他們的妻子和小孩聚上來，把石子鏟上臺車。女人和小孩推着臺車，沿着鐵軌爬向工廠。現在沙灘上沒有人，臺車靠在一堆，岸邊聚集了幾條船，撐篙插在水裏。工人要等黃昏來臨時才開始搬運。工廠的馬達傳出撲撲的聲音，像心臟衰弱的跳動。

她醒了。蒼白且憂傷，流露卅以後的美麗。

「貓耳，來——」她說。臥室外面的房間，保持不變的空洞，寂靜。

他在我睡着的時候溜走。外面大太陽。假如他中了暑氣。常常讓媽媽操心。我不知道他去那裏。我一點不知道他去那裏。會不會——十輪卡，黑暗唉啊不可以不能不會。安靜些安靜些。醫生說妳要保持情緒的平靜。激動的時候想些別的事情。有時我就是禁不住會擔心。谷方也叫我不要擔心。孩子這麼大。他說醫生說的對是我神經質。我一個人下午會突然牽掛他。好像看見他的同學欺負他打他。我立刻趕到學校。走近學校的時候心跳得快從嘴裏跳出來。現在心跳得好厲害。我不敢進去看。噢謝謝天他好端端坐在教室裏。我心跳得好厲害。安靜些安靜些。他們叫我不要胡思亂想。然而我是病人。他們要醫好我只有叫貓耳一刻也不要離開我。貓耳要每時每刻都在我身邊。都在我身邊。現在我就照醫生的話去做。我就照他的話做個乖乖的孩子。我會做個頂乖頂乖的孩子。醫生，我是你的乖孩子嗎？哦不不不不眞要笑死人了。他年青得像個中學生哩。貓耳生下來的時候是個外國老醫生。他說中國話又奇怪又有趣。我喜歡這個老醫生。比起那年青的來我喜歡老醫生。他從濃鬍子裏頭說太太妳不要怕。我眞的就不怕了。我喜歡他。太太妳不要怕我眞的就不怕了。貓耳。貓耳，來找媽媽，來。她笑得彎下了腰。她的眼睛充滿眼淚。她躲在一叢灌木的後面，他跌跌撞撞睜着一雙大眼。穿一套新的淺藍的乾淨的新鮮的童裝。領子鑲着白花邊。短褲下露出兩條圓圓的光腿。穿一雙新的小小白皮鞋。他又乾淨又新鮮。他忽然哭起來。她白着臉從灌木後面搶出。哦，乖，媽媽在這裏不要怕。她抱起他臉頰貼着臉頰。一顆晶瑩的淚珠從他的圓腮上滾下。他噘着嘴唇抽搐。他把臉埋在她的肩膀上。她親他領口敞露的胸膛。他在她的臂彎裏扭動咯咯直笑。他快有我的肩膀這麼高了。……？……他跟小時候完全不同。哦你是媽媽的小寶貝你氣嘟嘟地噘起小嘴吧的模樣兒眞疼死人了讓媽媽再親親你再親親你。他現在能和我們一樣說話寫字……？……他看起來有他自己的思想。媽媽開始猜不透你的心思。你豎了一道牆把媽媽隔在外面。是眞的是眞的是眞的。

媽媽有時關心你可是你對她沒禮貌。她說天會下雨把雨衣摺好給你可是你舞手頓足踢開雨衣罵她嚕囌。瞧你那圓瞪瞪氣虎虎的眼睛。你傷透了媽媽的心。唉啊妳眞傻妳眞傻。怎麼好好地躺在床上流起眼淚來了？眞是神經質啊。眞要笑死人了。小傻瓜小傻瓜。再流眼淚妳就不是個乖孩子。妳就不是醫生的乖孩子。醫生，我是你的乖孩子嗎？哎喲妳胡說的甚麼啊。亂七八糟亂七八糟。我禁不住會難過。我只有貓耳一個孩子。我伏在枕頭上哭。谷方走過來。他把手臂圍着我說。妳眞傻有甚麼好難過的？沒有關係。我們不是已經有貓耳了嗎？有一個這麼漂亮的男孩子還不夠嗎？我心裏就寬慰多了。我眞的是個小傻瓜。連谷方都這麼說我哩。貓耳是個最漂亮最漂亮的小男孩。他上學期考第二名。我覺得好多了。再想點別的輕鬆的事。張太太來我們家借熨斗。胖得連去年的旗袍領子都扣不下。她說再胖下去怎麼得了。問我知道十五號那間搬進一個吳小姐不。她說那是個離了婚的女人。她不屑跟她打招呼。我知道她擔心張先生。我的確也不屑和這種女人打招呼。說我腦筋舊我也不在乎。我瞧不起離婚的女人。她說她還懶得很。早上九點鐘才上班。下午三點鐘就回來。她擔心小三不曉得考不考得取初中。八月初就要放榜了。貓耳考初中還早……她又入睡了。碾石機的聲音停了一下，接着又繼續撲動。

在一塊略高的土丘上，有一株綠蔭豐厚的大榕樹。一個小孩站立在樹蔭裏，一手插腰，姿態顯出模仿成年人的驕傲。他的眼睛大而清亮，手臂和腿纖弱，可是皮膚被太陽染成乳酪的金黃色。當熱風拂過的時候，頭頂的樹葉搖曳出沙沙的響聲。這裏聽不見碾石機的聲音。小孩注視着下面的一排屋舍。一條白粉似的小水泥路沿屋相陪。一行油加里樹立在路旁。小孩聞到樹葉的清涼氣味。他曾經脫了木屐爬上榕樹。他坐在兩股分幹的膈肢窩裏，露出英雄的笑容。他檢起地上的一根竹竿，背靠着堅硬的大樹坐到盤根上。一片麻雀從田裏飛來，也停在陰影裏，吃驚地轉首互相詰問，然後突然整齊一律地昇上樹去。小孩仰起臉，但他找不到牠們，牠們深藏進綠蔭裏。

一頂粉紅的陽傘在白路的盡頭出現。小孩把手上的竹竿丟開。陽傘走到靠近中間的一家門前。稍稍一傾斜，陽傘收了起來。小孩從地上爬起跑到白路再沿路跑過去。

「噢！」女人吃了一驚，笑着，露出一口晶瑩潔白的牙齒。她的臉熱得發紅。她穿黑緞緊身的上衣，裸露着雪白的頸子和滾圓修長的白臂。她的上身，被黑衣包裹，像一朵杯形的花苞。

「你從那裏來？」她問。

「那裏。」

女人回頭。她看見高地上的大榕樹。鑰匙旋開了鎖。這是一間凌亂的小客廳。沙發上捲着好幾條襯裙。牆上貼有電影明星照片。桌上有一座半身石膏像，是個垂頭冥思的小天使，但是包在玻璃紙裏。她拉開了窗簾，推開了窗子。

「你在大樹底下玩甚麼呢？」

他沒回答。他不敢告訴她等了她許久。

「貓耳，貓耳，貓耳，」她忽然清脆地笑起來，「啊，你媽媽爲甚麼把你名叫貓耳？你的耳朶眞的像貓的嗎？」

他的小耳朶通紅。他的眼睛像一隻憤怒的小獅子。他恨着他的母親。

「好熱的天氣。你要吳阿姨倒杯水給你喝嗎？」

他搖頭。

吳小姐爲自己倒了一杯涼開水。她打開桌上的電風扇。兩肘撐着發熱的臉，她的身體伏貼着桌面。風把她的頭髮吹飛。一大把黑髮絲在她的頸後騷動地飛舞。她轉身時發現他的一雙迎着她的眼睛，便對他笑了一笑。他又重新高興起來。

「這麼熱的天，你媽媽在家裏做些甚麼事呢？」她的臀部靠着桌沿，手裏握着筒形的水杯。她的手指甲又尖又長，塗了朱紅的蔻丹，光滑渾圓，像珊瑚耳墜。她的脚趾從涼鞋的透空裏露出來，也塗着蔻丹。

「她在睡覺。」他壓低了聲音說。

她瞌睡地點一點頭，帶着微笑。喝完水後，她拿出一本照片簿給他看。他昨天沒有看完照片簿。他蜷伏在沙發裏，垂頭翻着照片簿。他抬起頭時，吳小姐已不在。電風扇吹開了通往臥室的綠花布簾。吳小姐在臥室。站在床的前面，她伸手剝掉上衣，褪下裙子。不久，她全身裸露，站立在臥室的中央。她潔白完美地站立着。他覺得從未見過甚麼比她更白。一分鐘後她換好了衣服。她用一柄像刺蝟似的刷子，刷着頭髮移步出來。她脚上換了一雙繡着金鳳的拖鞋。吳小姐打開一盒巧克力糖請他。

# 草原底盛夏

這一片草原，向着北方，一直伸延到K市，可是聽不見K市底市聲。從這裏展眼望過去，K市則像是一座淺盆底，清涼底湖泊。這一天早晨，太陽從草原東邊底山坡上爬起來時，祂爲草原西邊和南邊底幾座小丘（呈饅頭狀），披上了一件金亮底袍裾。小山底拖長底影子（如王者底袍裾），拖延着，平平舖于草原之上。天空是一洞虛無底國度，蔚藍底顏色就是空氣本身不具形體底顏色。那通身白火底太陽，將要在祂底廣袤運動場裏恣意滾動；在天空，祂是不致成爲一個縱火底犯人底。酷熱底一天，就要開始了。

草原靠近K市底部份，地勢略微有高低底層次，上面生長着比一個人還高得多底淺綠色甘蔗。但是靠近南邊底部份，卻是未經過人力底開發，這一段，包括着有，一條乾枯底河床，暴露着累累白骨似底鵝卵石；還有——一塊枯萎底蒿草荒地，上面冒出一把把如濃鬍子底，達半個人高底淺棕色枯草。牠們生命底枯萎，是由於陽光底逐日陰謀，欺騙底搾取。但是在牠們底脚邊，依然有一羣綠色細小底生命繼續滋生。

在陽光底照耀下，小丘陵上底樹木，都鍍上了一層金色底面具。這時候，空氣還保留着入晨以來底清新，因爲草地上底露珠還沒消失。不久，蟬聲底歌唱開始了，那是響自於山林底；表示陽光底溫度已經透進樹林底樹葉，蟬底敏感底體溫已覺察到炎熱。蟬底鳴聲是樹林靈魂底私語。

一隊身穿草綠色軍服，頭上戴着草綠色鋼盔底人，從東邊底兩座小山之峽谷中間，從峽谷上馳着底一片竹叢裏走了出來。這一羣像螞蟻似底人，以一面杏黃底軍旗領先開導，在這豁然開朗底大天地間顯現。他們底方向忽然顯得沒有定指、步履隨之雜亂起來，一種神經性底缺乏自信蔓延下隊伍。一名頭上戴着一頂黃色鋼盔底人，起初，他是在隊伍底外面，單獨地陪伴着他們前進，現在，急踹着脚步，跑到了隊伍底最前頭。他大聲地斥責一個士兵，隊伍底行進便完全停息。然後，隊伍底先頭，轉移了一個方向，繼續開始進行。他們底步履仍舊是蹀躞，雜亂，因爲脚底下所踩着底地面是崎嶇而不平坦。那頭上戴着黃鋼盔底人，站立着不動，兩手扠在腰支上，兩條腿椏椿地揸了開來，目睇着每一士兵自他面前經過。他們都是極年輕底士兵，裝束一致，每一個人底右邊肩膀上佩着一桿槍，左手底手腕上掛着一隻木板小凳。在他們底細腰間，緊扣着一條極寬底子彈帶，一把刺刀佩在彈帶上，平貼他們底臀部，刀柄敲着腰部底水壺。這敲擊底聲響和槍帶環上底聲響，以及脚步聲，這總共一百多個人底，混合了起來，便是這一個隊伍底奇異底聲響。除此，聽不見其中任何一個人底說話聲。隊伍底尾後，跟隨着好幾個人，他們步履更蹣跚，趕不上前邊底進度。他們每兩個人，共抬着一隻木箱，或一個人獨自舉着一面比一扇門還大一倍底木板牌。在那木板牌上，張着白色底帆布，畫有黑色底圈圈，一圈繞在另一圈之外。

隊伍向着河床底舊道進行，降下了河岸，走到此河底邊緣。這一條河床，雖然平日是枯乾底，然而因爲前一晚下了一場疾雨，山上水衝瀉下來，因此現在河裏有了水。水僅能淹沒到膝蓋底部份，但是，發出了多麼兇惡，粗暴底吼聲。隊伍在河底前面，無論紀律是一種甚麼嚴厲底存在，也都爲之解體。在舊河底沿岸，他們來回地逡巡着，發出了細微，無能力，面對大自然障礙時顯露出人類渺小、空洞而不含意義底聲音。過了一些時，有人發現了幾塊可供踏脚底圓石，他們便陸續跳了上去。他們搖擺着他們不穩定底身軀，在雪白底水浪底上面，像山羊一般——跳躍着。許多人，因為缺乏信心，於那一縱間，掉到水裏面去。

他們底長官，那個頭上戴着黃鋼盔底軍人，輪到他來跳了。這個驕傲底人，在許多雙露着期待，陰暗，帶着嘲笑底眼光之下，他高高地舉起了雙手，有時候，像一隻公鷄似地收起了一條腿——他終於也安然渡過了河水。那一羣抬着重物底人，輪到他們跳，大部份摔進了水裏。

隊伍，在河底另一邊，在那一片廣漠底，呈現着沒有生命，然而古老得不能算計出年代來底石灘上，重行聚合了起來。暫時底無秩序，又重行在哨音和譴責底整理之下，歸入了某一種權威底管轄。這一行年輕底隊伍，便朝着更為荒凉得多底區域繼續深入。

翅膀上帶着露水底青蚱蜢，在這羣草原底侵略者底踐踏下，瑟瑟地鼓起了翼，發出如金屬薄片拍擊底聲響，跳躍起來。有一些蚱蜢，身上包底是淺褐底皮殼，也許牠們底年齡比青皮者老些，牠們年青底青色被陽光晒得褪掉了。另有許多小小底蜻蜓，只飛到他們底肩膀高，飛一下，停一下，但都不曾落降到地面。隊伍終於抵達了終點，就是這一塊生育着褐色蒿草底荒地——那個撐着軍旗底士兵，跑出了隊伍，將旗桿底金屬尖尾，連着兩下，插入硬化底壨地。

荒地上蒸騰起了一片濛濛底灰土，混和在陽光裏；隱藏在灰土中底是，許多條慌亂地奔跑着底人影，許多雙輪流地踩踏大地底脚底，以及軍官那短促，斷續，堅硬底吒喝。塵土逐漸地飄降到地面，荒地上，每隔約卅步距離，列出了一排排，像石柱似底隊伍。他們，一聽到口令，整齊劃一地旋下了槍，杵向土地。他們挺起胸脯，收住了下顎，一動不動地立正站住。那許多條筆直底身軀，在地面上，投下了筆直底黑影。有一陣子，使得那個軍官也不能分得清楚，這一羣屬於他管轄底兵士，是否在一瞬之間已變成石人？驚訝，和一種輕微底恐懼，使他發出下一道命令底決心遭到了延擱。未經過多久底困惑——那是如同夢一般底，在這尙滲合了灰塵底陽光下——他振作起自我，發出一道命令——於是，好像生命灌注進這些本沒有生命底石柱，他們開始活動。每一個橫排乃都一致向右轉，向左轉，一致抬高脚步，如操練底種馬，續續地彎腿運動。不到一會兒底功夫，瀝瀝底汗水便濕墨了他們底背，搭黏住他們底肉身，他們底胸口淌下一條條汗跡，他們底肩窩下露出一團墨烏……

那太陽，如同唱着歌一般底懽悅，沿着光滑無瑕底藍色天空滑行到快要接近中天底地位。它底瞳孔忽地睜大，嘻笑着，帶着嘲謔地，俯視着這羣散佈在草原上，斑斑點點，比螞蟻大不了好多底人。它底瞳孔祇要略微睜大一點，這些渺小底人，在他們底心中，便隱隱發出一聲輕微底呻吟。太陽點燃了這一百多頂鋼盔，如點燃了一百多盞銀亮底聖火；但是，在鋼與火底下面，卻是那柔弱，艸綠色，如植物似底肉身。

有一個青年士兵，他底臉，濕漉漉，因爲汗出得太多了，顏色蒼白得像是調和了凉水底石灰；他底眼眶，因爲缺乏充足底睡眠，陷成爲兩隻黯黑底洞穴，他底顴骨之下，顯出兩塊陰影，像擦抹上去底黑胭脂粉。他仰起了頭，觀看那片比這一片草原還要廣大底青空，除了太陽，他只看見了一朵離開太陽尙有五六步底小雲朵。假如那一小塊底雲能夠遮蔽一下毒熱底炎日——卽使是僅僅遮過去一小會兒——那短暫底片刻，也是他所無限渴望底。那短時間底遮蔽將可像沙漠裏底一滴水在飢渴行旅底唇邊輕輕點潤一下底曼妙。他在心中默默祈禱着，希望那一朵雲將駛向燦然發光底太陽。他希望那一朵雲能像一塊母親底襁褓裹住太陽。雲，未曾聽從他底祈禱，逕自從太陽底下方駛了過去。這個蒼白底青年，像一支柔軟底，無力底青草，在立正時，彎了下去。

到了正午底時分，雲爬了起來了。她們好像懷中抱着許多嬰孩底母親，帶着原始底力量，從地平線底下方，伸長了起來。在這樣晴朗底夏季，她們也是樂於抱着孩子出來通通新鮮空氣，和鄰居們閒聊聊天兒底。不僅她們底臂彎裏，懷裏，抱着她們圓胖底囝兒，她們也是挺着大肚皮底懷孕底母親。不過，無論那天空裏底母親會人數是多麼衆多，她們只願意徜徉在天空底四邊。她們是不肯遠離她們底家庭底。

草原上底人，已經分散了開來，有坐着底，有立着底，有臥着底，現在是他們休息底時刻。可是，他們找不到自己底影子，太陽，這時侯正在他們底頭頂，畢直地照射下來，他們是失去影子底人們。他們底眼睛，茫然地尋找着一塊沒有被陽光侵佔底地方，他們竟連一塊影子也尋不着。乾糧底午餐已經用過。戴黃顏色底鋼盔底軍官，下出命令，他們可以暫時把鋼盔脫下，抹一抹臉上底汗。他們便依從了他底命令，取出手帕了，拭擦着臉和頸項。太陽更爲猛烈地敲擊在他們剃光底頭顱上，許多底人，反而耐不住那熱，又重新把鋼盔戴了上。有底人，仰起了臉，伸着頸子，嘴吧頂住一罐兩手握着底水壺，讓一條一條底細水，汩汩地，流溢到他嘴吧底兩端。他們有底站了起來，走到一塊好幾個人圍攏着底地點，那裏，他們爭先恐後，搶奪起一隻發閃底鋁碗——擺在乾地上，裏面放了一把精鹽——他們將手摳進碗裏，抓起一把，塞向嘴裏，然後，對着水壺底水送下。食鹽，在他們底生活裏面，已成一項不可以缺少底食品，他們流出來底汗，就是等於流底是鹽。當人體底鹽份大量消耗時，人底精神便像瞌睡一般底疲倦。他們乃依賴大量食鹽供作補充。那碗白鹽在烈日底照耀下發出刺目，鑽石般底光線，那碗白鹽是一把「生」底精英，是他們體力底泉源。

休息，就是休息，也只是短而又短。軍官，又從他坐着底板凳上，站起來了。他修正，束緊了一下繫住鋼盔，勒住他底下頷底皮帶，從口袋裏，掏出了哨子，——急促，尖銳，兇猛地吹嘯着。不安，通過了躺在荒地上，坐在荒地上，坐在板凳上，那許多條疲軟底身軀。在哨音催促聲中，他們站了起來，沮喪地垂着頭，走向架槍底地方——槍枝架得像一把把紮起底稻草捆——拿起了各自底槍。他們遂又排成結實，堅硬，石牆一般底隊伍。

和上午底方式相同，他們分成爲許多個班，各自步到相互之間隔着長遠距離底地方。這一回，每一個班，不再站成一列，他們改爲繞成了一個圓圈站立。舉起槍，平平地，眼睛順着槍管望出去，那帆布底佩帶繞旋着他們左邊底大臂。他們底手，舉得酸了，都痲了。除去這一種動作，他們還做坐姿，跪姿，臥姿。

那戴着黃顏色鋼盔底軍官，忽然，走到一個青年底面前，將他從地面強拖起！軍官大聲地叱喝着他。站在他底長官底前面，那個年輕人呆笨地伸出了頸子，兩隻手離開他底身體遠遠地，他底腿，也彎曲地分了開來。他對他底長官申辯。軍官伸出了他底手，指住他那雙彎曲分開底細腿。他底腿還是繼續地保持原樣，不曾略略地加于修正。軍官便跑了上去，在他底臉頰上，拍地括了他一記耳光。那個青年底自尊心受到了莫大底傷害。他僅僅把腿稍稍併攏。軍官，卻不能認此滿意，他底要求，是要他部屬嚴格底執行，正確無誤底執行。因此，他猛踢着那雙彎曲底腿脚。軍官脚上穿底是堅硬如鐵底大牛皮靴。那青年終於服從了他底武力，把他那被踢打得軟了底，疼痛至極底腿，挺直了。操作，在軍官揮掌打擊他，飛腿猛踢他底時候，戛然停止下來。他們獃獃地，在陽光底下，觀望着這兩個人底對立。軍官，丢開了那個企圖反抗他——但終於他那反抗底意志被他鋼鐵底意志擊潰——底年輕人，回過了頭，叱喝他們，命令他們繼續去操作！但是反抗底意志，在那個青年底胸中並未因之低下了頭。反抗底意志，像一隻固執底野牛底頭首，雖然暫時被撳壓下去，然則過一會牠又抬起來。在那青年底心中，他底仇恨跟密集底烏雲一般，擁聚得愈過愈濃。他用着刻毒尖厲底言語在他底心中咒詛着那個軍官。離着他們，遠遠地站開，他像一個被放逐了底刑犯。不過羞恥心和畏怯，並不曾在他底火烤似底靈魂裏深根，不，斷然是沒有底，他反而感到驕傲。軍官離開他底時候，不曾吩咐他是入列，還是繼續立正：那也等於是說，他，必需矗立地站立在那裏。

草原底正午，陽光使大地蒸騰起一層白霧。那幾塊小丘陵好像落進睡眠之中。遠處底K市，那一池悅人底藍，如今也混上了牛乳色。城市墮落了，它做着底夢，比那幾塊小丘陵底，要淫穢得多。草原上底士兵，有躺着底，有坐着底，也有蹲下底。水，已經都喝得光了。他們因為疲乏，受到烤炙，口渴，都坐立難安地蠕動着。

那個驕傲底軍官，不和他們休息在一起。他遠遠地坐在一張過於狹小底板凳之上。他脫下了黃色底鋼盔，捧在兩隻手裏，安擱在膝蓋上面。驕傲使得他離開了他底士兵，但是，也可以說，他們對他底敵意，排斥了他。他是一個正直，嚴於負責，行爲冷酷底軍人。他底頭髮，和他士兵底一樣，也被剃掉，但是在頭頂尚留着寸許底硬髮。他底臉像一條劈下底燧石，堅硬，瘦削，赭色。他臉上一絲不動底肌肉正符合着他心中所嚴守底紀律和誡條。他曾殺死過人——以刺刀，以火燙底槍丸。不過他心裏並不是沒有「愛」，他也喜歡他帶領底這一百多名年輕，規矩，動作敏捷底新兵，他覺得他從來沒帶過這般優良底隊伍。但是他們不知道他愛着他們。那個被罰立正底，曾經試圖違抗他命令底，他想，當然是他們之中頂恨他底一個。那士兵，如同一根柱子一般，孤零零地直立在他們之外——他和他是同樣底孤獨；同在羣衆底範疇圈外。發現他底長官在注視他，那士兵便昂起了頭——反抗像一條富於韌性底皮帶，頓時拉緊，他挺立得更直，更硬。軍官也知道他現在立正底正確，不是出於對他底服從，而是出於一種抗拒，以驕傲抗拒驕傲！那麼好吧，就讓他再多站一會，軍官心裏作了一個報復底，冰冷底決定。他底驕傲是不容許被任何人所損及。

在離開那個被罰站底青年人不遠底地方，那個曾經被太陽所照暈底人，仰高着臉，躺在地面上。軍官從他底小木頭板凳上起立，然後他走向那個躺着底病人，去察看他底現狀。他躺臥在太陽之下，沒有任何底遮蔽，雖然身上穿着衣服，卻像正赤裸地奉獻給太陽。他底眼睛面對地視入太陽底眼瞳，雖然他閉上了眼睛，但太陽之印象仍刺透他眼皮，把一個火紅底，胚胎形底體象投傳給之。軍官底身軀立得挺直，兩手扠在他那修長且美底腰身之上，頭垂了下來，詢問這個病人是否好點。病人只有唯一底一種答覆。自然軍官也不能相信病人底話，他抬起了頭，於是，他底嘴唇咧了開來，陽光如沸盪底黃金之水般潑瀉在他頭臉上，太陽——一隻瘋狂，白亮，鬚鬣怒張底猛獸——令這一個軍官眼爲之盲。他迅卽垂下了頭。他心裏憐憫着這一個病人，不過他自己也無計可施。這時，那個立正底青年，忽然之間，感覺一陣宇宙底大旋廻——太陽在空中作了一個大旋舞。他急忙收集了全身底力，極力去鎭定下自己。他決定在那軍官釋放他以前他絕不能先無用地暈倒。太陽底廻旋，在他底毅力底控制之下，逐漸底馴服了，鎭定了。

一羣人走到軍官底跟前，向他申述着一件事情。他回答着他們。他們便排成了一個行列，由其中之一個人領着，向背對着這些休息者底方向走開。他們一路走，一路撥開淺棕色底蒿草，他們發現有些蒿草上彷彿洒上了石灰一般，被陽光漂白成白灰了。到了一處蒿草比較高，比較生得濃密底地方，他們就繞到這一排蒿草底後背，在那裏一齊拉尿。以後他們又排着隊，由一個人率領着走回來，向軍官報到。

太陽已經運行到了西半天底一半，軍官走近了他們休息底地方，拿起了哨子，尖拔響亮地吹起了。他們站了起身、調整着服裝、拿起了槍，他們，這許多像螞蟻一般底人，又聚集成了濃黑底，分辨不出個體底隊伍來。經過了一陣訓話以後，出來了一班人，之後，又出來兩班人——先出來底那班，走到靶牌——那木架子上張着畫了黑圈底白布底東西——仰臥底處所，一個人抗起了一面；他們排成了縱隊，每個人都在那重負底壓力下，彎起了背，壓低了頭，一步一拐底，蹣跚地踏着，向着草原底南方丘陵前進。後出底一班人，有些，分別在附近一帶插上竹竿子，竹竿底頂上飄着三角形底紅旗子；還有底人，肩上抗着紅旗子捲起——像帆船捲起底船桅——底竹竿，以及一種看起來像捕蝶網，在竿底貼了一塊圓圓洋鐵皮底長竹竿，遠遠地跟着抬靶牌人底背後。另外一個班，擔任底是把子彈箱抬到一條土堤上——這一條堤是比地面要高起一個人底高度，上面另鋪有青草——之任務。他們將一夾夾底子彈從懷中抱着底箱裏有如農夫底播種一樣底，將這些金色底金屬種子撒植到堤防上。這些彈藥是撒了（按照定量，分佈在規定好底位置）以備射擊者射擊時方便取用。

抬着靶牌底一班人，如一條纖細底，黑色底流水，流經這一片乾枯發黃，又帶點兒青，其間還夾雜着深褐色斑點底大地。終於，這一流黑水也枯竭了，被口渴了底大地吸吮進去——他們下降入一條溝道裏面去了。

當餘下底隊伍翹首望着遠處（就是溝道底所在）昇起了一面面，陸續地，緩慢，帶着無上之莊嚴之靶牌，他們便準備射擊。在土堤底下面，依照排齊底行列，疏疏朗朗底散坐着人，在板凳上。第一線底人，聞到了命令，從板凳上站了起來了。他們底兩隻手在胸脯底前面斜斜地端着槍，他們保持着這一個姿式，直等到次一個命令以前。他們聽見到第二道命令，於是邁開脚步，向前面走，他們艱難地，因兩隻手既不能用去攀登，也不能用作保持平衡，爬上土堤。他們在土堤上，站成長長一排，槍口一律朝向天空。他們等待下一道底命令下達，在命令與命令間，總都有一段冗長底距離。在土堤上，他們感覺到涼快底清風了。那風，是從西邊丘陵底缺口吹送來底。那是海裏底風，從湛藍底臺灣海峽吹送上來。許多張臉，綻開了微笑，他們因爲站得高些，才吹得到風。他們口渴，風跟水一樣底豐盈，清冽，他們便貪婪地吸入肺裏。射擊底命令喊出，他們跪下，仆倒，於是，一片堅硬底粒子之爆炸鳴響、那明亮底，鋼一般脆底，破壞底「砰」「砰」聲，像一片薄薄底潮水，掩蓋上了草原各地。等這一陣零落底槍聲響過以後，靶溝上底靶牌都搖搖擺擺蹲了下去，終至它們底臉沉入地下。過不久，靶牌又都昇起了，它們底臉敷了數塊膏藥，接着，在每一張靶臉底前面，一根飄飛着紅旗底，不見握住底手底，竹竿，揮舞着，或是一根頂端裝了圓牌底竹竿，在靶面上底各個角落指比着。射擊過了底人，退下來，輪到下面一排人登上土堤。一陣又一陣底槍響遁失在宇宙之靜寂裏，被靜寂給吞食了。在莊嚴，不作任何表示，如神一般緘默底靜寂前，這微弱且躁急底噪音，顯出底是孩童一般底虛妄浮躁。

土堤之下，沒有風，如同一塊多燠熱底盆地！不知道是因爲那地面底熱度昇起底，還是因爲他們人類身體底溫熱，汗，呼吸等混淆所致，一籠氤氳底霧氣蒙籠他們底頭頂上。他們手肘抵在膝蓋上，頭部托在雙手裏，他們以不動底姿勢，以不激蕩底心情，來抵拒陽光底傷害。他們似乎天眞地設想着，若是不出聲，不隨便移動，便會跟躲避一條尾追底野獸一樣，躲避過太陽底注意。他們底臉一個個晒得火紅，他們底水壺，噘着圓圓底小口，被棄在他們底脚邊。

草原進入了下午，進入了沉寂底，疲倦底下午。蟬底鳴聲，也許因一上午縱響太累乏了，已經寂然地停息。在槍聲停止，當第二陣槍響還未開始以前，草原底靜寂，像睜大，凝神諦聽底眼睛，像期待底神祇。這不再是一塊人世底境域，這裏，像是另一個寂靜底星球，這裏底空氣，所呼吸底是「死亡」。不僅在空氣裏停着死，一座丘陵底山坡上，也立着死——香蕉樹，經過一上午曝晒，已經枯萎了，垂着葉子，張開兩臂，像一個垂首釘在十字架上底殉教者；非只一個，一整塊山坡上都立着這一羣死之塑像。而且，誰又能夠不去懷疑，那些上午歌唱底鳴蟬，不是也在他們底讚美歌聲中，殉了道？

在靶溝裏，積着污水，工作者底脚浸在污水裏。他們脫下上衣，露出滑光，奮張底裸軀，去推動靶牌昇降。靶牌底滑輪吱吱地響，他們或用雙手去推上，或鑽進靶牌底下方，以着肉質底肩膀去頂抬該架。當他們要拉下靶牌時，他們須一聳身，像猿猴一般，兩手吊在鐵架上面，以身體懸掛空中底重量將靶牌拖下來！他們每兩個人輪流着擔任一座靶牌底昇降，當一個拉了十遍，精疲力竭，混身披滿若珍珠兒似底汗珠時，便由他底同伴去代替他。於是，他，像一條力竭底狗，像條洩光了氣底輪胎、癱瘓地坐在溝裏一層高出積水底石級上，艱難地喘着氣。靶溝裏面，因爲地方狹隘，人擠得又多，再加太陽跟污水蒸騰底水氣，使空氣污穢得恍如毒氣。這一長條仄窄底大地裂口，不像是因地殼崩裂暴露出了人世下界底眞相？這許多擁襍底，赤裸底，詛咒底，喘氣底靈魂！

天空如蒙上了一層蟬紗，張起了一件淡煙之衣。雲底姿態，已經改變，母親懷中底孩子，如今在母親底肩膀上疊起了羅漢。天空裏演出底戲劇，詭奇而多姿，演員——雲，燈光——陽光，佈景——天色，似乎都已經預定在計劃之中。假如上帝是這一幕戲底導演，那麼風便是祂底命令，祂底手勢。肥胖底白雲，變成了油黃之老媽子，再過一會兒，雲堆底肚腹又變灰了。夏季底下午，照例有一場雷雨要搬演，如規定好底節目一般準確。那快樂底天氣，好像忽然地厭倦了他底生活，太陽，如一位君王，匆匆退了席，灰色底幃幕隨之就拉上了。去看剛才那許多健壯底雲，在不知不覺間，遽然化爲烏有，令人不禁對生命底存在和消失（或者不妨說毀滅），感到瞠然驚異。甚麼看不見底可怕巨手，在毫無惻隱之心而又表現得極其漂亮底過程中，銷毀了他們底生命?

天空是一池灰墨水,一片灰色底虛無,沒有底底——在灰色底背後是甚麼?我們底靈魂投了進去,便沒有止境地直往後飛,那便是自由,使人暈眩,使人戰慄底自由。草原上吹起了風,冰涼如水,帶給這沉寂底死域一陣夢魘底騷動,草彎下了腰,山上底樹林也搖擺着,宛如伸出了許多隻招着底手。那殉道底香蕉樹,也舞動着破袖子,隨着陰風起舞。濃密底烏雲,在山頂,懷着生育底痛苦,像孵着鷄蛋底母鷄一樣竄孵在山頂上。快樂,久渴得飲似底解救,而又摻和着將無可避雨底憂懼,散佈於人羣之間。但他們自表面上看起來,彷彿是漠不關心,因爲射擊底人繼續矗立在土堤上,沒有一點改變地聽着命令,仆倒,開出潮水一般底槍聲。卽使是坐在土堤下底人,也僅是抬了一抬頭,看看濃雲。他們不能夠擅自離開坐位。像那些被風吹彎,被動底蒿草,他們相同那無知覺,懷着宿命思想底植物。

一條銀色底樹根從天邊探下,彷彿它以自身恐怖得發抖來恐嚇人類,只一閃,便消失,回到那不可知,深不可測底境界。一段冗長底期待。植物和有知覺底人,都已經預先知道隨之而來底將爲甚麼;他們愈是等待得久,愈是驚訝。終於,行星巨石相撞;喀啦一聲,然後是隆隆底巨炮,音響又異於地球上任何底爆炸,它是漸次地,帶威脅性地增強地。許多底巨石在石板上滾遠!草原上底人不約而同地抬起頭;在天空裏,發生了什麼事?什麼人在那裏奔跳?天空底灰色,除了給他們沒意義底答案之外,什麼秘密也不曾洩露。天空底那一邊,總像是不可知底——然而又像是可以知底……

雨來了。偃臥在地上底那個病人首先聽見雨底急切窸窣底脚步,雨像一位少女,踏着輕盈底纖足，雨，可以看得見她，穿着緋白底紗衣，自草原底西方，如愛人似地投奔過來。這個生病底少年轉側了一下身子，他底白臉，掛上悽惻底笑容。躺臥在草原半日，他暈厥了又甦醒，甦醒了又暈厥，沒有抵抗地，任由太陽如一隻野獸般地噬食他底肉體。現在，他想，我把我底殘餘，拋給另一位新來底女主人。

軍官急促地吹着哨子，喊下命令，土堤上底人便降下了堤。所有底人，一例地，把槍反過來佩，槍口朝下。白雨席捲上整片草原。只是一瞬之間，他們就被掩埋入雨底白色海洋中。他們底耳鼓，敲滿嘩嘩雨響，因而聽不見彼此之間說話底聲音。他們底眼睛，除了一片白茫，也看不清他們同伴底面相。在雨裏，每一個人都變成孤獨底個體，他們無法和他們底同伴建立起連繫。軍官底哨子，也失去了作用，他底權力被雨水沖走了。那迷惑住士兵底法術已被撤除，士兵底整體，已一變而爲遊離，四散底部份。沒有任何可以棲身底地處，這一羣原野底人，只好坐在板凳上面，聽隨雨底鞭子在他們底身上鞭打。他們像洪荒時代底原人，蜷縮着，將生命底一切交付給自然處置。當閃電底樹根一再種下，有一回，銀色一變爲火紅，他們底瞳孔，亦現出了原人底恐懼。對於一個更高底，強而有力底存在，他們底認識並不比原人爲多，而人類對祂底敬意，對祂底恐懼，對祂底膜拜，是恒古常存，且相同不減底。

雷雨底騎兵隊過後，爲草原留下了不少明亮底湖汪。和平底寧靜，舖展於丘陵，和原野上，空氣裏飽含着清新底水份，萬物似乎都在靜謐地吸取甜美底休憩。丘陵上底樹，顯露得又濃又潮又綠，它們底貞潔，清雅，一如一尊尊聖女。樹木底高度一致，排列得整齊無差，充滿了宗教端肅之美。天空，分成顏色分明底層次，靠近大地底是一片水平灰色，灰以上，是一片水平之白，白以上，便是透明如水底藍空。不復有痛苦，不復有殘暴，雷雨底餘音彷彿還在草原裏蕩廻，但就像一切記憶一般已屬於過去，不久，連記憶亦渺杳無跡了。太陽，變成一個紅臉，慈和底老人，從雲端窺視，而且，已經移到了西邊接近地平線之處。人類於雷雨以後尚餘留着，他們立起身，整身濕透，衣服如他們底皮膚般黏貼在他們之肉體上。他們活動了下四肢，冷得都有一點發抖，他們便面對向夕陽——那醉紅，微溫底落日，這次帶給他們底卻是宜人底溫暖了。槍支，經過雨水底洗禮，已不能射擊。當軍官手捧着槍，一支一支地，輪流着檢查拉開底槍膛時，他底臉色沉重，雙唇緊閉。這些短短底，肥圓底 M1，必須加以拆卸，滴上油，用一塊布努力地擦，把一根通條直統統底通進槍管子，才能將銹除盡。他們覺得高興，因爲餘下所能做底事，只有將隊伍帶回營地休息了。

獲得了軍官底允許，他們把身上衣褲全脫下，赤裸着身體，只着一條短褲頭。他們擰乾了水淋濕底軍衣，然後，將它們拿到土堤上，舖展於猶濕底草葉間，讓高處底風，並借着夕陽底最後底餘溫，把軍服晾乾。他們明天還要穿這相同底一套。靶溝裏底服勤底人，排着單行底隊伍，人躲藏在靶牌底下，亦回來了。那一面面底大靶牌，在夕陽底光暉中，被照成爲燦爛金光，不也是一面又一面底太陽？這一羣光頭底人，赤裸着身體，被陽光鍍成了金人，倦怠地坐在板櫈上等待着日落。軍官底濕衣服不曾脫下，他底自尊，他底自覺高於他們底優越感，使他不願意在他底士兵前面脫衣。他底黃色底鋼盔——階級與權威底標記——依然端正地覆蓋在他頭顱上！太陽沉下去了。西方底天色一片火紅，如一隻熊熊底大火爐。夕照，使人引起思鄉底愁緒……

軍官吹着哨子，他要他們穿上尙未全乾底軍衣，集合待歸。於紫羅蘭底暮色中，他們，着好裝後，聚合起來了。他們闃無聲息地聚攏，手臂上掛着木凳子，肩膀上掛着槍，接受必需執行底看齊和報數。等他們把隊伍排齊後，軍官緩慢地移步走向那個被放逐底人。他幾乎要被人遺忘了。軍官命令他歸隊。他挺起了胸脯，向他舉手行了一個軍禮，向後轉，驕傲地邁步走回隊伍。他底衣履盡濕，黑濕而緊底上裝，顯露出他背部底寬濶。軍官目視他步入行列，然後，走向那個偃臥在濕地上底病人。他，混身泥漿，臉上塗滿黑泥，倒還淸醒着，可是他寒冷得直打哆嗦。軍官向着隊伍招招手，於是，兩個站在排頭，身材高大底士兵，將槍支和板櫈交給鄰兵，跑步到達病人底跟前。他們以手臂插入病人底肩窩扶起了他。然後，杏黃色底軍旗拔起了，隊伍開動了。軍旗飽吸滿雨水，沉甸甸地垂着，晚風吹不動它，在隊伍底前方開路。攙扶着走底病人，跟隨在隊伍之後，軍官，也跟隨在隊伍之後。四野底暮色逐漸加濃，郁陰陰地合攏，像潮水般，卽將鯨吞了他們。

在隊伍裏，那個被罰底士兵，他底仇恨似乎也受了暮色底影響，逐漸地模糊了。他底意識裏，不再出現燃燒一般底怒火，那火燄已經熄滅，只留下一縷裊裊底餘煙。

他們渡過了河！河裏底水，因爲剛剛那一場大雷雨，水勢增高，喘着急促底哮聲。他們未再去掉鞋，只管抬高了腿，直接涉踹而過。以後，他們便消失於東方黑鬱鬱底竹林子裏。

夜晚底草原，依舊恢復其自然底本來底面目。人類白天底所作所爲，所流底汗，咒罵，仇恨，槍響，呻吟，乃至忍耐，負責，守紀等美德，都未曾留下絲毫底痕跡。黑暗底草原，如一張廣大，柔軟底臥床，同時，也像一位溫暖底婦人，她之胸脯平靜底起伏呼吸。那唧唧底蟲聲，是她夜間常睜底眼睛。

暖溫底大地啊，愛底大地，妳永永存在；妳那胸懷無所不納，無物不容，不論是美是醜；妳以妳遠古底智慧（保持着久永底年輕），愛着，雖則又不十分地關心——然而我們絕不懷疑妳底愛——撫育着我們渺小如蟻底人類，眺望那有若無盡底夜空底未來。

天空揭開了遮蓋底黑布，閃露出千萬顆新而熠亮底珍珠，如雨般紛紛掉落，然而，又被拘于半空中。

# 大地之歌

古典音樂茶室，設在衡陽路一家冰店的二樓，翠綠一片的新公園就在左近。冰店的門口，盤踞着空隆空隆的製冰機，鉛管子百折廻繞，被一層似粉的濃霜密密包裹。

若非內行的人，必定找不到茶室究在何處，登樓的小木梯，裝在冰店的左邊，容易遭人忽略。從小木梯登上，探頭進一座幽暗的洞穴，那裏就是：終日管絃之聲不絕如縷。空氣氤氳的洞穴，沙發布套子油膩，唱片的聲音毛灰，可是生意依舊興隆；許多大學生逗留竟日徬徨不走。是否他們眞喜歡這裏，沒有人曉得，終究它是一塊年青人可以安身的地點，一塊可以遠離學校，家庭，宿舍的場所。

十月間，某個星期四的下午，古典音樂茶室裏，客人較爲稀少，空氣比平時乾淨許多，正播送着馬勒的「大地之歌」。一棵棵盆栽的小棕櫚，錯列在座位之間，顯得容光煥發。有個血紅臉孔，寬濶肩膀的大學生，穿土黃卡嘰布大專西裝式制服，坐在頂後面的一個牆犄角裏，閱讀一本日文小說。他來自臺灣中南部鄉下；一片烏髮，覆蓋住整面天庭，直遮過眉毛；兩條粗圓的大腿，綳綳地緊裹於黃卡嘰褲管裏。他也是茶室的常客之一，這下午特爲到這裏寫一封信，寄給他孀居的母親，告訴她前夜把她寄來的六百塊錢全部輸給同房的朋友，信剛剛寫完，他說他感到非常懊悔。

這學生看過了幾頁書，抬起眼來，略事休息一會。無意之間，他注意到一幕景象。一對情侶，頭靠在一起，兩人的黑髮溶成一堆，她的手握在男子的手裏，他們的嘴唇互相銜接。這對情人是半小時以前進來，選擇的座位靠他的左邊，一個相對的角落。他們以爲坐在最後，有棕櫚樹權充掩護，前面的客人不會看見，就是他這個學生，適又目不轉睛地看書，因此肆無忌憚。她穿一件緊身羊毛衫，顏色鮮紅，胸前挺起兩顆結實的小乳房；男的穿一件尼龍灰夾克，梳着吐出長舌的流行髮式。當他們初進來時，他心裏曾經泛起一陣輕微的痛楚，那是任何孤獨的青年，看到別人携帶女友時都會產生的。此刻，男子鬆開了她的手，捧住她的臉，繼續吻她。未幾，驀地將她摟進懷裏；她的兩條手臂也從他的臂彎底下伸過來，拘住他的背，手指痙攣，蔻丹的尖指甲摳進他的夾克。他的吻，頻頻跟雨點一樣落在她的咀唇上。當他鬆開了手臂，她有如暈厥過去，如失去知覺，撲倒在他身上，臉埋入他的肩膀，混身抖顫。附在她的耳邊，他柔聲地對她囁嚅。經過片刻，他們別無其他動靜，她靜靜伏着，方才的激動逐漸平息。這對互相擁抱的情人，好像幸福的昏昏睡着。男子不久垂下了頭，輕輕吻入她的髮堆，深深地嗅着，啃嚙着她的柔髮。而後他又去吻她的耳根，她便又開始抖顫，甚且嗚嗚咽咽地抽搐，肩膀猛烈地一聳一落。他的嘴唇探尋着頸窩，探尋着髮鬢，探尋着眼梢，一路尋下，又尋到她的嘴唇。他的右手滑下來，沿着她的細腰，向上移，撫摸她左邊的一隻乳房。她抽手打它，然而它繼續撫摸，進而又摸弄她的另一隻乳房。她也不再抗拒。他的手突然落到她的腰部，探入她的紅毛衣，朝上伸進去，恣意地活動。這時她一臉驚慌，使着力氣，把他推開。他這次抽回手。她靠向沙發，兩手搗臉，抖得比剛才更要厲害。他伸出一條臂膀，圍住她的肩，輕輕對她細語。然後，他輕輕分開了她的手。她柔順，多情地對他凝視，眼睛裏水光瑩亮。她斜乜了他一眼，拋給他一個嗔笑，旋而舉起兩隻手，如兩隻翻飛的白鴿，整一整頭上的頭髮，又拉一拉縐了的紅色毛衣。後來他們一同起立，手牽着手，彼此相視微笑着，雙雙離去。

那學生繼續低頭看了一會書，未幾將書合起，頭靠椅背，仰臉覷覷地凝望天花板；他的眼珠灼灼，凝望天花板上一池隱藏着燈泡的天藍湖泊。

他下得樓來，溫濕的黑夜，已經充滙滿臺北市多時。宿舍裏的晚飯早已開過，他覺得肚子裏有一陣活獸蹦躓的飢餓——遂走下吆喝擾攘的公園路，準備找一家小麵攤子果腹。鬧市的夜景，浮起了酒紅和桔黃，碩大無朋的燈光之果子。

# 大風

霍——霍——好大的風，好大的風。你吹罷，儘管使大了力氣吹下去罷，你就是再大上個一倍，我也還有力氣踏得動。這風，想它就是登陸的颱風了。從今天一早，就不停的有一部汽車，警察局派出來的，沿着大街和小巷，嚷嚷地廣播，說是颱風艾麗絲，就要從花蓮港登陸了。剛才，我聽見它說，今天晚上十二點左右會吹到臺北。這一響，該有十一點了吧？該早過了，您看這光景，街上連一個人也沒有。來了颱風，我們踩三輪的，可就要辛苦得多。風大，踩起來費勁，假如這風力再強上一級，我們就不用想去做生意，損失一天的生意，可不輕呵。大凡在颳颱風以前，我們不用先去看報，就能從天氣裏瞧出幾分。颳颱風的前兩天，天上的白雲特別晶亮，天空也藍印印的，好像吸飽了水份。到了傍晚的日落時分，漫天漫地，都是一片澄黃。然後，到了第二天，一陣的太陽，一陣的白雨，加上一點風，吹得街上的樹呵，直點着頭，葉子跟翻裏的大衣似的翻了過來。那時候，我們踩起來就已經頗費勁了。踩三輪的這一行，天不怕，地不怕，就怕風力大。雨嚒，恁它有多大，只要把斗笠一戴，把一張玻璃雨衣一披，自在得很，怕它個甚麼？太陽嚒，晒得多了，也就習慣，到了夏天，臺灣哪一個角落沒有太陽？我們晒掉了一層皮，再長出一層皮來，久而久之，那皮，牢得就跟牛皮一樣，黑得就跟黑玉一樣。苦是苦的，但是只要不颳風，甚麼都好。媽的，這計程車，不長眼睛嗎？要不是我閃開得快，豈不給它撞死！自從臺北有了計程車以後，我們眞不曉得吃了他們多少虧。以往，我們一天可以賺四五十，現在差遠了，能賺到三十已經不壞，生意都是敎他們給搶跑的。這些龜孫子，不斷覇佔我們的田水，一有三輪碼頭的地方，總見得有那麼幾部棺材車，在那裏鬼鬼祟祟。我們不客氣抓到了，就揍。昨天下午，我們的碼頭上抓到了一個。是我們的老四眼睛亮，先給他發現的。那小子，正坐在他的棺材裏，停在華陀中藥號的門口，伸出個頭來，招呼三個穿花襯衣的太保。「打！抓住他，攔住他！別給他溜掉！」老四一叠聲的呼嚷。我們聽見，急忙丟了象棋，一夥人嗡着追上去。那小子也相當機警，看見我們氣勢洶洶的殺來，連忙把他的烏龜頭縮進去，準備開車，溜之大吉。我和張鐵頭，大門牙，黃鬍子，命都不顧了，一跳撲上了汽車頭。他不敢開，一開就是四條人命。不由分說，我們把他從車子裏拖出。老四揪着他的領子，喝他：「媽了個臭×，你停在這裏幹甚麼？」「我，我，做我的生意，並沒妨害你們，甚麼地方都可以停。」他說。老四一揮手批了他一記耳光。一聲喊，我們一擁擁上，括他的嘴吧，踢他的肚子，揍他的臉。許多人圍着我們看熱鬧。他一邊哀哀哭着，一邊被我們揍得東搖西晃。他身上穿的一件黃制服，全都撕成了碎布條，帽子也丟了。終於臉白白的望着地，跟一條軟麵似的，他一癱，跪了下去。老四和黑鬍子又搶上一步，扣住他膀子，把他拉起來。老四鼓瞪着眼睛，氣咻咻地說：「再打！再打！今天不打死他不算數！」假如大夥兒就打到這裏爲止，也就罷了，可是那小矮子，武大郎，性子本來就烈，這時掄起了一根粗棍，照着那傢伙腦袋，咚的一記敲下去。那傢伙臉只一別，連一聲氣也沒有哼，直挺挺地躺下。武大郎又雙手掄起了棍子，還想再補上一棍，虧得我及時逮住他的胳膊，我說：「使不得，要鬧出人命來了。」這時，大夥兒望着地上的一汪鮮血，黏稠稠的，都傻楞住。看熱鬧的人有叫的，有往後退的。我們推着武大郎擠出了人羣，叫他快逃。武大郎，瞧他平常是個狠傢伙，這當兒居然木頭木腦起來。我們又連聲催他，他才直着眼睛，蹬上他的三輪車，望着一條巷子溜掉。那挺在地上的，傷得不輕，慘白白的一張臉，塗滿了污血，好像一頭栽進了猪血桶子。我看他血實在流得太多，要趕緊送到醫院去急救才行。我於是把他抱上了我的車子，送到附近的一家醫院裏。他年紀很輕，才不過二十來歲。打是該打，打得過了份，是有的。以後，我們一夥人都進了派出所。至於武大郎，我們也知道，他是逃不脫的。晚上九點多的時候，果然他就落了網。據說他聽到那個傢伙沒有死，就一屁股坐到地上，放聲大哭，他不只是哭，他又哭又笑。我想，這一回當有他的苦頭吃的。前幾個月，他跟人推牌九，讓抓賭的警察給捉住。他竟舉起了板凳來，要砸警察。一個星期以後，他們放他出來，他一步也走不了，需由兩個人扶着。這一回他還要吃一頓苦。俗語說，天燥惹雨，人躁惹禍。

霍——這一陣風更大，您聽那風吼的聲音。路燈都給風吹滅了。這一條巷子，黑得比隧道還黑。就是前面這一間了嗎？唉呀，我恐怕沒有零錢。您看，一塊錢的票子我一張也沒有。先生，您就多給兩塊吧，颳颱風，路又遠，給二十塊也不爲多。謝謝，謝謝，謝謝。

對客人，就得用這一套。你先把零票子藏在右邊的褲袋裏，把十塊錢的整票子藏在左邊的褲袋裏，當他要你找錢時，你就從左邊的口袋裏掏出來給他看下。

嚇，好熱，一身的大汗，颳颱風的天氣就是這樣，現在雨也不下了，只顧颳着熱呼呼的乾風。報紙上說，這颱風是從菲律賓吹過來的。它從大海來，起初海上甚麼也沒有，然後空氣裏逐漸的有一隻氣渦在滴溜溜打轉，這氣渦跟眼睛一樣。以後，它越轉越大，於是就成爲颱風了，它開始移動，跟一隻陀螺一般。它能飛得過一片汪洋，它所經過的地方，樹林子，屋子，有生之物，都望風而倒，靜悄悄的伏在它的脚底。它吹過了臺灣，就繼續向北，旋進茫茫的東海裏。以後，在大海裏就找不到它的踪影了。

該有十一點半了罷？先不忙回家，且一路再去打牠個游擊。風吹得大，踩起來雖費勁，但是錢也刷下來的多。哈哈，吹罷，吹罷，把鈔票跟樹葉子一樣，吹進我的口袋。

車要吧，先生？這裏到中和鄉，遠得很，給十九塊錢好了。不貴呵，先生，您不信去坐別人的試試，白天我說此地拉到中和，都要十六塊錢。這是今晚的最後一班生意，才算您便宜一點。您說好多嚜，先生？十七塊？加一塊，十八塊好了，只差一塊錢。好好好，十七塊就十七塊，請坐上來罷。

十七塊錢拉到中和鄉，眞太便宜了。我向來不跟客人亂喊，我的價錢最公道。路多遠，要多少，老老實實，絕不會跟人多要一個子兒。大前天的晚上，半夜都兩點多了，有一個姑娘，在延平北路叫車，說是要到昆明街去。我說，這個嚜，少給一點，七塊錢好了。可是她掉過頭走了，我就問她：「那你要好多？」她說一塊錢！一塊錢！您聽到沒有，先生？一塊錢！半夜兩點多，從延平北路到昆明街！開玩笑罷！但是我說好好好，坐上來吧！您看，我的價錢就是這麼便宜。信不信由您。

您要聽一聽那一個小姑娘的故事嗎？就是剛才說的那個小姑娘。呵，您應當聽一聽，都是眞的事。您不信我要了一塊錢，那也罷，我們不用去管它，反正相當便宜就是。不過，您可要相信我底下說的故事。

您想一想，半夜兩點多了，一個年紀輕輕，長得又挺標致的姑娘，手裏還提了一個袋子，獨自的一個人出來，怎不令人詫異？我一路騎，一路想，究竟她出來幹甚麼？她是個私娼呢？還是人家的閨女？這年頭，女兒爲了爭甚麼戀愛自由，跟老太爺大吵一架跑出來的情形，可不稀罕。我騎着騎着，到了臺灣戲院的附近，就聽見背後有人在細細的哭。是她在哭。可是，她又怕哭出了聲音，揑了一團手絹，掩堵住鼻子。到了昆明街尾，她說就是這裏，付了錢給我，下來走了。我望着她去的方向，是朝淡水河的，還是她單獨一個人，並沒有甚麼人過來接她。我們拉三輪的，成天價在臺北東奔西跑，碰見過的怪事也着實不少，往往弄到了後來，變成了見怪不怪。說實在話，我們沒有這許多閒工夫去推究，再說，我們往哪裏能推查究竟？那些客人，和我們多半都是頭一回見面，到了目的地，掉頭就走了，從此再也不易碰到。來來去去，都是些影子。

不過，那天晚上，我總覺得放不下心。我兀自的停在路傍，點了一根煙，悶悶地抽着。我望着堤的那邊，有一盞路燈，凄凄迷迷的亮着，燈下浮着昏昏陶陶的黃霧。這時來了一個警察，我走了上去，告訴他這一件事。我說，她可能會發生意外。那警察，也是我們外省人，對着我罵道：「你個大笨蟲，怎麼早不先向她問個明白！怎麼早不跟在她後頭看看！隔這許久了，還來得及嗎？」其實，這怪不得我，一個女人家，怎麼好無緣無故的和她搭訕？不過要眞有個甚麼意外，我倒……我出了一身的汗。我丟了三輪，陪着警察，爬到了水門的堤上，去張望。偌寬的一條河，壅塞着綿綿的大霧，河水在大霧的肚子下流着，透出一閃一閃的水光，像晚上睡不着的眼睛。我們除了霧，一塊一塊的鵝蛋石，別的甚麼都沒有看到。警察說：「我們先沿着這一條河堤找一找。你放尖了耳朵，仔細的聽，聽聽看水裏邊有沒有響聲。」水裏頭，只有魚偶地跳出，潑瑯一聲，那種打破水浪的聲響。大概是魚給一場惡夢嚇醒了。我忽地用手一指。叫道：「哪，你看，那個不是？」在石階的第一級，有一團白色的東西，看來像衣服，跪伏的堆在那裏。我們走近了一看，果眞是她。她的臉埋進裙子裏，竟然沒有察覺我們立在她眼前。「喂！妳坐在這裏幹什麼？」警察推醒了她，問她。她抬起了臉，好像還不明白是怎麼回事，而也奇怪得很，她絲毫沒有吃驚的模樣。那是一張遲鈍，出神的小臉。警察把她帶到了派出所，警察也要我跟着去。

是個後車站的姑娘，才十三歲。十一歲時，被賣到巷子裏邊。因爲受不了那箇苦，她深夜找個買藥的機會逃了出來。她受不了那個苦，才十三歲，而那些客人一個個都是大塊老粗，我很清楚，假如您去那一帶看過，就會了解她們過的甚麼日子。那一夜，她原想跳進淡水河，把她一身的苦痛，羞辱，洗一個乾淨。那個警察誇耀了我一番，說我「見義勇爲」，說「人若無惻隱之心，非人也」，我的表現，就是富有「惻隱之心」。我說沒甚麼，人生以服務爲目的，我們孫中山先生說過。

奇怪，這一響，風好像停了。不是好兆頭，更大的颱風，更呼烈的颱風，就在眼前。這刻該有十二點了罷？咦！怎麼？這樣快！開始了嗎？來了，來了，全部的主力都開上來了！雨也來了！這一陣雨好強勁，冲得跟瀑布一樣。先生，讓我拿一拿雨衣。雨好像爲我洗臉，暖和和的雨，跟紹興酒一樣。前面就是大橋了。

呵，這條河，漲水啦！不是河，是一片海！橋上連個鬼影也沒有。橋上的風一定更大。聽那急湍聲音，像是打雷。媽的，衝了！……我透不過氣……橋好像在搖，這水泥橋挺堅固，大概不致……去年有一次颱風，一輛三輪，在這橋上，被颳下河，……說不能過，也過掉一半……過了一半，我就跟已經到了對岸似的快活，一半都已經過完，剩下的一半自無問題……前一半，包括了後一半……我們過來了，先生！

客人已經走了。空空的市郊街道，無論甚麼種類的人，都走了。這世界，此刻是颱風一個人的院落。他任性地奔闖，衝進這裏一條巷子，掀開那裏一家屋頂，或者，拔起這裏一棵大樹。他活像一頭黑獅子，跳着，撲着，滾着。我伸一伸手，彷彿能觸到他一身的黑肌肉，光光滑滑，肌理強韌。

我必需騎回臺北。不過問題相當的難辦，那一道大橋，該怎麼過？過來的時候，是兩個人，一個蹬，一個坐，重量大，風吹不走我們；可是，這一趟回去，只剩下一個人。有時，多出一個人來，卽使他成爲你的負擔，他同時也是你的幫手。我需得先把這雨篷扳下。睡下來吧，我的破布帆，和大颱風遇在一起，我們且犯不着同他鬪。這張椅墊子，固然是人造塑膠的，讓我也把它藏起。把雨衣也脫掉，這勞啥子，已經不受用了，她擋不了撩開她的風。斗笠，也去掉。上衣，也脫了，省得它被雨濕透。嘿嘿嘿，只有這個濕不透，只有我身上的這一張皮，永遠防水，比甚麼雨衣都耐用。

我的天，這眞是一個發了瘋的黑夜，這風吹得我發昏了，昏得我都不曉得我站在哪裏。天和地，攪成了一團，我的脚底下是浪，我的頭頂上是天，我得靜靜地記牢。這是個爛醉如泥的黑夜，一個無限制供應燒酒的黑夜。喝着這一口口的風，我也醉得飄飄欲仙了。風，跟海浪一般，一波又一波地撲來，它就是還在老遠，你已經能聽到一片海浪的喧嚷。我背後拉着的是一輛空車，這空空的負擔卻有多重！×他娘！竟連一寸也踏不上？好像有人用手擎起我的前輪。我就是這樣站起來蹬，仍還是踏不動，鍊條恐怕要斷，聽它喀喀的聲音。這根細骨的車把，難免不被我斷成兩截哩。還是下來推着走罷。哦！它又轉向了。在大風裏走路，像個會使草上飛的神行太保。我得把兩條腿紮穩，跟樹根一樣，牢牢種下地去。霍，這風好潑辣，她抓我的頭髮，搖我的腦袋，我的眼睛也被她吹歪了。要上來的這一陣更大，聽這聲音……它使我呼吸都斷了……又來了，更大的……抓住！老天爺，翻啦！……噢——噢——操他奶奶的……噢，……讓我喘一口氣，我坐在地上喘一口氣……我剛才以爲要飛掉，一踉蹌，差一點騰空而起，後來我大概撞上了人行道上的水泥臺子。臉破了，出血，這道傷口準不淺。相當的痛，像刀子在臉上割似的。我怎會沒有站穩？也許實在因的風力太大。我喘得太厲害了，像一隻風箱。我的胸脯都喘得快鼓到喉骨。四十二歲，比不上從前二三十了。那時爬一座山，嘴都不張一下。

甚麼聲音？——橋燈的玻璃罩碎了。坐在這裏我的耳渦貫滿了風的呼嘯，一切都像在夢中。又碎掉一個。呵，這清脆的破碎聲。坐在這裏，我覺得懶惰，我的四肢已經厭倦去和風力搏鬪，它們也希望享受一下休息的快樂。隨它們去罷，休息也有好處的。不過我的神志萬不能休息。

我覺得手和脚的血液已逐漸暖和，新的力氣已經生出，我已經休息得頗爲充份。我應當重行開始了。這一次，不要去思索甚麼危險，低下頭，閉住氣；在不知不覺中，你往往能夠幹得更好。我的脚已較剛才着力，風力並未減弱，可是這回她當拔不掉我的根了。現在我的脚步像帝王那樣平穩。吹罷，吹罷，流氓，你試試再搖搖我。

橋燈的柱子，像衞兵一樣，整齊的立在橋兩傍。大約再經過五六根，我就能抵達對岸。他們跟儀隊似的歡迎我，迎接我走進宮殿。

我站脚的地方，下面不再是水了；下面是泥土，厚厚的，暖暖的，穩固的泥土。當一個人站在土地上，他便覺得穩定，不易倒。人是屬於土地的。看後面的橋！隱隱的藏在黑暗裏，幾乎分辨不出，它被黑暗溶解了。半夜十二點多，沒有一個人，沒有一部汽車，敢度過這一座橋，只有一個踩三輪的中年人。

河堤底下的臺北市啊，一盞燈火也看不到。假如白天在這堤上小站一會兒，總可以看見那些青青的椰子，一根一根，像青草，插在片片屋頂的夾縫裏。這會兒，什麼都看不見了，連黑約約的樹影，也分不出了。想牠們，在風裏頭，必定也孤零零的，跟風力施施然地柔着道。也必有數根，會折斷了她們脆白的細頸子。我就從這一片斜坡滑下去罷。在都市裏，跟在橋上又不同了，這裏的危險，不是怕掉進水裏，而是怕那橫七豎八，吊掛下來的電線。要騎得慢一點，順着路的當中騎，免得讓電線給電死。四周圍，跟戰場一樣，都是噪雜的聲音：啊！廣告牌掉下來了，玻璃窗碎了，電線尖起了嘴，打着胡哨——多麼熱鬧和不安的黑夜！那各種聲音的當中，最普遍，也最經久的，是甚麼？那種跟海浪似的，像大撤退時的惶惶人聲，是甚麼？當是樹葉子的蕭蕭聲。不，還有一種，壓在各種聲音的底下，像有聲，又像無聲，也許它本身就是回音，又帶着振人心弦的迴響的，是甚麼？它像許多低弦嗡嗡的合聲，哦，也許它就是你力量的聲音了——颱風。也許，它是你的靈魂，它是你生命的波動的頻率。

又是水？都市裏也有河了？我的腦筋更加的亂了。我不是在做夢罷？不，這不是河，是陰溝裏的積水，發到馬路上來。長長的一條街，已是一條水街。

我只有涉着水過去。車子，也只好到水裏去洗一個澡。水倒是不冷。不過我倒希望是冷水，冷水使你快活，不像這溫湯，叫你皮膚發癢。原來在水裏走路有這般難，你的脚，好像有個人曳住，使它提高不得。才不過剛跨了幾步，就讓我攪出了這許多踢水的聲音。糟糕，愈走愈深了，已經沒到我的腰部。老天爺，可不能再深，我不會游泳，只會浮一浮，划幾下狗扒式。緊捱着當中走罷，靠到旁邊，有掉進溝裏去的危險。這一帶更加的深了，沒過我的胃部了。走慢一點，步子小一點，跌跤的機會少一點。從這裏起，開始淺些。剛才深的地方，是中間的低窪部份，往下的就會逐漸轉淺。一條街，就是一條河。我的三輪變成了一隻水箱子，讓我把它翻轉來，吐掉這一肚皮的水。嘿嘿，要是我在車斗裏找到一條魚，那才妙哩。斗笠和雨衣，都不見了，叫水給冲走了。經過許多困難，沒有一點兒損失是斷斷不可能的。我的家，就在前面不遠，沒有多少路了。

哦，靜下來，颱風，靜下來，我已經快到家了。等我走進了家，無論你再怎麼撒野，對我已不生作用。家的裏面，是沒有風雨的。看，在那萬般的黑暗中，點了蠟燭的一洞小窗，是我的家。銀花還沒有睡哩，她等着我。萬般黑暗中的一窗燈火，銀花，妳爲我點着的。雖然它的蠟焰是這麼渺小，但無論外界的風多強，雨多大，蠟焰依然平安的點着，好像安穩睡在土地堂的帳幕裏。銀花，開門啦，是我，從颱風裏回來了。

妳還沒有睡嗎？唉，下次妳不用等我了，妳應當早一點睡。妳咳嗽咳得好些了嗎？還是咳得這麼兇。妳猜猜看，我今天賺了多少錢？錢都在這裏，噫啊，都爛了，給水泡爛了。我一張一張數給妳看罷，看到了嗎？銀花？七十二塊哩！一共七十二塊錢！比昨天快多上一倍！明天妳就拏這些錢去找個大夫，讓大夫替妳開一帖藥，吃一吃會好些。我們可以睡了。等我出去把車子推進來。

霍——霍——好大的風，好大的風，現在你吹罷，儘管使大了力氣吹下去罷。我的好伙伴，你陪了我一天，我們一起爬坡，涉水，過橋，現在，你且陪着我，也到屋子裏休息休息去。

# 日曆

黃開華，快樂，不知愁的大孩子，才十七歲。一張紅噴噴的圓臉，一雙靈活的黑眼珠，他常常做跑步的動作；就是晚間去就寢，從書房走到隔壁的臥房，也要握着兩個空拳，低彎下身，哼着：「一，二，一，二」，活動他那兩條強健的腿。

五月裏，一個星期日的上午，他剛剛做完代數習題。他的書房裏，光線充足，一扇敞開的大窗，面對着照滿陽光的庭院，流進來椰子花的香味。他伏在桌子上，望着窗外，像隻頑皮的小狗那樣地出他的神。啊，誰知道他想些甚麼快樂的心事？誰又能數清他想多少事？

他正在夢想暑假。他的夢，滿是綠色的水，紅西瓜，穿下籃網的籃球。他從口袋裏，掏出一本小記事簿，翻到一頁小小的日曆。前一週開始，他每天劃掉一日，計算距離暑假還有多遠。時間多麼慢，劃過的日子，和尚餘的相比，只有小小的一段。這一天雖然還沒有過到半日，他已經性急了，先把它劃掉。過了暑假，就是九月，他想。十月，十一月，十二月，一個學期轉眼倒又要結束了。這樣看來，時間似乎又過得好快。過了十二月，以後就是一九六一年。一九六一年的後面是一頁通訊地址，沒有日曆。他要自己來畫一份，接連下去。從抽屜裏，黃開華找到一大張白紙，開始寫：

1961

January

S M T W T F S

1 .........

他模仿那張小日曆，寫得跟它一般大小。他的興趣愈寫愈濃。能夠預先算出未來的日子，對他來說，是有一種微妙的，神秘的快感；好像忽然得到預卜先知的超人能力一樣。寫完一九六一年，他接着又寫一九六二年，然後又寫一九六三年，這樣一年又一年，他絲毫不感疲倦地直往下寫。他的嘴裏興奮地唸道：「現在我卅歲了！……現在我四十歲了！……現在我五十歲了！……」。終於寫到二〇一五年的九月，紙面都已塡滿，找不到可以接下去的空位。黃開華開始想些他從來不曾想過的事。這就是生命的終點了嗎?他想。二〇一五年，他七十二歲，他沒有把握能夠活得這樣久。而，面前的這一張紙，僅僅是一張紙，便裝滿了他未來的，所有的，所剩的全部生命的日子。

突然，這個快樂的大孩子，伏到案上，嗚嗚地哭起來了。

# 兩婦人

適才這個走過去底高身量婦人，背後跟隨着四個急步底孩子，是我們這一帶街坊裏底洗衣婦。在這一帶，她已經洗了四年多底衣。昂着頭，臉上終年只敷一層薄薄底白粉，她底步伐總是僵硬而迅速。她甚少和別人交談，甚至，從她底嚴肅外表來看，她懷着滿腹底心事。跟隨於她背後底骯髒底孩子，僅屬她兒女底一部，她一共有七個子女。她底丈夫，曾經是一個區公所裏底工友，現在是個懶惰，賦閒，且喜愛吹牛底男子。他也時常在此帶街坊裏出現，喜歡到雜貨舖，小飯館，理髮店去閒聊，大聲地嘲笑別人底缺點。他或者同夥計們打鬧，追跑到街心裏。當他如此地虛擲着他底光陰時，他底女人，從一家，洗至另一家，日出，洗至日落，工作得像一匹騾子。

雖然大家都以為她是個冷峻底婦人，然而，我知道，她異常地疼愛她底兒女。有一回，我看見她帶領身後底一羣扈從，走進了一家賣臺灣糖果底小店，為他們一一買了一塊桃餅。我看見她面容慈和地把餅分給了他們。小東西都樂不可支了，小口小口地細咬着餅，踏着小小底木屐，追趕着他們走得太快底母親。

也許有人將會同情這一個婦人，覺得她底丈夫是個沒有骨氣底男子，他底懶惰，他底依賴於她，是男性底極大恥辱。然則，里巷底一帶，都這麼說：這個婦人狂熱地愛着她底丈夫，她極樂於把她底一切勞力貢獻給他。甚且，有人還這麼說：是她特意造成他今日底墮落，是她有意促使他底失業。關於這件事情底來由，附近底屋簷下，流傳着這樣一段故事。

十五年以前，臺灣剛剛光復，她那時還是一個渾圓臉孔，手臂豐腴，雖然不甚好看，然而噴發一身健康氣息底少女。她底父親，在新竹，開了一爿鍋碗舖子。店舖裏，天花板底下方，牆壁底四圍，掛滿了晶亮如球底銅壺，蒲扇，一綣一綣底鐵絲。假如有一陣風吹過，店裏底銅壺，鐵絲，鍋子，便相互地叩擊，發出叮咚底響聲。她底母親，一個挽髮底衰弱婦人，常是坐在店後底暗處打着長長底呵欠。她底父親，有時手扠着腰，站立在店門口；有時，攀上了那座活動底木梯，到樓上底頂閣裏，去研讀他底相書。小商人底生活就是這樣底自足，單調，而落寞。她或幫助她底母親燒一燒飯，或是搬了一張竹片底躺椅排在店門口，躺下來舒展地休息。那一年，她十八歲。她底少女底肌膚，因爲生活悠閒和懶洋，泛起了一層如紅燭底光澤；同時她底體重也日漸增長。她底母親時常會爲她而嘆息：「阿玉，再這樣胖下去，有誰肯娶妳呢？爲甚麼不少吃一點？」她底女兒，正要將一片花生糖，或是幾顆玉米，塞進她底嘴，總是漫聲地回答：「人家肚子整天都餓哩！」

那一年夏天，來了一個穿黑色中山服底外省男子。他於一個暑熱底下午，經過他們底店門，走進來買了一隻銅茶壺。從每一個角度看來，他都顯示出是個剛剛過海，來這裏居住未久底異鄉人。當他付完錢底時候，他並不走出，他底一雙貪婪底眼睛瞪食着這個胖胖姑娘底軀身。藉口去抓了一把洋釘，他試問着洋釘底價格，又多待留了一會。

第二天，這個外省籍底男子又來了。這回，他放大了膽子，和她攀談，他會說幾句生硬底臺灣話。此後，他經常打她底店前經過，或進來買一隻小小花碗，或者，甚麼也不買，只同她和老闆娘隨便聊聊。儼然，他是這爿店舖底常客了。

過了約莫一個多月，街頭和街尾，便傳遍了關於他們底蜚語；因爲，在日落時分，他們常常手牽着手，到城外底阡陌間去悠悠漫步。那是在十五年以前，我們應該記得，那時臺灣人和外省人間存在着一條深不可渡底鴻渠。小城裏底人，氣憤塡膺，他們感覺到一種團體底榮譽受到重大底傷害。他們之中，最爲憤懣，最爲震怒底人，莫過於她底父母。

「不孝的東西，妳看看妳幹的，妳的阿母已經在後面病了，」那個終日研讀相書底老人，氣青了臉，顫慄慄地指着她。

她低着頭，不作回答。

「我告訴妳，妳年紀輕，不懂事，妳要曉得每個外省人的家裏都有太太，妳要跟他過去做小的？」

「但是他沒有結過婚，阿爸。」

「妳怎麼知道？」

「他身份證拿給我看過。」

「身份證？妳就這樣容易的被他騙嗎？身份證上不可以塡假的？妳昏了頭啦！」

「但是他告訴我，他願意在臺灣長住，他一生一世都不回去。」

「說得好，他現在是這麼說，萬一以後他要回去呢？萬一他不回去，他叫他的太太到臺灣來呢？」

「不會的。爸爸，你不要再講，講多了也沒有用，我已經決定同他去。我除了他別的人都不嫁的。」

她底眼睛像兩朶熾燃底炭花！

「好！好！」老人歪着嘴唇，「妳很孝順！妳是我的好女兒！不過，我說個明白，我絕不准許妳嫁他，我絕不准許這門親。那阿山，我要找幾個流氓殺掉他，他渡得過海來，我讓他渡不回去！」

聽得了她父親底後幾句話，她驚愕得久久不能言語。她底父親，她知道，如一般果決底小商人那樣，當他爲了保護私自底權益時，任何一種狠毒底手段都有膽量幹出來。於是，那天夜晚，她伺機從家中逃了出來。她潛溜到她情人底住所，流着滿臉熱淚地央求他，求他立卽帶着她逃走。他驚訝得愣住，後來，熬不過她底懇求，終於和她相偕逃往人海螽螽底臺北。

十年底時光轉眼溜逝，她由一個新鮮底少女，轉成一個粗笨底婦人。她底臉，變爲一張浮白底大臉，眼睛，變成一雙未能睜開底細縫。她總是穿一件骯髒，掉了一隻搭扣底洋裳，她底頭髮，經過理髮師廉價底手術，變成一塊四方底小餅貼在腦後。她底皮膚也已失去了光澤，現在是灰白而粗糙。她爲他生育了三個兒子，經過了許多在少女時未曾想到底貧窮，病痛，和憂慮。他們底境遇，從一開始抵達臺北，卽陷入困窘。他們曾經擺設過麵攤，曾經在輝煌底夜市裏賣過估衣，而後，他才算找到了一份職業，進入區公所做一名工友。當他們陷身於困危時，她屢次想起她底父母，她偷偷地淌着眼淚，然而，她已不能再回家。她底父母，爲了她這件不名譽底醜事，從未分毫原諒過她。不過時間，這個雖說殘酷，然也是頂慈愛底老人，往往可令人鎭定，在他巨掌底摩娑下人逐漸可躺在命運底懷裏疲倦睡着。她以後便不復想念父母了，她底精神以後自然且不覺地灌輸給了孩兒。一個新底家庭在等待她底照應，同時也給她帶來慰藉。

但是在第十年，當她懷第四個小孩之前，發生了一件事。某一天早晨，她到她丈夫底衣袋裏去拿買菜底錢，她無意摸出了一封郵信。本着婦人警覺底猜疑，她預感到這封信底陰影，感覺已經有一陣烏雲掩向她家庭。取出了需要底錢數，她將這封信，偸偸揹入她衣中。

她丈夫，照常喝畢三碗稀飯，套上他底衣服，跨上那部生銹底自行車，上區公所去。等她丈夫去遠，等她底孩子都已去上學，她便從胸口抽出了信來。信封上底字跡，果然是寄給她底丈夫，寄出來底地點，是香港調景嶺。信紙是質料粗劣底毛邊紙，上面底毛筆字斜斜歪歪地排下：

「建以夫君、分別十二年了、音訊全無、妾與大寶及二毛日日啼念、想你在臺一切都好、眞是掛念、十二年來一家生活都靠妾爲人縫衣維持、生活艱苦之情不堪回想、共產黨來後、家鄉的生計更爲艱難、近年一日一餐都難獲一飽、我母子常常一天不曾進食、村中的人情形亦都相同、都無幫助之力、五叔與五嬸已因缺糧去世、村中原有百餘戶、如今只餘十數家、連野狗老鼠都看不見、我母子乃於月前逃出共區、今已在港、昨日於路上巧遇劉大伯、得知夫君在臺生活安樂、並探得夫君地址、不禁喜出望外、此非上天憐我使我夫妻果有見面之期哉、香港生活甚爲困難、望速寄錢少許、佐我母子在港生活、並望接我等赴臺安居、卽祝

近綏

玉蘭謹啓」

她讀完了信，把信放置在裙兜上。她底臉顯露一片空洞蒼白。這時屋外底鷄啼，孩子在陽光

裏遊嬉底聲音，都聽不見了，都會合成一股朦朧底耳鳴。直俟一陣小孩底哭聲傳進她底意識。她徐徐站起，走到那啼哭嬰孩底搖籃邊。她將嬰孩抱起，擁在她底胸脯上，解開了衣襟，餵給他奶吃。這個孩子，生出才不滿六個月。她讓着他底尖嘴貪婪地吸吮她底乳汁，她底鼻孔翕張着，吸吐着粗響底呼吸。她眼睛斜斜地投向屋子底一角。餵完了奶後，她用一塊血紅底襁褓包裹起嬰兒，將嬰兒抗到背上。

「終於給我的爸爸說對，終於給我的爸爸說對！」她心裏唸着。

她找到了她底菜籃子，鎖上了門，打起一頂黑陽傘到菜市場去。

這個寫信底婦人，是個甚麼樣底人？這個輕輕地亦喊她丈夫爲夫君底婦人，是甚麼樣子？她說她快要餓死了，她說她也有兩個孩子。她那兩個孩子，跟她底一樣，也是她爲他生底！

在臺北街道上，這一嚮，她時常看見一類穿藍布短衫底婦人，梳着光亮底髮髻，據人說，她們是新從大陸逃出來底。叫玉蘭底這個女人，也是這種打扮嚒？一張光滑黃黃底圓臉，一雙杏仁形狀烏溜眼，一襲藍布衫，一顆圓髮髻，她不知在臺北那裏見過。她想像她就是這付相貌。她底憎恨，集中地投向這一張臉。

妒嫉，如無數條底毒蛇，啃嚙着她底心。她像一束熊熊熾燃底荆棘，她底頸，她底額，她底顴骨溫溫地發燒。婦人底妒嫉，如爬滿果實中心底蛀蟲，她半意識地感覺到被蛀蝕底隱疼。

買完菜回來，她把菜籃擱在門口，她用衣袖拭去臉上底汗水。她打開鎖，推開木門，她猶自站在那裏默想。忽然，一股強烈底慾望搖振她，她衝進屋裏，再把那一封信拿了起來，重行自頭到尾讀了一遍。信上每一個字都透出那一個女人纖細溫柔底聲音。她將信嘩啦揉進手裏，她底粗骨底大手，將信捏成一隻結實底硬體。她走向開往厨房底門扉，推了進去，將這一隻紙球向一爐紅通通底炉火抛進。她望着爐火緩緩地，困難地，將這難以消化底東西燒竟。

中午，她底丈夫回家了。她爲他把中飯燒好，時間上並沒有延擱稍慢。她把午餐底盤碗端上了桌，她底眼睛躲開她底丈夫，垂視盤碗，而後轉反走開。但是當她在他背後走動時，她怔怔密密瞪視他。吃過了午飯，他脫光了上衣，打着赤膊，準備小睡一會。他坐在榻榻米底坑緣，抽着一根煙，然後只吸了半根，將煙蒂在坑邊木條上壓熄。

「阿玉，妳看見我的衣袋裏有一封信嗎？」

他很早就想開口，一直按着到現在。

「甚麼信？」

她正在厨房裏彎身淘水，聽見問，並沒有把頭抬起來。

「一封從香港來的信，一個朋友寄來的。」

「被我燒掉了！」

她底眼睛從水缸邊緣，如一雙獸眼似底，逼射向他。

他吃了一驚，知道事機已洩漏，但他還想抵賴，說道：

「這怎麼行？朋友寄來的信，妳爲甚麼要燒掉？」

她從水缸邊爬起，手裏握着銅質水杓，向他過來。那堅硬熠熠發亮底水杓在空中一連揮了數下，他萎黃底肘臂護衞住他底頭，人側向左，側向右，水杓跟冰雹一樣落在他頭上，指節上，肩上。「阿玉，有話慢慢講，阿玉，不要打，不能這樣野蠻，唉呵，痛呵，妳會把我打死的，妳先聽我講嚒！」

她喘咻着氣，一手扠住腰，壓低了嗓門，嗄聲地說：

「你對得起我！你騙我，說你沒結過婚。你把我從家裏拐出來，讓我跟你過這樣苦的日子，可是不論多苦，我都陪你過，我還給你生了這一大堆孩子。而你，你，原來你家裏還有一個女人，一個臭婊子，一堆小雜種！你的良心在那裏，陳建以？你是人？還是狗？」

說着，她抽起了銅杓，跑上一步，就要再打，可是她驀地把水杓一丢，雙手搗住臉，放聲大哭起來。她傾圮地跌入一張椅子裏，讓她底眼淚和哭聲，如決堤底河水，向外四溢。

她底丈夫圍繞着她，團團地轉。他以最溫和底聲音，向她解釋，向她殷殷安慰，並央求她原諒。他說他本來就想把事實原原本本告訴她，他說，他何致於做出對她不起底事？他不會拋棄她。他一定不會把那個婦人接過來。他當以臺灣底家爲家。

可是，她只是一味地慟哭。她謾罵他，埋怨他，並威脅着說她要去自盡。這樣鬧了許久，那個打着赤膊底男人，有時急得直頓脚，否認她所控訴他底罪行；有時又捏綠着嗓子，以最甜柔底聲音，甚至還扮着笑臉，向她保證他是如何地愛她。到後來，他底急急底說話，他底頓脚，把他自己弄得疲憊不堪。

兩個多小時以後，她暫止住了哭，也許她感覺疲倦了。不論她心裏還有多恨，她已經從他底如泉底誓言裏得到了一些補償。她擢出肥胖底手腕，掬起她底裙裾，揩着紅腫底眼，然後別開臉，憤憤而冷冷地說：

「那麼，你說怎麼辦？我們可以現在決定一下。我完全聽你便，陳建以，隨你說，你是接她來，還是不去接？」

「這，當然囉！還用說嗎？當然不接，」他幾乎欣喜若狂地回答。

「你接她來也好呵。你可以讓她住在我這裏，你還可以把我和我的孩子趕出去，讓我們去街上討飯。不過，陳建以，你聽好，我也不是好欺負的，你如果眞要接她來住，那首先，我就用砒霜毒死她，然後毒死她的兒子！」

那個丈夫，畏懼而憎恨地望了她一眼，但自然又點頭贊同她底勸告。

於是，她便代替他做了決定。她說，由她來寫信給那個婦人，告訴她，她底丈夫已經在臺灣另組一個家。假如她想到臺灣來，那是不可能，並且請她以後也不必再寫信來。

次日，這一封信，便由她寫好，親自投進了郵筒。

住在香港底婦人，於一個星期後，接到了來信。她便帶同她底兒子，悻然折回了大陸。那是一九五六年秋，大陸正遭罹前所未有底災荒，人死得像蒼蠅一樣。那個劉大伯有信給臺灣底這個男子說底。自此之後，就再也沒有聽到有關她底音訊。

臺灣底婦人，遂贏獲全勝，奪得一個完整無缺底丈夫。

不過，由於猜忌心，她對於她底丈夫已不能概予信任。依她想法，他旣曾欺騙於前，難保不欺騙於後。因此，除了封鎖住他底經濟，她更爭取辦法，謀求獲得與他同等底力量。她決定也去賺錢，使他尊敬她，不敢叛逆她。她遂揹着孩子，開始去爲人緣戶洗衣。不久，由於她底辛勞，她所掙底錢已超過他所賺底錢數。她底地位，她底力量，非僅同等於他，甚且高過于他。她於是進一步，勸他辭去工友底職位，讓他全面底接受她底撫養。本來，他就是一個貪圖舒適，無所作爲底男子，也就更樂於一渡不需流汗底生活。

於是，她遂完完全全地佔有他，再也沒有人能把他奪走。

# 踐約

臺北市底較爲靜寂底南區，有一條兩旁安置得有花盆底巷子，這是某一所大學裏底教授，暨他們底妻兒子女，所居住底。這一條冷巷，很像卜居在此底教授們，顯得一表斯文，帶點學究氣，也有些老態龍鍾。那兩列宿舍，全都是條紋木拚成，木頭已經發黑，瓦片上爬滿了綠苔，門前又悉爲茂盛如鬚底灌木所遮。乍眼看來，它們靜悄悄，闃無聲息，彷彿是兩列無人居住底古屋。這是因爲住在屋裏底人都經由後門出入。從這一帶經過底行者，注意到這裏林木底扶疏，或者，在那強烈陽光之下底七月天，聽見知了斷續底吟唱，都常有置身於一所花園之感。

巷子底入口，靠着左首底一邊，住着林教授一家人。林教授，在某大，是一個無甚名望，一節課只有六七個聽衆底歷史系教授。不過，據人說，在二十年前，林教授是一位風靡北京底學者。甚至於，假如他底學生們頗爲關心底話，還可以從以前商務出版底叢書裏找到一小本他底著作。所以，「時代已經不同了」，他常說，他底學生也常說，大概凡是人都會這麼說；然則，他這麼說時，你應當聽出其中無限悲凉底意味。他已不能如昔時一般，吐音嘹喨，思維清晰。如今，他是用另一種溫和底聲音，滲雜着閉目停頓，和不知何以然底微笑，其結果，他底學生們都拿起了筆記本，打着十分歉意底呵欠。不過，他畢竟是一位和藹可親底教授；尤其就分數一方面而言。

林教授底一家，包括有林太太，兩個男兒，一位小女兒。他們居住於這一幢屋裏約已有十五年了。不過去年秋天，老大離開了家，往美國留學。巷子裏底芳隣都還記得，他們初來時那個老二林邵泉，還是個穿一條褲頭，扭着屁股，在巷子裏騎一部比他胸口猶高寸許單車底小孩。而那個女囡，如今，已經出落得是個美麗底少女，有着緋紅底豐頰，紅艷得像夾竹桃，那時，嘻開底嘴裏尚缺四顆大門牙。甚至他們底父母親如今也都得承認他們已都長大。他們底女兒林洵，現在就讀於一所最優秀底省立女中；林邵泉，今年暑期則剛從南部底一所大學畢業，業已參加過留學考，已經考過一個禮拜，（自稱頗有把握），目前正待在家裏休息。一年底預備軍官役，正在眼前遙等着他。

這一天下午，和普通臺北夏日底氣溫沒有兩樣，天空裏沒得一絲風。整座臺北市，宛如一隻密封底小盒，居住在這塊碗型盆地裏底人，被那厚軟如棉底熱霧所蓋，都已昏昏沉沉地入睡。這種時分整座臺北好像已入了子夜，一兩聲汽車喇叭聲，一陣冗長底飛機機聲，都可以叫你聽得清晰。這一條巷子，此時，陽光直射向房屋，灌木，和花盆。其光度似乎可以射得洞穿孔入。屋簷底下底簷影，如經過刀切一般；也如蓋印一般，深深打進了黃土地內。林家底住宅，這當兒，從一面張網湖綠窗紗底窗牖，飄送出一絲樂音。它是纖細，金絲一般底莫札特。是林邵泉，尚未入睡，正在賞玩他底唱片。他曾嚐試着睡過，卻沒有睡着。

林邵泉，今年廿三歲，畢業於×大歷史系。鼻上架着一座厚玻璃，圍繞着墨黑寬邊底近視鏡，他有兩道糾纏不清底濃眉，濃眉下，一雙冷冽，清瑩如湖泊底眼睛。他底臉，可以說端莊得足稱漂亮，只是，顯得有幾分老氣，也許由於黑眼鏡邊和雜濃黑眉所致。不過，他底嘴，造成了他面部唯一軟弱底部份。那是一張柔嫩，短促，比起鼻頭來大不了多少底嘴唇。嘴唇底上方，覆有一層稀薄，疏落有致底軟髭，軟髭圍生了大半個圓週。一排細如編貝底牙齒兼及一口柔軟如棉底北平話，便從這一張爾雅底小嘴裏吐出。像他這一種類型底青年，現在已不常見了；就是在大學裏，也很難見到。他底文質，使人懷念中國傳統以來底書生典型，然而，他仍具備了一付完好底體魄；肩膀寬濶，四肢碩圓。只是，林君並非是一個運動家，他既不業精於泳，又不業精於籃，他底皮膚，因此，較別人底爲白細。如同他底國語，他底皮膚，和他底嘴唇所透露，他底生活裏帶有幾分底懶散。譬如，拿現在來說，他安坐於床沿，背倚着牆，在牆與背之間，墊上了一隻使他安樂得有如帝王底枕頭。他是知道該怎麼坐才最舒服，例如，他又去找來一張小竹凳，把他底兩隻脚，高高地供奉起來。一杯茶，自然，就擱在近乎可得底位置。一架搖頭晃腦底電風扇，正忙碌而忠誠地，把風，自頂及踵，吹送到他底全身。再去看一看他底頭，大概總有一個半月沒剪，耳際一帶全都睡倒下來，掩埋了他底眼鏡脚。他底頭，看來像是一隻怒氣沖天底刺蝟。就是這付樣子，看來有點灑脫，也有點捫蝨而談底名士氣息，所以，他底同學們，贈送給了他「老頭」底雅號。

他未曾上床午睡，乃是因爲，心裏記掛着一件事。這件事從兩天之前，便擾亂了他底生活；它是一封該來而又未來底信，他們曾答應好，要寄給他。他們是指他底同學，這一封信對他底作用是，接到了信時，他必須立卽去履行契約。是一羣年輕人，在住校生活底某一個冬夜裏，所合訂底某種契約。

過去底四年歲月，他離開了家，居住在臺灣南部底一片山坡上。他和他底同學們，除掉禮拜天，都停留在那空曠底高處。在那裏，山坡底土色呈露一片朱砂底鮮紅。小小底，方形，精緻底校舍，一幢一幢，安踞於相思林裏。在這一片簡單，清潔底寂天寞地中，他底年輕底生命，便接受高空天風底吹拂。在不知不覺裏，遲緩，痛苦，他孤單孑然地步向了成長。然而，高山間底枯索生涯，仍有其特殊底腐蝕藥力。許多和他一起底同學，遲或早，都已抵抗不了誘惑，在這尊女神面前匐伏下來。他們遂受了烟、酒、撲克牌，和走私照片底侵襲。所幸他倒還沒有。他，以及一羣小部份底同學，似乎都在堅守着一種誡律。他們也許自身還不知道爲甚麼要遵守，但是，那就跟一般底道德律一樣，只需要單憑着信仰；他們堅信那是善底，他們因此固執不渝。這一種誡律，在部份底青年裏，未經過宣佈，然而雖則他們是個別底堅強信徒，他們已無形中結成一條陣線，共同接受它底統制。在成長以前，他們要保護它，像保護一塊玉一般。

如今，那高山頂上底少年生活，已經被遺留在頸後了。那在冷風裏，抖索着千百支夾竹桃底山坡，已經被時間之河所繞過，遺留在回憶底沙岸旁。他若是回首顧盼，所生底感覺，便是一種難以言喻底悲臆。好像一個遠行底旅人，在途中，轉首回顧他山坡上底家。

在他底臥室底外邊，地板上響起了踏沓底拖鞋聲。從那緩慢底節拍裏，他知道，是他底母親。她總是家裏第一個醒來。片刻之後，響起了裁縫機軋軋底聲音。他母親常在午睡醒後坐到裁縫機後面，爲他們裁製衣服。她爲他所做底內衣褲，總是大得可以穿進兩個人。而無論他如何抗議，她從來不曾改小過。「寬點兒涼快，穿起來也舒服！」她總說。

林太太是個肥胖，生了雙重下頦底婦人。她應當可以算是一個能幹底主婦，成天忙得毫無停息。對外面底人，說話時，她底圓臉上立時綻開燦爛底笑貌，甚至連聲音也溢滿陽光底光輝。不過外面底人很少看見過她嚴厲底臉色。在他們家，她是掌握了一切底母親。

坐在裁縫機底後面，她底兩邊花白底鬢髮間橫繞了一付眼鏡。她還不到五十，但是無論看報、寫信、或縫衣，已經都需要眼鏡幫忙。戴着它，朝向一件東西投以注目時，她必要略略地微低着頭。那眼鏡底鏡架，看來會覺得有趣，是學生用底。說起來，那本是她小兒子底屬物，由於一次他底近視做了一番驚人底跳躍，另外去配了一付（就是目前那一付），於是原有底鏡架，爲了經濟底緣故，她堅持着，改讓給了母親。

林太太俯下了身，把她底嘴唇，貼近裁縫機桌板。她用她底牙齒咬住了線頭：「你的藥又忘記吃了！」她說。她頭向左邊一拽，拉斷了線，然後背轉過臉來。她是在對她底先生講話。

林教授，穿着一身短衫褲，一條腿跪在榻榻米上，正困難地推開了紙門。他剛剛從午睡裏醒來，也許是被他太太底車聲所吵醒。他兩隻手按貼着地，像一個準備起跑底選手，撐起了他底肥胖短軀。林太太，從她底老花眼鏡底後面，冷峻地瞪視着他，繼而，扭回了頭，將縫衣機上底衣服拎起，如抖一件濕衣裳，招了一招，翻過一面又放下！

「糊塗，每次都要別人提，」她對着針下底衣縫嘟囔。

林教授患有高血壓底病症。每一頓飯後，他都要吞下一種渾圓如扣子底藥丸。而他竟時常忘記。他赤着脚，走向放置茶盤底方桌，從一隻胖肚子底藍水瓶裏，傾注出一杯凉水。他又從幾隻茶杯底中央，提出了一隻小藥瓶，將瓶蓋子旋開。一顆滑溜底藥丸溜進了他底掌心。他把嘴唇貼下，吸吮着這顆藥丸，而後咀動着他底兩腮，抿緊了他底薄嘴唇，就一口水，仰起頭，藥丸便掉下他底胃中。林教授走向窗前書桌，然後將他那沉重底身軀投落籐圈椅內。如此，他開始了他每天下午規定底工作。

為了一項教育部五千元底獎金，他利用暑假底每一日上午，每一日下午，來撰寫一册論文。他寫不出他自己底創見，祇有採擷從前讀過底材料，或引述他人底語句。儘管如此，他仍是工作得十分辛苦。在他小兒子底眼中，林邵泉對父親所寫底東西感到憤怒。時時，他覺得，他能遠勝過他底父親。他有一種榮譽感，覺得做一個學者，不應該如一條牛，盡反芻以前吃過底乾草。但是，看見他底父親埋首終日，他又覺得憐憫、內疚。特別是現在，當他，罣念着那一封信，而從那封閉底紙門裏，聽見父親墜進椅子底吱吱響時。他望着一面洞開底綠窗，他底眼鏡，兩片玻璃，捉着窗口底光線，濛濛反映出柔亮。音樂底聲音似乎開始騷擾他，那雙敏感底眉毛蹙挑起來。他從安樂底王座起身，向前移一步，走到放置唱機底檯前，將螺旋轉下。

他從掛在椅背底長褲口袋裏，摸出來一包紙包。撥開包口底錫紙，他從其中摸出了一根彎彎底烟來。他捏着雪白香煙底一端將另一頭塞入唇裏。口啣住香煙，他底手復探入褲袋，摸索出一方片火柴。他撕下一根洋火，就紙摺上括去，將煙頭探入那一朶火焰，吸亮了煙頭。洋火在畫個圓弧底右手裏暈厥，那啣住底紙煙，在他底鼻前跳躍。

林邵泉提起了胸，深深吸入一大口。那口煙便在他嘴裏打一個筋頭，而後找了條出路，從鼻孔裏噴出。林邵泉露出滿意底笑。他摘下香煙，仔細地端詳了一番。他又用他底食指，無限疼愛地，輕輕彈了煙頭三下。這是他抽過頭一包煙裏底第二支。

抽煙，只不過是三天以前才剛發生。那時，在窗口前，他凝望着窗外逐漸加深底暮靄，心想：「再過幾日我就要和從前完全不同，就要是一個新人，一個完全新生的人，好像從蛹變成蛾。吸與不吸煙，所以，將會有甚麼差異？」立時，他便出去買了一包回屋。

抽吸第一支煙時，他立於夜晚花園底一座大榕樹下。他噴出繚繞如絲底白煙，頭頂，遮得滿天底，是那一張一縮，淸冷，如螢蟲般底星子。夜氣鮮潔，他混身都能感應到，彷彿自己是一條魚，活在暗夜底水中。那時，他體會到，他早就期待着此一快樂。他很早便企待着，只是他並不知道，他不曾時常伸出食中指，夾根鋼筆，嘴咬住鋼筆底筆尾嗎？

他急急摘下這第二支，忙將煙頭在桌面按熄，一手抹掉煙灰，另一手速將煙頭掃入抽屜。面對着關閉底紙門，他垂手木立，像一個中國話劇裏準備背出臺詞底演員。

「小弟、小弟，喝不喝綠荳湯呀？怎不回我話？」

是他底母親，在門外問他。

「我不想喝。」

「要喝，外頭暑氣這麼大，不喝點凉的怎麼行！你要不喝，成天在大日頭底下鑽，生了病怎麼辦？你不怕中暑嗎？」

「我不喝。」

「喝點好，小弟，喝一碗也行，家裏每個人都喝，你爸爸一天要喝六碗，你妹妹也喝，我硬要她喝三碗。」

「好，我喝！」

「小弟？你喝嗎？好呵，媽媽已經給你倒在碗裏了。是端進來給你呢，還是你自個兒出來？」

他盡力使他底聲音平滑，以便不使她聽出他底喉底有一團東西。

「我出來！」

他拉開了紙門，走到外面底飯廳。飯廳，其實就是他父親底書房，和他母親底縫衣處。他母親坐在飯桌旁邊，微笑地注視着他。他這時已將胸口底那一團塊壘吞下去。這種試驗又一次底成功，使他覺得十分欣悅。並不是多困難底事；只需一閉目，用力吞口口水，然後樣樣事情至善完美；她不再繼續叨擾，他也頃刻忘記了損失。

他母親替他端來一把椅子，並以許多過剩底動作，將他底椅子移正了又正！他感覺那一團又上昇了，但是他移開視線，將它再度予以吞下。她十分快樂，只因他答應了她出來。她如今對他底態度，和小時候對他，及現在對他妹妹，有極大不同。——可憐底母親，他想，如今她日日處在恐懼之中，恐懼他會跟他底哥哥一樣、遠走高飛。如今，她會把他無意間底小小不耐，看大成爲即將背棄她底象徵。宛如一個神經衰弱底婦人，將夜間風吹窗櫺底聲音聽成大地底震動。他決定以後要多倍提防，以免驚撼她。

「坐這裏來，小弟。糖罐子也放在桌子上了，要不甜的話，你自己加。你先喝，爸爸就來，你到底來不來？等下再寫就不成不是？」她轉過身對着林教授，「每次全像這個樣！到吃的時候了，他就弄這個，弄那個。小妹！妳也不出來！」

「來——了——媽！」

林洵應着，從她底房間裏出來。她底脚步，重重地敲着飯廳底地板。但是，走到桌子前，她停住了，眼睛垂視着胸口，一雙放在胸前底小手，正忙碌地交纏着指頭。

「你看！」她說。

她把玫瑰色底掌心，伸開於她二哥底鼻尖之下。掌心上站着，一隻小得不能再小，只有蠶豆那麼點大底，一隻玻璃線小狗。而牠還有眼睛，耳朵，和一丁點翹起底尾巴！

林洵搖擺着她底腰，搖擺着放在他鼻子底下底手掌，然後掌心一闔：

「就是不給你。」

「哦？」林邵泉拉一拉椅子，坐了下來，垂視着他底碗口，「我知道妳想給誰。」

「給誰？你說！你說！」

「別緊張，妳知道我想說甚麼？我說，妳要送給：張揚！」

「噢！媽！」她咬着白瓷底匙羹，搖着她母親底手肘。

「別搖呵，死丫頭！碗快給妳打翻了！」林太太罵道。

林洵，是個胖胖底，有着鮮紅如醉暈之笑靨底小妹妹。她底眼睛，閃着少女所特有底水光。顯得有點映藍。她底臉，是圓型，既不像她底二哥，也不及她二哥底好看。在他們家裏，她和她底大哥（戴着一頂學士帽，正從粉牆上望着他們），是比較相像底一對。也卽是說，他們都貌似他們底父親，然而，若從這一點，來推出一個自然底結論，就不免略嫌冒險了。因爲林邵泉並不像他底母親。許多底家庭裏，常會出現這麼一個「異族」；那麼母親們便說：「你是垃圾箱內撿來的。」

林邵泉非常喜歡林洵。她是個小天才，每學期都考第一。不論英文、國文、數理、無一不在九十分以上。她不但成績好，參加講演比賽，書法比賽、音樂比賽，就是跳遠比賽，都必獲冠軍。他眞是要崇拜她了。現在，她穿着一件露出整條脖子和半顆圓肩膀，胸前和背後各遮得像一面方形涎巾似底黑衫；那微卷而低貼着頭，兩隻耳尖從其中探出，使她底頭看來像隻小哈巴狗底短髮叫她看起來曼妙極了。他爲着有着這麼一個妹妹實在感覺到驕傲。他愈發覺得她有趣底是，她底臥室裏，牆上，門上，桌子底玻璃板下，貼滿了明星照片，好像在舉辦着明星照片底展覽。她是個略近瘋癲狀態底影迷，那些 Sandra Dee, George Hamilton ，都是她過目不忘底英文生字。她一談起明星，就像昨天才見到他們似底。由於她是個小天才，他喜歡她，但是，假如她是個小太妹，他也會同樣地喜歡她。假如她底妹妹是一個小太妹，那多有意思，他想，他恐怕更要喜歡她了。

看見他底妹妹——那種感覺，他是從不曾予以懷疑底——他會覺得，他已是個歷盡風霜底老人。她是個年紀輕輕底少女，而他，已經是一塊老木頭，一塊又乾又空底朽木。他並不是在同自己開玩笑，不，想到這個，他眞比一個「老頭」還要來得嚴肅。那時，他便會像那睿智底蘇格拉底，陷入深思：人生如朝露，她是他底一個無與倫比底小妹妹，但是，不需要經過多久，也許頂多再等兩年罷，她便不再是天才，她將再也沒有那映藍底眼睛。等她底鼻頭上長出酒刺，等她把頭髮留長，燙成跟尼格羅似底圈圈，那時，她就一變，變得跟他底女同學一樣。

母親又在叱罵了：

「你看看你們的爸爸！要不要把人氣死！我剛說的，他的老毛病又犯了。擱下了筆，又去揩桌子！呵！」

她底兩根食指，各抵住一面太陽穴。

「就好了，就好了，」林教授好脾氣地說，「你們先吃吧。你們不用等我。」

「本來就不等！是懶得再替你趕蒼蠅！」林太太道。

「大概是窗子打開的緣故，」林教授自顧着自地繼續說，「桌子上堆了好厚的一層灰，要不先揩一揩……唉。」

林教授底話，往往都在中途驀然隱沒，然後用一個簡單底「唉」囊括了一切複雜底結尾。這，就像一個沿着河流游泳底人，游到中途時，忽遭滅頂，少頃，泛上來一隻圓圓底水泡。

「二哥，」林洵望着他說：「現在有一本書很出名，叫做 Lolita，你看過沒有？」

她底眼光，的確是純潔無瑕。

「我沒唸過。」林邵泉說。

林洵睜大了眼睛，微笑地望他，彷彿在等待他繼續說話。

「不是人人可以看的書，在美國，許多大人都不肯看的。」他又說。

「哼！」她發出一聲得勝底歡呼，「我已經看完了，我昨天一天就把它看完了！」

「甚麼？」

「我一個同學借給我的，我只一天就把它看完了。」她正自負得很，依然瞪大了眼睛，似在等待他來稱讚。

「已經有人翻譯了嗎？」

她搖着那一頭哈巴狗底短髮，快樂地笑着：

「你不知道？早就有了，還有好多好多種的翻譯版哩！」媽的翻譯本，媽的這些翻譯家，他可以想得出他們是怎樣翻法。他們把翻不出的句子漏掉，把駭人聽聞的地方留下，媽的，他們是一羣猢猻，他們的生活裏，缺少一件東西，道德。他開始爲她覺得憂心怔忡。所幸，那雙瞪視着他底眼睛，全然純潔又無瑕。

爲着得不到讚美，她開始性急了：

「我這個禮拜看了好多書哩，還看了『傲慢與偏見』，『咆哮山莊』，『米蘭夫人』。」

他覺得放心多了。

「好，妳應該多看『傲慢與偏見』，『咆哮山莊』這類的書。」

「小妹，我告訴妳，妳要再去看甚麼小說，把功課丟了，看我不打斷妳的腿骨！」林太太駡道。

「哦，媽，現在放暑假呵！也不叫人看嗎？」

「暑假也不行！暑假要給我坐在家裏寫大字！」

林邵泉望着他母親，——他知道根本不用和她爭辯。許多事情都用不着爭辯，譬如像這件事，他只需暗地裏送給小妹一些書便行。

時間已經走到遲遲底下午，已經接近到傍晚時分，可以直接從陽光底顏色，城市底聲音，察覺出來。也可以從一些面無表情底景物，例如窗外天空裏底白雲；靜靜立在藍空裏，像鷄毛毽似底椰樹——感覺出來。非常奇異，無數底景物，擺在人面前，件件似都可以爲時間給人作警告。因着他底敏銳底觸鬚，林邵泉意識得下午卽將過去，他驀間想起該去看一看信箱，這一次底可能性大超過以前，因爲他已經延擱幾近半天沒去看過。無論如何，信今天多半會到。他底不耐，在心裏，像溫度計一般，愈昇愈高。直到最後，他立起身，推開了坐椅。正在他剛剛移開一步，要向屋子外邊走出時，有一枝如箭一般，美麗而清脆底聲音叫着：

「林洵——林洵——」

「劉娟，是劉娟！」

林洵倏地跳起，像是從椅子上被彈射出去，那門就是被射擊底目標，只一眨眼工夫，她已搶在她哥哥前面擋住了他底出路，而，他忽然一轉身，反過來朝着他底臥室奔入，好像一隻受驚底母鷄，發現一扇門被阻不通了，急忙轉過來，衝進任何一扇只要是開着底門。

他底背後是一面已經拉上底紙門。他已經「安全」——借用一下此刻他雖未道出，但如果聽見，卻也將予以承認底字眼。他底耳渦裏，還留着剛才林洵站在門口刹住身，探回頭來向他發出底一串嘲笑底笑聲。不錯，這是他底「弱點」，他最爲害怕妹妹底同學。只要她們一來他家，他便跟逃命一樣地藏起來。人來得愈多，他愈怕，他還會出汗。大概他有那一種 Complex。然而，奇怪底是，他班上底那些女同學誰說他害怕來？處於她們之間，他覺得跟處於男同學之間一般自然，他會用粗嗄底嗓門咆哮呼喊她們，那種連名帶姓底稱呼法：她們也會用剛性底聲音呼喚他，同樣連名帶姓。可是是這些半大不小，是這些如小鳥，如蝴蝶一般底小女孩子，他打心底害怕，羞答，口吃。

他遂被禁囚在自己房裏，心底子房內包藏着那一封立在信箱中垂手可得底信件，就如包藏着一朵玫瑰底火燄，他搆不到，卻又焚得他五內俱熱。人像是螞蟻，當牠快要抵達一塊餅屑時，一隻孩童底破壞之手伸出，拿一片樹葉，一撥，將牠撥回數丈之遠。渴望愈殷，痛苦愈烈，道理就這麼簡單。他茫然地以指節輪彈着桌面。忽然，他舉起一隻手，一拍他底頭額——好像這一拍，可以停頓他底渴望似底——他拿下手時，果然，露出了一面潔白，寬大底額門，上面似已尋不出任何焦慮底陰影。露着這一片潔白，空無一物底額門，他回去尋覓他底王座去。他小心翼翼地保護着額門底空白，如同保護一杯水，令其不溢出杯外似底謹慎。鬆弛地伸出兩條腿，伸出兩條臂，讓手掌安睡在榻上，頭輕輕地擱着枕，嘴裏默唸道：

「空山新雨後，
天氣晚來秋，
明月松間照，
清泉石上流。」

他嚅動着咀，白着淨淨底頭額，重行又唸了一遍：

「空——山——新——雨——後——，
天——氣——晚——來——秋——，
明——月——松——間——照——，
清——泉——石——上——流——。」

漱漱底流水，皎皎底秋月，有人在彈一面古箏，你聽得見琴音，你卻看不見人。獨坐幽篁裏，彈琴復長嘯，極有情調底生活，現在可沒有幽篁了，現在獨坐斗室裏，彈琴，也沒有琴，但是有唱機——獨坐斗室裏，唱機挾長嘯。呵，主。長嘯，也不成，你一長嘯，媽媽就會拚命拍門：「甚麼事呵？小弟？出了甚麼事？」

他微笑了。他已忘記剛才曾經憂慮過，也忘了默唸這一首詩底功用。他更不曉得他已經好了。也只有當他不曉得他已經好了，他才是眞好了。

「噢，好稀奇噢，你都不給人家面子。」

左邊底紙門那頭，傳來一個女孩子聲音。

「林洵她好稀奇噢，人家來請他，人家可憐得要死，她都不給人家面子。她好壞，你不知道，她駡人家，還要打人家，還要把人家趕出去，她恨不得人家死掉！」

說到這裏，她噗嗤地笑出聲來。

「看妳再胡說，」林洵道。

「呵！」那女孩又說，「讓我看，讓我看，是甚麼？一隻小狗，好好玩，好可愛，哦，好可愛，快點送我。」

「送妳？想哦！」

那女孩子，劉娟，他曾經見過。是一個瘦伶伶，領口露出胸骨，閃着一雙骨溜溜大眼底小小少女。她底頭髮，帶一點赤銅色，像一窠溫暖底鳳翎，那正是目前中學裏女學生競留底髮式。固然，訓導主任手裏拿着剪刀，要把一隻隻小鳥剪成醜小鴨，但是，一放了暑假，這些小鳥底羽毛便都一根根彎曲起來。這個暑假裏，林洵和劉娟，就是從籠裏逃出底一對。

「死相，不給就不給，有甚麼了不起。喂，怎麼樣嚒？到底去不去？」

「我不能去嚒，眞是！妳不知道……」

林洵下面所說底話聲音壓得很低，他聽不見了。一些女孩子底秘密，他想，而女孩子們總有說不完底秘密，雖然，無一可稱爲秘密。就算只有兩個女孩在一起，不致有第三者旁聽之虞了，她們仍認爲還有低聲底必要。

林邵泉開始情緒不安起來了，由於感覺到隔壁有一個少女底存在。他有了一種奇妙底自覺，自覺彷彿自己正受到別人底欣賞，自覺自己有一份相當底優越感。假如林邵泉不林邵泉，我們也不說他有 Complex 了。這種近乎於納西瑟斯底自我陶醉，繼續以不令人樂觀底速度增長，直到最後，達於頂點，他立起來，走到桌子跟前，攬鏡自照。於是，在鏡子裏，像在湖水中一般，看見另一個林邵泉，對他呲着牙獰笑。一張生得不壞底臉，他承認。不過最好是選從某一個角度看，譬如，把臉朝着側方偏些，使嘴唇底地位不顯，這樣，就可以緩和嘴唇過小底毛病。還有一個角度，也不算壞，好比，把下頷收回，眼睛從濃黑濃黑底眉毛底下朝上一翻，嘴角往兩旁一撇——不過，有點像電影上底刺客了。他遂將鼻子、眼睛、眉毛縮成了一團，企圖抹除掉那張不妙底刺客之臉。可是，他着實嚇了一跳，鏡中底那團鼻子、眼睛、眉毛！上帝呵，我好醜！接着，他又把雙眉高高地抬起，再仔細地審視了一番，可是，上帝呵，我好老，額頭上刻出三條紋來！以後無論他再怎麼看，鏡中底臉都不再討他底喜歡了，它不斷將他底愚蠢，醜陋和惱怒送回給他。一陣失望，鏡子被他旋轉了下去。

像所有底年輕人，他弄不清自己究竟是否漂亮；前一刻，可能自比爲潘安，次一刻，可能信心破碎，一蹶不振。這下可沒有女孩子會愛你了，老天，這下可沒有女孩子會愛你了，他一面嘟囔，一面爬回了他底王座。

自然沒有疑問，他只是說着玩玩，他想，他已不再去關心女孩子愛不愛他。人人都應當同意，他這樣想，愛情是生活裏底芒刺，拔去了這一根刺，生活便舒適而自在。在一年以前，他還不明白這個道理，而現在，他已幡然徹悟，並且時以爲比誰都要來得明白。關於愛情，他所憎恨底，倒未必是受傷底痛苦，而是，特別令他厭惡底，那一男一女交談時底「俗套」。無論那一對，只要他們一交談，便要模倣電影上底對話，甚而，表情也不脫好來塢方式。只要他一想起，便有一股要翻胃底衝動。這可笑底電影化遂把純樸底愛情破壞無餘；正像是，男女在交談時，要他們各佩上假髮和假鬍一樣。所以，他只好撤退了，只好去做個年輕底隱士。

然則他這個隱士從不禁止自己欣賞女性之美。

（這時，他底嘴，像金魚似地大大一張，兩隻手臂向着左右打直，身體一歪，躺到床舖上去。他底眼睛裏擱滿了淚水，他用手背把眼淚揩了一揩。沒有睡午睡，使他覺得非常疲倦。）

他絕不是個神父，（他宣稱），他欣賞女性底美，就如他每日要聽音樂，要讀幾首詩，佔同等重要。他想，甚麼比女人底秀髮更美？那濃濃底，濕濡濡底，軟軟底，跟黑蜜一般底秀髮！假如，他能把她們底黑髮解開，像一溜瀑布似底，落下，那麼，他願意，躲在瀑布底後面，做夢。甚麼比女人底眸子更美？那是兩汪秋湖，湖水底中央，開出那一朶宛如水仙似底瞳孔；那一朶神秘，提出詢問，而永遠沒有男人能給予解答底水仙。女人，女人，大概她們是風精底化身。

不過，他絕不是個神父，除了秀髮和明眸，他不是就不喜歡其他。當走到街上，他底眼睛從不曾放鬆過女人，凡女人身上任何裸露底部位，一段粉頸，一條裸臂，一截小腿，他都予以囫圇呑下。他只需極快地掠過一眼，便能把她身上凡是值得一看底，全都一網打盡。大概無人比他看得更快，也無人比他看得更盡；他爲此，很是有幾分得色。他不止看得仔細，而且天網恢恢，一個都不肯漏過。他遠看臉，中看腰，近看脚，走過以後還要看背，如此，這位臺北街上最爲忙碌底青年，十分技巧地飽啖着無盡底秀色。所以，這一個隱士，就另一方面說來，還是一個紈袴。

女人最好看底部位——他把拳頭堵住了嘴，又打了一個呵欠，隨卽，以一種美食家底態度，對着天花板說——女人最好看底部位，你知道那裏？天氣冷時，你走在街頭，自會發現有一些少女，外披着羊毛衫。你且繞到她背後，專心去看那一件羊毛衫吧。看它軟軟地垂着，鬆鬆地搭着，腰那裏寬鬆懶散，而下擺，卻平平地舖在盤骨上，盤骨碩大，豐圓，下擺靜靜地安睡在那裏，有如草皮之睡在春天底堤岸上。是否有人和他底觀點一致，他就不得而知。至於再說，女人最性感底部位，是在那裏？是乳房嗎？還是臀部？據他好幾年來底研究，他說，兩者恐怕都不是。照他看，應該推肩以下，那一段手臂。那手臂，(他底理由)，肥腴、圓滾、線條柔和修長，大不同於男性那近乎愚蠢底圓頭肌。女性底手臂，呈露象牙色，卽便是在夏天，也保持着凉爽。並且，當女性裸露它時，毫不存半分膽怯底不健全心理，她們開誠佈公地裸露它，使它除卻外表之美，兼含及可貴底內在美德，實在是女性不容忽視底驕傲。他，林邵泉，願意寫二十張稿紙，來爲它發揚光大。至於臀部，(他搖了幾下頭)，除了滑稽，別底甚麼他實在觀察不出。有一回，他曾看到一張月份牌，月份牌上，印有一個模特兒。那模特兒，上身倒穿得整整齊齊，而腰以下，卻把一雙光溜，肥大無比底臀部向着觀賞底觀衆。他那時看了，登時發出如雷一般底笑浪。自那次以後，他覺得，他寧願欣賞小寶寶白白胖胖底屁股。

關於乳房，他能說甚麼呢？乳部被遮掩，又是好來塢底發明，而奇異底是，在現實裏，乳房本不是秘密，然則一般人寧願接受銀幕底愚弄，認爲它是秘密。假如明天底女明星，都在嘴唇上貼一條橡皮膏，那麼，雖然在現實生活裏永不能發生(他相信這個猜測正確)，他更相信，男人們還是會同樣地擠在窗口，去爭睹橡皮膏底美麗。事實卻如此，你在銀幕上看不到完整底乳房，然而，你可以很容易地從畫廊，從藝術攝影，從雪白底石膏像，看到，還有，那機會更爲普遍了，你可以隨意地從街邊看到哺乳底現狀。乳房果眞是一處危險地帶，那麼，警察局，應當替油畫裏底女人都加上胸兜，街邊底婦人趕進屋裏，再，有如舉國誌哀一樣，給每一座石膏像橫一條黑帶。

他抬起了手，將眼鏡摘了下來，他望着玻璃上遮蒙着一層灰。無論如何——他又把鏡足推進耳縫——無論如何，乳房上底奶頭本來就沒什好看。有些，又皺又黑，像一隻燒焦底蓓蕾。有些，他見過，雖然沒有起縐，還保持着光滑底粉紅，然則，拉得長長底，跟山羊底羊奶一般。他像一隻薄壁底輪機小船，慄慄着那因被壓抑而抖動全身底笑聲。他將臉埋進枕頭，兩隻拳頭搥打着臥床。過了一會，他底風浪漸漸平息了，他又將眼鏡摘取下來。他對着玻璃，呵了一口氣，隨後，便用那無人敢予稱許底辦法，將眼鏡來回地揩拭於汗衫底下襟之上。他一面揩，一面低聲地自語道：「所以倘若有人對奶頭底興趣勃然，那無非就是說，他是一匹公羊。」他這次再也不能抑制他底笑浪了，他把咀唇壓堵着枕頭，後來又拿了一隻枕頭壓住後腦，他預防隔壁底女孩子們會聽見。其實，那個小女孩子劉娟早已回家去了。

良久，他拉下壓頸底枕頭，他忽然不再發笑，他底眼睛變得凝神肅穆，彷彿在察看一些自身內在底景色。接着，那雙眼神變得心不在焉，牠們漫無目的地沿着牆根游廻。他底咀唇囁囁地蠕動，似又在背誦甚麼句文。他愈背愈快。從他幾度底搖首閉目，可以看出他幾回從頭又努力背過。他遲緩地翻轉過身，靜謹嚴肅地坐起來。Our Father, who art in heaven, hallowed be Thy name. Thy kingdom come. Thy will be done on earth as it is in heaven. Give us this day our daily bread; and forgive us our trespasses as we forgive those who trespass against us. And lead us not into temptation, but deliver us from evil. Amen. Amen. **Amen.** 讓你心裏想一點旁底事，譬如想蒼松，想翠柏，想寺院，想孤雲。不要把肚皮貼下去。這樣也許會好一些。去幫助它，結果毫無意義；去幫助它，結果毫無意思，最好還是離開它，雖然就要得到了，然則卽便就要得到，我也不願意做一點沒有意思的事，一點我都不願做！他又一動亦不動地躺着，仰起了臉，凝神注視着天花板上底一灘雨跡。他底手臂上綴滿瑩瑩底汗珠。

「小弟！」

母親來了，她底三根手指頭已經伸進了門縫，眼看着就要把紙門拉開。

「不要進來！」他忽然粗暴怒聲地喊起。但是隨卽他便萬分底後悔（兩種後悔都有），他是因爲受了驚才失聲喊出來。

母親被他底粗暴聲音着實嚇住，連忙把拉開了寸許底紙門重又推上。

「我在睡午覺，」他含糊不清地解釋，心裏越來越發後悔得厲害，「甚麼事？等一等，我就來開門。」然而，他並未立卽去爲她開門。

「小弟。」

又隔了一段靜默。

「嗯。」

「我有東西要給你。」

「你要拿東西是嗎？你要甚麼？我拿來給你。」

「不，是我有東西要給你。」

「——哦！」

「是我現在遞給你呢，還是等下你出來拿？」

「都可以。我來給你開門。現在就給我。」

他已經拖延過他所需要拖延底時間，他便用脚尖摸索着拖鞋，踏下了地。他慢騰騰地走向紙門，而後，將紙門徐徐地拉，拉開了一半。他底身子阻擋着門。

「你有一封信，」她說，把一封狹長底雪白信封遞給了他。

林邵泉差不多是用強盜底動作將那封信從她手裏奪去，他立卽一轉身，將紙門砰地拉上，母親被他關於門外。

從一開始被他底呼喝所鎮懾住便一直狐疑底母親，此時不禁用手輕輕地拍了兩下紙門。她將她灰白底頭，如同伏在她愛兒底肩上一般，輕輕地貼向紙門。無人能肯定，究竟她是想竊聽房中底動靜，抑或是出於別底感情。她傾聽了一會後才離開他底房門。

就是這封信，就是這封等了足足三天底函信！站在房中，他用他纖長蒼白底手尖撕扯下一條長長底封條。他抽出了裏面底一張摺得長長底信箋，那信箋便在他底指頭下嘩啦啦攤開。在那張尚不及舖平底信紙上，起伏着一個個如同跳躍於夏天底浪濤上底字：

「老頭：

我們都已經到齊了。我們住在最最高的一層樓。只要一伸手，我們就可以抓到天上底白雲。我們已經都換過了名字，在樓下的登記簿中沒有人找得到我們了。可是你當然找得到，老頭兒，好小子，是吧！快點來，立刻就來，一收到信就來！臨陣脫逃的話，那你就太沒種了！

地址：臺中，火車站對面，萬國大旅社，五樓十七號。

Lost Generation 八、十一、」

他把信裝回信封，然後迅速走向椅子，將椅背上掛底長褲拿下。他低頭，脫下那長睡褲，將西裝長褲底褲管拉上他修長如柱底雙腿。他束緊了他那猶屬少年底纖細底腰支，隨後他從長褲底一個側袋裏，逐漸拉出來一條銀亮如蛇底細鍊。那根細鍊在空中呼呼起舞，一圈圈繞到他手掌上。細鍊底末端，掛在掌心旁邊，幌着蕩着，垂下一串像葡萄似底鑰匙。他檢出一根短截粗壯底，插入一座抽屜底匙孔。

從抽屜中，他取出來一隻肥潤、四方底牛皮信封。這隻信封，漲得胖鼓鼓，其中似裝滿了紙張一類底東西。他將那一疊東西抽出來——一落鈔票！一共一千塊錢！牠們都是他自己底積存，包括家教，稿酬，以及去年寒假當校對底收入。他將這一疊鈔票重又塞入，將信封蓋子別下，大拇指夾食指，沿封口一抹，蓋子又服貼下。他把信封插入他臀後底口袋，轉過身，去收皮箱。

半小時之後，林邵泉離開了家。走到街心中，他翹首仰望，只見臺北底黃昏，已開始下降——大半個長空，映滿了火光明豔底落照。

◆

連着三日底午後滂沱大雨——亞熱帶溫暖底夏雨——令這一庭臺北渡進了澄明底秋。炎熱底夏季，似已隨着雨水冲刷走了，而今晴空高遠，藍得如抹上一層柔細藍粉，空氣也透明，遠方底豎豎小樓，看來比往常清晰了許多。這是臺北一年中最爲美麗底季節。此時，她擺脫了春天不潔底瘴氣，夏天粗暴底烈日，呈露着一片和平與安閑底景象。臺北在這時候是一庭嫵媚，清潔，雅緻底都城。

林敎授底這一條巷子，此時，灌木叢由於經過雨水底冲洗，顯得生氣蓊鬱，彷彿又踏進另個春天。不錯，看來確實令人以爲春天又來了，灌木林底如同桌面底平頂，多生了一層新綠底嫩葉。遠遠看過去，那片濕潤底新綠，宛似蒸氣一般在空中蒸昇。

林敎授一家，這幾日依然過着他們一成不變底生活。林敎授，仍每日繼續撰寫他底論文。林太太，仍然雙足捷快地踏着她底裁縫車。

穿了一件白地綠花碎點子裙裝底林洵正把兩隻手重合地貼着窗框，臉頰欹在手背上，靜靜凝睇着窗外蕩蕩無人底靜巷。湖綠底紗窗，已經被推開了，窗外新鮮底凉氣，得以大量地飄入。午後底大雨，剛才止息了一個鐘頭，窗外底檳榔樹，那下垂如臂底青葉絲，猶滴瀝着如同斷線珍珠似底水珠。她底眼神，正跌落在夢境裏。

三天以前，她終於鼓起勇氣瞞過她底母親，接受了劉娟底煽誘，參加了她生平第一次底舞會。她借了劉娟底舞衣，一件大敞領底上裝，一條榴火紅底疊裙，她旋轉得像風中底楓葉，跳着那急步底 jitterbug。雖然三天已經過去，那搖擺醉人底旋律，那如痴如狂底舞步，仍然縈廻而不散，她像一個被人蠱惑了底童話中底公主。

慢慢移開了脚步，她離開了窗戶，踱行到她底床頭。伸出那一排纖長，珊瑚色，向上彎起底手指，她撫摸着枕頭，觸摸着枕面上刺繡底小小邱比特。低頭摩挲了一會，她遂移身在床沿坐下。枕頭旁，舒綣着一窠絲絹手帕，手帕旁，躺着那一隻小狗。好美麗的小狗，好可愛的小狗，看它這時的模樣，更加滑稽哩。它四脚朝天地躺着。林洵伸出手指，將這一隻小狗揀了起來。她疼愛地垂視着它，她噘起了嘴唇，然後，小狗被拏到唇邊，輕輕一吻。小狗復又躺在她底掌心中。凝視着它，帶着幾分底恍惚，林洵想道：「我要把它拆開來；重新編過。」她抬起了眼，望一望窗外，繼續想道：「這一回，我要編一件可以佩起來的東西。我要編一朵花。」

半小時以後，林邵泉也回來了。提着皮箱，他逕直地向着他底臥室走入。進入臥室，他將房門關上。

他看起來，與三天以前略有一些不同。他底頭髮，新剪過，兩隻耳朶底附近，現在已經掃除乾淨，而更觸目底是，他原有底長髮已經一刀切去，現在留底是短短底水手頭。那一片短粗，乾燥底頭髮，像一片堅硬底衣刷。他底臉，似乎清癯了些，然而抹上了一層如橄欖油底褐色。那褐色，褐得十分均勻，像水一般刷過他底臉；他底眼睛，似乎比前更澄明，更漂亮了。

他開始打開他底皮箱；他底動作，顯示得比從前緩慢持穩，彷彿他底四肢比從前沉重了些。第一件，取出來底，是那隻牛皮紙信封。一條極長底裂口，自右上角，筆直劃向左下角，劃成一道殘酷對角線。信封裏底鈔票，已經蕩然無存。他把破信封扔向了桌面。

然後他依次取出了一些衣物，一隻肥皂盒，一管牙膏，一枝牙刷。

輪到最後，他底手指，掏進了皮箱底夾袋，取出來一個小盒子。那是一隻衞生套底空盒，盒上寫得有英文字。他把它拿在手中，看了一會，便揮手扔向凌亂底衣堆。

# 海濱聖母節

春分剛過完廿天左右，這一座濱海的高山之港已經熱同非洲的沙漠了。每日的太陽比從前早起半個鐘頭，傍晚也遲落廿分鐘。在這東部的大荒山裏，展目皆是砂質的黄土和巨岩，春的面目乃不甚顯，只有現行的夏，顯襯其固有的個性。幾點黑色的山鷹，廻旋在大朶如白色牡丹花的白雲之間，繞着山頂尖旋轉，終日不去，不知牠們的舉動有甚麼意義：是在覓食？還是在遊嬉？有時候，一陣海風，從太平洋的中心裏吹來，捲起了山脚下漁港裏的一縷風沙，隨而山肩上的蘇花公路也繼之黃土飛揚——那會令人疑心是車隊經過，然而並沒有車隊。公路上，一天只有兩班客運；一班在上午（九點左右），一班在下午（日落時分），都要經過漁港的上空。

這是一座灰色的漁港，灰得像化石一般，灰得像風化中的古老城墟。的確，它已經有三百多年的滄桑歷史。據人說，三百年前，出入這一個港口的還不是我們漢族，而是一支黑皮膚，藍眼瞳，裸露着健美胴體的巨人。他們從山區裏出來，攀爬過狹小的山隘，終於發現了這一個岬口。划着彩繪的小舟，他們首先跟波濤搏鬪。直到日本人佔領，才有平地人，挾着來福槍，征服了這一個深澳。不過日治的時代並不長，一隊盟國的轟炸機，扔下兩枚炸彈，結束了這港口的生命。從此它便成爲廢港一座；沒有人，沒有船，但見幾家小茅屋，住着幾個種植地瓜的鄉人，還有侵略到港口裏來的黑鷹。不過港，永遠是港，它的水恆古是一般深，一般藍；經過光復以後的治理，未多久，又恢復漁船的出入了。如今黑鷹重又被驅回山頂，只能在雲堆裏覓食，在雨霧裏翱翔。

有兩隻，這一天的清早，跟往時一般，領先開始了牠們一日的航行。牠們的飛行時間跟日頭一樣的提前。有時，牠們停住翅膀，凝然不動，宛似兩個固定不移的焦點；有時，以一個圓舞的姿態，垂直墜下，像一隻脫線落地的紙鳶。而山脚的海浪適爲沙灘描起一道雪白的裙邊；在不遠的大海，躺在蔚藍的搖籃上，是一些跛蕩的秋葉——那些作業中的船隻。老鷹飛了一會兒，守着高高的山頂，寸步不離，忠實得恍似山巒的守護之神；牠們似乎對於地下的變化漠然無心；每一天的海潮都一樣（舞裙的花邊），每一天的海上活動也相同（漂流的秋葉）。牠們一轉身，飛回山頂的黑林子裏去了；只在幾分鐘以後才又飛出來；不過已無人知道是否卽爲先前的兩隻。

在港灣裏，此時則有着易於覺察的變化發生。這個變化於數天以前就已經開始了。生活在海上的漁民們，爲着今天的聖母誕辰日，已經從事了三日多的準備工作。此刻的南天宮的門前，逐漸開始香火繚繞，人影熙攘。雖則日頭還沒有爬過山頂，宮門前的供案已經排得不留餘地，善男和信女，穿上新剪的衣服，對着坐在廟堂深處的金身聖母，燒香作揖。南天宮的聖母，在漁民的生活裏，佔據不可動搖的地位。漁民們都相信，是祂，聖母媽祖，保佑着他們的漁舟出海平安。一年之中，這個節慶只有一度，他們願獻出其所有。

節日的歡騰氣氛，像是海港中逐漸強烈的日味，一刻比前一刻濃厚。白日像一枚銀幣，已飛越過山頭，照耀下這座位於五百餘尺山下的沙港，令那原是一池膠墨的黑水，頃刻化爲水銀。村民的活動，從無聲的膜拜，進而為攘攘的蜂吟。不久，從港口的西端，傳來一陣明亮的鞭炮，像爆炒豆子。一聲沉悶的轟響結束了爆竹，同時村民看到白光倏的一閃。海風把硝煙吹越過水面，送到南天宮門前的廣場上來。村民們深嗅着這陣硝煙的氣味。

然後一通鼓咚咚地擂動起來了。人潮遂開始洶湧，朝着港西的方向流動。必有興奮的事件發生於港西，村民們這樣想。

那些賣紅糖山楂，蓮霧，番石榴的小販，頭只一低，都鑽進扁擔的下面去。冰水攤也推動起冰車，車下的四個小輪子發出老鼠的哀叫聲。一個小女孩子牽着她的弟弟飛跑，那娃娃一絲不掛。他趕不上好奇心重的姐姐，只得落在後頭，一脚高，一脚低，像個跳着戰舞的小非洲土人。

整個港灣裏的村民，都在奔跑中。

到達港西，他們找到他們想追求的目標，找到了鼓聲的發源。在一架起重機旁（那起重機像一株枝幹簡單的松樹，高指天庭），在那裏，他們看到一隻高高擎起，迎向太陽，咧開紅漆大嘴，滾動着兩顆兇惡玻璃眼的，東搖西點的，獅子頭。

皮鼓的響聲，沉悶而動容，像心臟撲跳的次數，像脈管飛躍的音樂。跟隨一溜急鼓的，是兩面鐃鈸，一擊而爆炸（令人目為之盲），彷彿正下警告：心臟終必停止，脈搏終必靜肅，生命歸於寂滅。鼓聲不為其所難，綿延不斷，彷彿在另一個世界。

擊鼓的人，高高立於一輛漁車上，着一件背心，汗水從圓石一般的頭臉，從厚重的眼瞼，從筋肉瘦長的頸項，從肩膀，似河流一般瀉落。他是一個中年人，飛着散亂的黑髮，其中雜着若干花白——他仰起的長臉，像一塊圖騰。聚精會神地擂鼓，對身外的活動彷彿不屑於一顧，甚至也忘卻他擂鼓的目的：爲配合那頭舞踊的獅子。他所溝通的對象，似乎只是自己，或是他眼神投注的遙遠。總之，擊鼓人獨立在鼓聲的圓周中，忘記了另一個同心圓，獅子舞踊的圓周。

獅子舞踊的圓周，被重重的人牆所包圍，幾個紅臉的大漢，推倒小孩，逼他們退後：「快滾啦！猴崽子，想死嗎？不怕踩死你？」

於是獅子蹦着，撲着，搖擺牠那顆華麗，兇猛，然而滑稽（咧着笑嘴）的獅頭，像一個瘋漢。在六步的無人的方圓以內，像在籠子裏，牠舞得似一陣旋風，不知是興奮，還是想掙脫囚鎖。

那舞獅的人，藏在獅頭下，看不見他的臉，沒有人知道他是誰。他穿着緊身的黑布長褲，滾上絨毛的鑲邊，外一雙黑布鞋，鞋頭踢起一顆絨球。這兩條肌肉怒張的長腿，在堅硬如鼓的沙地上，踩出各種步伐，有時一條腿屈起，有時兩條齊彎下，有時一脚踢出。除了雙腿，他們還可以看見他的上身（也着背心）以及那一雙擡住五十公斤獅子頭的手臂。那胳膊都有碗口粗，光滑而黝黑，像兩條糾纏的巨蟒。左邊的大臂上刺一條青龍（——許多年輕的漁人都在身上刺花）。不過由於獅頭重達五十公斤，那一雙手，他們猜想，必定屬於一個膂力非凡的青年。

「夠好，」一個漁民，臉藏在濶緣的鴨舌帽下，頻頻地點着頭道：「有六七年沒有看到舞這個東西了。」

他是個老漁民，一張皺革似的小臉，瘦骨嶙嶙的肩膀，兩隻手交疊在胸前，一根假象牙的短煙嘴，燒一枝新樂園，揑在右手的兩指上。身旁站着一位個頭矮些的，然而並不年輕些，也不胖一些的漁民，轉着水溶溶的黃眼睛，點了點頭，微笑。他笑的時候，露出一嘴煤黑的蛀牙。

「你說他是誰，福仔？」高個子抽了一口煙問。

他的朋友搖着腦袋，仍然微笑。

「看不出，是陳俊雄？」福仔說。

「倒像林文貴。像林文貴。看，他玩得多順手，一點力氣都不費，好像這顆獅子頭是一顆椰子。他捧得那麼平，就是拐一個彎也拐得不歪，捧的像是一缽清水。看他，看他，看他踩出的這些步子。啊！有道理的！踩得重，但舉得輕，踩得還不帶一點聲響。看他，快看他這個轉身的圓步，圓得就像十五的滿月，……這才叫舞獅子，這才是個會舞獅子的角兒！六七年不曾見過了。從前，我只見過一個，只有過一個，舞得好的，舞得可以和這個相比，那人是蔡金鐘，你記得他吧？」

福仔點了點頭，他記得。蔡金鐘，四四方方的蒼白娃娃臉，一雙桂圓眼，四四方方的大肩胛，是個身強體壯的青年漁手。他還是這海港裏唯一連膺三年之久的扠魚冠軍。他曾經以一標槍，扠中一條花斑的黑皮鯊，那條巨鯊比他的漁船還要長出兩公尺。他們用繩子拖着那座小島似的怪物駛進海港，染得港水變成一片鮮紅。而他也是去年颱風中漁豐五號大海難裏的一名漁手——同船一共十五人，沒有一個回來。

「也不像林文貴，不，不是林文貴，我看也眞有點像陳俊雄了。是陳俊雄！」瘦長的個子喃喃地說，奇大的帽舌底下，兩隻黑眼睛躲進皺紋堆裏。

獅子停止了舞步，在固定的地點，直定定地站住，然後漸次蹲下來。牠伸長兩條腿，坐到地面上去。獅頭開始扭轉，自上而下，自左而右，橫濶的嘴巴連續地咀嚼。隨而獅子靠向後方，仰身臥倒在沙地上。牠的兩隻脚在空中連連地划動。不須臾，牠一骨碌翻轉身，一脚跪了起來。牠從地上起立，立得愈伸愈長，末了牠踮起了脚跟，挺起了胸脯，渾身沐浴在陽光下。牠的頸後披下一條黃幔布，像一尊豎立在水邊的金身塑像。一位船主贈送的鞭炮，壓服了命令獅子前進的鼓聲。

人羣跟隨着獅子繼續前進。在前進中，獅子橫擺着搖搖擺擺的步武。兩個老人互相默默望了一眼，也隨着人潮興奮地前進。

獅子所指的目標，是那正對着港口的，孤零而結實的聖母廟。

從一些橫空如拱橋的船頭長梯底下穿過，從漁船上揮出來繫着竹葉和紅絲縷的竹竿底下穿過，他們終於抵達聖母居住的南天宮。從日出到現在，聖母已享受過五小時的祭祀。一蓬燒化過的紙灰，像那秋季西風裏的蜻蜓，飛得滿天滿眼。

小小的聖母廟，塗着綻青的石灰，恍如那位孱弱而悲哀的聖母。彎着腰，匐伏在海濱，思念着迷失於遠方的舟子。傍晚的時分，當風起時，它便嗚咽得像一隻大海螺。

這一座聖母廟，是用每一個人的奉獻拼築而成。如同是一座信心的積木所搭成的建築物。每一塊磚，每一片瓦，都刻有奉獻者的姓名，奉獻的年月，和一句虔誠的禱文。海平號的船長，跟他的十五名船員，在一個黑霧朦朧的夜裏，忽然遇到一股暴風。五十歲的船長領着他的子弟們，跪在怒潮拍打的甲板上，祈禱着：「媽祖呵，請帶領我們進港，請保佑我們再看到家裏的燈。再看到家人的臉。」於是暴風不久逐漸平息，夜空裏剝露出一顆寒星。那便是他們海上的路燈。跟隨寒星的指引，航行了若干個時辰，星光終將他們領入平靜的港灣。海平號便奉獻出一架桃花心木的柵欄。漆成黑玉色，重達五百餘斤。神廟裏正中的供案上，還有另一件醒目的貢物；一隻巨型的塗金花瓶，神光五號的船員所貢獻。那尊金瓶裏，蘊涵着另一個故事，同樣的，有生與死的激烈奮鬪，有人類渺小的哀告，也有信仰。金瓶擴張的圓口，此時，盛開着一把潔白如雪的百合花。

獅子面對着聖母，打了三個深深的長揖。向聖母的節日所行的致敬。以後，繞着人潮圍堵的圓圈，熱烈地跑動，開始牠第二度的舞踊。

高瘦的老人，從他的外衣口袋裏，掏出來一枚芋葉包裹的檳榔。他的香煙已經抽完。眼睛望着旋轉的獅子，他伸手進另一隻衣袋，取出一柄小刀。以小刀破開檳榔的肚子，他塡進一團又從口袋裏掏出的紅泥。他把這一團東西整個塞進嘴巴。血紅的檳榔液於是沿着他的嘴角流下。

不一會，他的眼睛漸漸地迷濛起來了，瞳孔像貓眼般慢慢縮小。他看見了另一個陳俊雄，就站在舞獅的陳俊雄身邊。眼前有了兩個陳俊雄。老人的臉色頓時化爲蒼白。觀看着的陳俊雄正綻開興奮的笑臉，和他身旁的同伴指手劃脚。舞獅的陳俊雄，則踹着丑角的踏步，在他自己的面前，歡天喜地的跳躍。

福仔在輕喊他的名字。瘦長的老人便轉臉望他，臉色依然像一張白紙。

「你看，陳俊雄不是在那邊？他該是林文貴了，」福仔說，「不，不，你看，」他接着又說，「林文貴也站在那邊。那就是別人了，只是不曉得是誰。」

林文貴也站在對面，手扠在腰上，伸出他那黑髮鬈曲的頭顱，全神貫注地微笑。瘦長的老人也就不禁莞爾，舒出了一口胸中的長氣。你太老了，他對自己說，不是兩個陳俊雄，而是只有一個，觀看的那個，演出的是別人。他抬起手背抹一抹額上的汗珠。

「你不曉得他是誰嗎？」忽然旁邊有一個聲音加入，「你不曉得他是誰！哈哈哈哈！」

「啊，是老王，」福仔跟這個漁民打起招呼，「他是誰？」

「是薩科洛。」

「薩科洛？那個生番仔？」

「就是。」

高瘦的老人望着舞動的獅子，點了點頭。

「不錯，是薩科洛，」他也說。

「呵，少年人，這些少年人，個個都好逞強，」老王說，「我從前也跟他一樣哩，我從前比他還要來得有本事，我舞過一頭獅子，那比他的至少還要重廿公斤。我從天亮舞到天黑，從山脚舞到山頂，又再從山頂舞到山脚，整個海港我都舞遍了，至今大家都還記得我的名字，」老王的臉頰帶着酡紅，呼吸裏滲雜濃厚的酒味，「你們不記得了？呵，那是你們的記性壞，我是記得的。」

「當然我記得囉，老王，」福仔大笑道。

「好朋友，幸虧你也記得。呵，你趕緊來幫我記一記，我好多事情都忘了。你記得那隻獅子頭究竟多少斤？那一年我幾歲？十歲是吧？」

福仔笑道：「可是我記得的是另一件事。」

「哪一件事，好朋友，哪一件？」

「記得別人舞獅子的時候你總是舞着一隻酒瓶，有一年你從碼頭舞到水裏去了。」

三個人一同哄笑起來。福仔遂在老王的屁股上猛搥一記，打得他向前快跑了三步。

「老王，你該知道，今天守齋要守到太陽下山才算的，」福仔說。

老王聽了，靦靦覥覥地扭捏了一番。隨後他移轉話題道：

「啊，好朋友，你知道薩科洛，那個生番仔，那個高山族，今天爲甚麼要出來舞獅子？你們不知道吧？好，讓我來說給你們聽。那個生番仔，慣日裏甚麼事也不做，這個你們都曉得。他除了喝酒，賭錢，打完漁回來就是睡覺，這個你們也都曉得。上個禮拜他還羸掉我五百塊，敎我連本帶利輸了個脫褲子，渾蛋，他趁我喝得差不多時把錢騙走的，這個你們也都曉得。但是他今天爲甚麼要出來玩獅子？呵，這樣熱的太陽，這樣重的獅子頭，叫我來的話恐怕舞兩下就不濟事了。那麼他爲甚麼要出來玩這個？你們知道嗎？」

他們搖搖頭。

「因爲，去年的十二月裏，一個下弦月的夜晚，」醉漢忽然改變他的辭色，變得莊重而凜然，好像是個並未喝醉的漢子，「在一個下弦月的夜晚，他登的那條漁船，漁利三號，那時已打了半船的烏魚，但是爲了再追踪一羣閃閃發光的青花魚，追踪得離岸愈行愈遠，愈走愈孤單，後來這一片魚羣忽然不見，四周只有一面平平的大海，然後下弦月也熄滅，海上漆黑如墨，跟閻王爺的陰間地府差不多。漁利三號不一會就掉進颶風的窩裏。

「掉進颶風的窩裏，就像被吸進火堆，一條堅固的船隻，往往就這麼吞掉，或者，被打成碎片，一瞬化爲烏有，就跟掉進火堆一樣，化成灰燼。漁利三號像個快要淹死的病人，溺了下去，又爬起，團團的打轉。它的舵也折了，船艙也進了水，馬達也停息不響。它已經是一條一無用處的廢船。

「因爲載有半船的魚，船在風浪裏更加的不穩。爲了減輕負擔，船長下令船員去把漁梯斬掉。於是就有人提着一把利斧，爬到船頭上，揮斧斬斷了漁梯。但是過了一刻，船仍舊太重，幾乎已全身溺下，只露出鼻頭在水面上。船長又命令把折斷的舵也除掉，又下令把所有的漁具一律拋進大海，隨後，船依舊往下沉，他下令再把煙囪前面的木架也推下船。然而漁船仍復往下沉，船底似乎有一隻怪手，抓着船一路的望下拖。於是船長攀到船頭，帶着哭聲，叫道：『把魚，把全部的魚，全都倒掉！』這是他早就該發的命令。

「失去了半船魚後，船就輕得像一根鴻毛。而失去了魚以後，他們可說甚麼也沒有了，的確，他們連衣服都已裂成絲帶；他們，廿個赤條條的船員，便用繩子緊緊的把自己綑在船上。他們甚麼力量全是白饒，他們的任何努力都太渺小，只有聽憑大風給他們安排。也許這時還剩一件惟一可做的事——禱告。呵，你們應當聽一聽他們的禱詞。

「有人說，回到廟裏，他願意守一次十九天長的齋戒。

「另有人說，他願意此後每日爲媽祖案頭的金瓶插上新鮮的百合，並爲媽祖的神燈夜夜添滿新油。

「也有人說，他願意築一道磚牆，從廟的左邊，繞過背後的桑園，築到廟右，代替去年颱風吹倒的舊牆。

「有人說，他願捐出一座大香爐，香爐之大，將是南天宮從不曾有過。

「然而你們應當聽聽薩科洛的禱告。

「薩科洛，他木木訥訥，起初只默默唸着媽祖底聖名，卻不敢許下誓願。因爲他感到慚愧；他知道從來許下的捐獻，末了必定都不能達成；他會把貯起來的銀錢，敵不住誘惑，通通花到酒杯上。『呵，我是個十分軟弱的人呵，媽祖，我是個十分軟弱的人，』綑在甲板上，薩科洛告罪地蠕動他的嘴唇。

「但是他想，這一次，他一定要捐出一點甚麼。他已懺悔得太多，聖母恐怕再也不聽他的話了。聖母會說那都是謊言：雖然他都是眞心地悔過。然而只是懺悔，而沒有確實的行動，豈不也就是撒謊嗎？薩科洛便決定：這一次，他一定要做出一件甚麼。

「因此，他許下願道：

「『這一次，媽祖，若是我能平安地回家，我就爲你舞一堂獅子，在明年你誕辰的節日。我相信這一次我不會食言。媽祖，這一次我絕不會再食言了。』媽祖一定相信了他，因爲他聰明多了。

「他果然沒有食言。你們看，他正在媽祖的前面舞着哩。」

薩科洛正把獅頭高高地舉起，而後又徐徐地放下，末了又復舉起，如此反覆了三次。而後他寂然停止。鼓的聲音也寂然停止。一個紅臉的壯漢，從人羣裏排出，兩隻手握着一把烈焰熊熊的檀香，那濃黑的煙霧，彷彿縷縷黑髮，施施舒卷而出。這漢子走到一具大香爐跟前，立定脚跟，雙手猛力地搖動，直將火焰搖熄。他垂下了頭，把這一綑香，虔敬地，插進香爐裏。那一座香爐是純鐵鑄成的，爐口奇濶，可比一口山井。香爐的肚皮上，彫滿舞鳳與飛龍；爐身依托於一座鐵足架上；鐵足高抵一個人的肩膀。這香爐，就是漁利三號裏，一名船員，名叫李長春的，一個人所捐獻。

「我要走了，不想看了，看得我頭昏。我要回家睡大覺去，」那醉漢說。

「你剛剛說的話，可全是眞的？」高瘦的老人問他。

「沒有一句是眞話，一派胡扯，」福仔說。

「觀世音菩薩，玉皇大帝，媽祖娘娘，我剛才說的話，句句都是眞的，都是薩科洛同我喝酒時親口告訴我的。我老王要是說謊，老王就……」

「好了，好了，」他們笑道。

「我不看了，我頭昏，昏得厲害，」他旋轉身子，起步離開。但是走了一步，又回過頭來：「喂，記住呵，今天晚上的拜拜，你們可都要請我去喝酒。你要。你也要。」

他們望着他踉踉蹌蹌地拾步走進了一條窮巷。

薩科洛頂着五十公斤重的獅子頭。剛剛開始的時候，他曾經感覺其沉重，但是現在已經不覺，重量已歸入他的全部的體重。就像他生來便帶有這個獅子頭，他想，若是你生來就帶有兩個頭，你便不會覺其重（正如你不覺你的頭重，不覺你的手重，不覺你的腰重）。而頂着這個獅頭的他，體重還不及六十五公斤。任如何，他的感覺仍然是得乎心應於手。

那個紅臉的漢子爲他上過香後，薩科洛的獅子便離開了聖母廟。他已經完成了宏願，身上遂彷彿卸除了一肩重負。躲在獅頭的背後，他露出歡悅，自負，光榮的微笑。他便把聲音傳向頭外：「舞下去！再舞下去！不要收場！」今天是節日；節日方開始；他的舞獅也纔剛把歡樂推向高潮：他要把完願以後的剩餘的全力（不，力量也方興未艾），他要把完願以後的其餘的舞獅——全部獻給節日！

「走開啊！猴兒崽子！走啦！」漢子們的呼喝；皮鼓的雷聲。

緣着倒滿垃圾的後街，獅子的彩麗的腦袋，如海浪上馱負的軟木瓶塞，載沉載浮。牠像一個吹着蘆笛的異鄉人，帶走了一村的被牠迷惑的百姓。那力和美的表露，那似拳術一般的出手和進退，使得村中的青年點亮了眼睛。那一天，他們也要征服節日，像這個薩科洛！

薩科洛舞過港口街，舞過三民路，舞過忠孝區——這些都是低矮的屋簷，磚色因海風化爲淺灰，屋頂上晒有漁網（宛若婦女的髮網）的荒凉街道；加上播弄頭髮的海風，和精純鹽質的陽光。薩科洛的軟底鞋，踏過黃沙路，踏過石板道，踏過塗滿柏油的乾碼頭。張惶的母鷄，撲翅生風的鴿子，從空汽油桶的背後驀地飛起。

在民權三巷和新生路的交口，他們的隊伍突然停駐。迎面前來的是，一羣銅笛哀號的管笛手；他們的兩頰鼓得像皮球，銅笛高翹過他們的鼻端。在他們背後，引出兩尊顫危危的木偶來。一尊是七爺漆黑的鬼臉，吐着長舌，高達兩個人相加的高度。另一尊是八爺，也拉出長舌，是個可怖，瘋癲的侏儒。薩科洛驀然歇住。七爺和八爺，旋卽扭起一種令人噁心，旣恐怖，復可笑的步伐。七爺扭轉着他那僵硬的頸頸，吐出長舌，扳動他那支撐在黃袍底下的僵硬的骨骼。他像是一個風濕患者。那個矮侏儒，則東蹦西跳，搖一把破裂的鵝毛扇。他們橫擋住薩科洛的去路。但是未幾，薩科洛從迷離中覺醒，恢復前進，他衝向他們，他舞進了他們的中心，從其間勇猛穿過。這時的他，眞像一頭眞正的獅子。兩尊木偶遂被沖散；一隻禿頭從七爺的腰間探出，瞠目結舌地觀看，八爺也呆立道旁，上半身歪歪坐在一個胖子的禿頂上。他們那付吃敗仗的模樣，引起了觀衆一片哄笑聲。薩科洛那英雄式的舉動，也就贏獲滿堂的喝彩。

在步出民權三巷的時候，跟隨着的人潮裏又吹起一陣如輕風似的波瀾。男人們都扭轉過頭來，咧開牙齒，痴痴微笑。前面走來了一羣花枝招展的少女，衣着鮮麗得跟花蝴蝶一般；她們是茶室裏的姑娘。她們也出來看熱鬧了。這個小村裏賺來的收入，據說有三分之二消費在她們身上。所以這個小村永遠是貧村一座。事實作證明，此時便有幾個年輕的小伙子，與冲冲地脫離了人羣。

當姑娘們白天出來遊港的時候，也就是漁船回港的時刻。她們一齊擁到碼頭來迎接她們的「魚羣」。今天自也不例外。

聽說漁船回港了，薩科洛的獅子頭，原本是朝着背港的方向前進，此時便回轉一個身，朝着港口的那方迎了回來。太陽已經爬到當午，海邊的天空湛藍如海，天際的周圍除外，天頂兒沒有一絲兒雲影。太陽像一個鬚髮髯髯的老人，探頭窺視着這個海濱的村落。觀看舞獅的羣衆，汗珠一粒粒從他們的鬢毛落下。然而他們竟忘了午飯的時刻。

薩科洛迎向港口，斑爛而多彩的獅子頭，在朝天仰擧時，放射得像一頂珠光寶氣的王冕。獅頭之下的兩條黑褲管，爲汗水濕成一道道更爲烏黑的水路。

「你不歇一下？」跟在他傍邊跑動的一個漢子問他。

「不，」獅頭底下的回答。

當他們抵達碼頭時，他們聽見了入港漁船震耳欲聾的馬達聲，並看到平廣的水域上，小漁船排成人字形，如海軍的艦隊，排浪駛入。船上的船員，在水面上，必已發現了獅子，因爲他們都已爬到長梯的高處，像一羣海鳥棲息在那裏。平靜的港面，未及刻許，便如被颶風所攻襲，滿眼皆是廻旋相撞的艨艟，跳躍似馬首的船梯，警鈴，短汽笛，揮舞着的竹篙，和攪動成浪的港水。第一個拖着粗繩纜跳上碼頭，並將粗繩纜縛住石墩的赤脚漁民，高聲喊道：「青花——皮刀！青花——皮刀！」聽見了他的呼喊，岸上的觀衆立即歡聲如雷，像一羣暴民蜂擁圍了上去。因爲有三個月來，他們只能從海上拾得酸肉的鰹魚；他們已經對鰹魚深惡痛絕，因爲，在魚市場裏，因其背部的一條毒腺而無從售得善價。今天青花魚和皮刀魚忽然出現了，這表示鰹魚的魚季已成過去。這個小漁村就要開始賺錢了。

漁船上燃砲慶祝豐收，所有的三角旗都已昇達高處，年輕的船員們套着紅背心，高高坐在船梯頂，下望着水邊這滾跳靈活的獅子。他們呼嚷，喧笑，喝彩，要他舞得再快，要他跳得再高。的確，這是一隻好獅子，牠的頭就搖得像一具發動機。然後，獅子忽的停駐；面對一條漁船，牠向後慢慢退行了三步。牠打量着這條船，又退行了三步。然後快得就像一枚砲彈，牠衝向該船，一縱身躍上甲板。在水上，駕陵陸地，薩科洛翻滾着獅頭，船上船下一片歡呼聲。

一筐筐的銀魚已經從各艘漁船的艙底起了出來。青花魚的魚身都像銀水瓶，而皮刀魚的魚身像一隻銀皮夾。漁工們，用一根粗筒的圓竹，挑着魚筐，自船上運下。他們要把這些魚挑往魚市場。而後再用卡車運往臺北，甚至再緣鐵路縱貫線，運往臺中、臺南、高雄等地。

薩科洛自船頭跳下。他着陸在漁工們的隊伍之間。他搶先了半步，越過他們的前頭，依着鼓聲，像一個遊行隊伍的樂隊指揮一樣，他舞着跳着，領這一列長長的隊伍步向魚市場。

魚市場建在港背後巉岩的山脚下。那是一座塗滿了柏油，龐大而空洞得有如機庫的貨倉形建築。它張着黑暗大口，遠遠望去，彷彿是一口神秘的洞穴。魚市場裏黑暗而多風，白天也燃着日光燈，順沿着墻四壁，可以看到懸掛了滿牆的魚刀，魚鋸，魚鈎，魚斧等。巨型的鯊魚，便拖到這裏來分解。走近魚市場的人，都能迎面地聞及一股翻心欲嘔的血腥氣。山脚下的海水，終年皆染上一抹胭脂紅。

掮魚的擔架隊伍步履維艱，壓在他們肩膀上的粗竹，以及粗竹穿過的漁筐，使得他們的膝蓋彎得似弓，使得他們的脊背駝得像豎琴。在陽光下，他們那緋紅而流汗的臉孔扭曲歪轉，他們不勝頭頂的太陽，不勝肩膀的重壓。

步向魚市場，需走上一條坡度輕微的斜坡道。這條路較之村落裏的街道，其景緻尤爲荒凉。它是一條蜿蜒如蛇的黃土路，土質稀鬆，就是沒有人走的時候，也會飛揚起長如寸草的塵埃。現在他們已經上路，黃塵似煙，高高飛越過他們的頭頂。

薩科洛一步一舞，氣喘吁吁地爬上，他漸漸聞到了血腥的氣息。並聞到較之地面的顯得乾燥，顯得清爽許多的海風。這裏是一塊寂穆無人的區域，山坡上連綠樹都不生存。只有在道路的兩傍，那在午日裏濃睡着的羊齒和厥類，都披上一層厚厚的灰衣了。不過一轉頭，能看到脚下櫛次鱗比的屋頂；向右後，能掠及日光碎銀的海洋。薩科洛忽然未配合鼓聲的節奏，私自跳出三步怪異的步子。他停下來。他彎下腰，隨後又勉力撐直，再繼續舞上，然而身體有一點偏頗。

隊伍忽然停下。就像戰場上的車隊因爲前頭的一輛抛錨而引致全隊的停頓。他們停在烈日裏肩頭挑着魚筐，回頭面面相覷。在他們頭頂的上空盤旋着兩隻黑鷹，那是從山頭轉飛而來的，不知是覬覦這一隊的魚肉，還是因這行列的新奇所吸引。然後，隊伍的前段開始了輕微的騷動，隨及騷動波傳到後段，於是漁工們丟下肩頭的魚筐，跟隨兩傍奔跑的觀衆齊奔上前，一觀究竟。

薩科洛仆倒在路中央，像一堆包袱。獅頭依然覆蓋着他的頭臉，兩肩裸露在外，一條胳膊彎彎壓在獅頭下，臂彎裏圍着一汪鮮血。他就像一頭被人射殺的獅子。

在送往漁民醫院之前，薩科洛已經氣絕。醫生說，他死於力盡；死於心臟猝止。薩科洛便躺在醫院的黑皮臥榻上，身和臉蒙起一條白被單，寂寂然，宛如身在睡眠中。那一天的節慶，雖然發生了這一件意外，村民的心裏雖然蒙上了一層陰影，雖然此後他們也都不會忘記有過這麼樣一個不幸的好孩子死在一個節日的舞獅中——節慶終歸是節慶，依舊繼續進行。

——五十一年九月於臺北

# 命運的迹線

風是從前一天的入暮時分便颳起的，直到這一天的早晨十點多鐘還沒有停。天色是颳風天氣所慣有的陰灰，髣髴風將灰霧吹滿了一個天空。這是一個乾燥而多風的冬季。

在郊區的一所小學校裏，操場邊緣的一行防風樹都被吹低了腰，原本都是不畏冬寒的油加里，也經不起入冬來烈風的摧刮，已呈萎靡不振的姿態。在操場中，此時已敲過下課的鐘聲，祇有少數的幾個小學生頂風前進，他們是去上厠所的，其餘的孩子們均躲在煖和關閉的教室裏。學校像一座空無兵士的營房。

五年「信」班的教室（班次依照仁、義、禮、智、信的排列），學生們正團團圍立在教室的中央，每一個孩子都聚精會神地注意着圈內，凝神地細聽，不發一聲。

「那麼你看他還能活多久呢？」

「大概再活四十年。」

「不太長嘛。看看我呢？我還能活多久？」

「還不到四十年。」

說話的是個坐在當中的孩子，帶着極端厭倦和輕蔑的神氣。他的相貌醜陋，有一對骨碌不定的眼睛，一條過於尖銳的小鼻子，兩張乾裂脫皮的紅嘴唇，以及圓而稀薄的耳輪，一一皆散發出一種氣味惡劣的典型。他歷來也的確不是一個好學生，擅長於說謊，考試常作弊，並且還有偷竊的習慣。不過現在的他，神態異乎尋常，非但受到別人的尊敬，臉上也多出一層權威的光采，自覺勝過周圍的任何一人。他說他最近學會看手相，從植物園裏的一個測字老頭兒那裏學來的。小學生們均信以爲眞，人人都誠心虔意的深信他的「論相」，以是不及片刻，他便成爲班上新起的一名英雄了。

「還有誰要看？不過我不能看得太多，我師父說的，看相的人最好少幫別人看，看多了自己會『折福』的。說好時，勿高興，說壞時，勿生氣。心要不誠，就不靈。還有誰？要看的人快一點！這是免費替你們服務，你們哪裏還會有這樣的機會？到植物園去看的話，一個人至少十塊錢。手拿過來！拿近一點！再拿近一點！」

他便又開始推斷另一個孩子的命運。這一羣紅潤健康的孩子們，掀起了一陣笑浪；因爲他說這個孩子將來會討三個老婆。在孩子們的心目中，這是一件非常好笑的事。

坐在教室的前方，靠近窗口的地方，上身一半露在光線中，另一半隱在黑暗裏，一個孩子遙遙地望着他們。他是唯獨一個不加入人羣的孩子。但是他的離羣不前並不是因爲他缺乏好奇，也不是因爲他鄙視那個醜陋的孩子，相反，他正圓瞪着眼睛，細心的聽取那個孩子說出的每一句話。在他的臉上，可以清楚地看到兩種表情的掙扎。

這時一個孩子從人羣中退下，祇準備爬得更高些，登到一張桌面上，以便向裏邊再做一個更爲清楚的鳥瞰，在他回頭時，無意中瞥見了他。

「啊，這裏還有一個哩！」他驚動起他們的注意。

「啊，高小明，快來！就差你一個還沒有看過！」他們一齊呼嚷着。

這孩子發覺他已被人發現了，便不安地躲閃着。

「不，不，我不要看，」他說。

「不行，不行，非看不可，」他們齊聲的說；他們對他的命運比他自己更想知道。兩個胖胖的孩子已經跳了過來，於是和他展開了爭鬪，要哈哈他，要「修理」他，總之，要將他拉到那一邊去。他終於順服了大家的意思。

高小明是一個身材弱小的孩子，不過一雙烏黑的大眼射出烱烱的光芒。他屬於那類奇特，神秘，而復具異稟的孩子。雖然他的身體孱弱，他的靈魂卻有着熾熱的火燄和固執的意志。他的體質，令他每一學期都必請四五次病假；說生病加於他的痛楚，反不如說缺課加於他的痛楚；在病中，他和醫生爭鬪，和父母爭鬪，結果總是要在退燒之前一踹一踹的踱回學校。他的缺課和多病卻不影響他的成績，每學期慣例都是班上的前三名。不過一二名的機會較少，三名的時候居多。這學期他當選爲副班長，和班長僅差三票，大概亦敗在他的體質衰弱底影響上。他依照禮貌，在掌聲中踏上講臺，向班長握手申賀，然後從容地走下，但是坐到位子去後，閉緊了嘴唇，不禁簌簌地掉下淚來。現在，走向那個會說出未來的孩子，他那單薄的身軀有一點懍懍，透露出他的心情的激動。

「又來一個！把我忙死了！」相命的孩子說，「幹嚒不早來嚒。那末就快一點！」

高小明坐下，望着那孩子，然後，勇敢地伸出左手。

孩子們靜默無聲，那個醜陋的孩子垂頭默察着他的掌紋。

「怎麼樣？」旁邊的一個孩子不耐地問。

「一個老婆，」相命的孩子說。他們發出了一陣哄笑。

高小明面紅耳赤地說：「不要開玩笑！我祇要你看正經的。我不管幾個老婆幾個孩子，我祇要知道將來我會做甚麼事？我的事業是那一種？成不成功？」

「事業我不會看，我師父沒有教過我。」

高小明心中甚感失望。他希望長大後做個大詩人，但是他竟不能告訴他未來他是大詩人。

「不過我會看你將來有沒有錢，」醜陋的孩子說。

「有沒有錢？」一個孩子問。

「沒有錢。」

「啊！」大家聽了，不約而同地爲他嘆了一口氣。

高小明卻毫不失望。他們不知道他多麼輕視錢，詩人都是生來潦倒的，他既也潦倒，可見將來也是個詩人，高小明反而私心爲之快樂起來。

「好了，我已經都知道了，」高小明說，把手拿了回去。

「不，還沒有，」一個孩子叫道，「最重要的你還不知道，你曉得你的命多長？」

「對了，他是『長命鬼』還是『短命鬼』，我們還不知道哩！」一個孩子也說。大家都這麼說。

「手再拿出來，」相命的孩子說。

「不，這不用看，因爲我不想知道，」高小明用他的另一隻手護住他的左手，像在隱藏一個傷痕。

「奇怪，爲甚麼不想知道？能夠多知道一點何不多知道一點？算了，高小明，你就是不想知道，將來你活多久也還是要依手上的線活的。既然已經明明白白寫在手上了，你偏故意不去看它，這是何必？」

高小明的臉上遂露出猶疑不定的表情。

然後他將左手重行伸過去給他。

「上面怎麼說呢？」須臾以後，高小明自己先問。

「說好勿高興，說壞勿生氣，你肯不肯？」

「肯。上面怎麼說？」

「你很不幸，祗能活到卅歲。」

高小明聽後，凝神地望着他。

「祗能活卅歲？」他重複一遍那個孩子的話，而後問道：「怎麼看得出來？」

「看這條線。祗能活卅歲。你看，這一條叫壽命線，又叫地線。從這裏到這裏，十歲，從這裏到這裏，廿歲，從這裏到這裏，卅歲——下面沒有了，就到這裏爲止；所以祗活卅歲。」

高小明垂頭望着他的掌心，諦視着這條從弧口蜿蜒而下的曲線，果然牠行至中途便停止了。

「你看我的壽命線！你看！比你的長上一倍多！四十、五十、六十、七十、八十，哈哈哈，老子足足可以活上八十歲！」那個醜陋的孩子張大了嘴巴吹噓着。

「那你就是老烏龜！」一個孩子接着說，並且伸出他的中指頭。他們又嘩笑了起來，並且這一次更加笑得樂不可仰。因爲烏龜，不僅又是他們公認爲好笑的東西，還另外有一層秘密的含意。

這時風聲中傳來訇訇的鐘鳴，孩子們便一哄而散，各自跳回各人的座位上去。

高小明坐在安靜的課室裏，心中佈滿了灰塵。課室外邊的小花圃中，玫瑰正將落瓣交付與狂風。終於他曉得他的壽命了，他祇有十七年可活。多麼短的一生，比起別人的來，還及不上一半，多麼不公平的待遇！他怎樣能夠在這短暫的期限裏完成他的願望呢？他曾計劃過要寫卅本書，包括詩、小說、戲劇、自傳；他都已經知道他要寫甚麼，一本寫他的母親，一本寫他自己，一本寫生病，一本寫一個英雄，從他的出生到死亡；他計劃過他要慢慢的寫，慢慢的磨練他的筆尖，不急於成名，倘如寫出了尚未成熟的作品，便燒掉；計劃過要遲至卅歲時纔肯出版第一本書——卅歲時他已經死掉。想到他的有心，他的應能發展無慮的能力，竟被如此橫蠻地掠奪，這孩子的胸中湧起了一波反抗的——卻又注定失敗的——憤怒。在憤怒與得知死日的悲哀裏，這孩子安靜地坐在寂寂聽講的教室內。

窗外的油加里樹款款擺動，宛如兩枝掃除塵沙的掃帚。關閉了的長型玻璃窗戶，在風裏輕微振動，聲響一如溪水的歌唱。這一堂課間，高小明一直未注意老師正解釋着的一題分數，只是時時地攤開他的左掌，默默睇望着掌心。

班上的同學，卻早已忘卻剛才的那一幕「遊戲」了。下課以後，他們不再去理會那個一小時前曾被奉若神明的孩子，那孩子重又恢復爲一個無關緊要的「不良」學生。但是唯獨高小明一人還念念不忘那一幕「相命」；他是班上惟獨一個不肯忘記命運的孩子。

中午吃飯的時候，高小明發現他的午餐索然乏味，甚而就是那他素常喜歡吃的，母親特別爲他放在書包裏的一枚桔子，也嚐不出滋味來。他以苦味的口腔，去品嚐甜美的桔子，其結果，口腔是口腔，桔子是桔子，分離得像一對離婚的夫婦。他想他是生病了。

日中以後，他豁然身上冒出涔涔的冷汗，因爲，他想起那可厭的死亡，想到牠是那樣接近，接近得彷彿就站在跟前，伸手便可觸及牠。

下午的音樂課時，他們發現這個孩子缺席了。本來他是班上最善唱歌的孩子，但這一堂課卻遺失了他那春日陽光一般的歌喉。大家都不曉得他到甚麼地方去了。

在操場邊緣，竹籬的旁邊，埋着一個荒草叢生的防空洞，裏面黑黯無光，高小明摺着身軀蜷曲地坐在那裏。他已經獨坐了兩小時餘。在這兩小時間，他第一次想到許多從未夢想過的問題；但想得最多的還是死！諸如，他看到脚邊的一朵小白花，因而想到花朵的生命，長的不過一個春天，短促的卻只三五日；後來又看見一隻飛到洞口尋食的痲雀，遂想到痲雀的生命，必也不太長，因爲他還未見過一隻白頭髮的痲雀。他想，死去以後，將赴一處甚麼樣的地方？會有地方嗎？會有的，卽令在黑夜，我們也有可以走路的地方。但倘如沒有地方，倘如像這一朵花，凋零以後，落到根的所在，和泥土混化爲一，一點痕跡也不賸；像那隻痲雀（剛剛飛走的），從天空掉下以後，和泥土混化爲一，一點痕跡也不賸——假如人死以後，相同，一點痕跡也不賸，難道沒有這個可能？

假如眞的是這種樣子的結局，這樣使人絕望的結局——他開始覺得這個黑黯的防空洞令他週身不適——那末，他很想知道在這個世界上還要有人的存在做甚麼？人的這樣悲劇的結束，他想，唯一能夠抵抗它的治療，唯一能夠疏緩它的安慰，只有活得長久些。而他，只能活得常人的一半。他從地上爬起，離開了那個洞穴。

這個孩子並未回到課堂裏去。他未曾攜走書包，便私行逃出了學校。他從一道短墻那裏翻越出去。翻墻是觸犯一條校規的，如果捉到的話，將受記一次大過的處分。他在翻越之先，想到這一條校規，但是想到一個人只有十七年好活了，便縱身攀上了墻頭。一個人不必再顧慮甚麼。

在郊外的田塍間，他行走了一個下午。而後他走進城裏。公路上的行人，都曾發現有這樣一個小學生，面色沮喪，未揹書包，在風中垂頭地緩緩而行，並且不時的伸出左手望着掌心。待夜幕幽幽降臨了，這孩子覺得心情更爲抑鬱，便忘記了他的書包，不再回到學校，逕往回家的路上去了。

在學校裏，他的書包像河邊自殺者留下的衣服，引起了一場虛驚。他的級任老師，王老師，一個小小的，年輕的，戴着眼鏡的，新從師範畢業的小姐，不敢將這書包帶去給校長，也不敢帶着它送回他的家，她害怕面臨的責任。她便獨自一人守在偌大無人的敎室裏，胸前緊緊的抱着這書包，戰慄的禱告，祈求高小明出現。

高小明出現在他的父母親面前。他的氣色不大正常，髣髴身上有那一處正在忍受痛楚。到喫晚飯時，他對着面前的盤碗只是俯首凝視着，卻不肯動箸取食，這引起了他的母親的疑慮。

「怎麼啦？哪裏又不舒服？」她問，心中遂冪上一層黑影，以爲他又回到生病的可憎循環去了，便伸手來按一按他的頭額，摸摸看有沒有熱度。平時，不幸的序幕都是從這個手勢開始的。但是這次她沒有摸出熱度來，卻冰冷得像大理石。她放下了心，卻也擔着心。

「爲甚麼這樣冷？哪裏不舒服嗎？」

「沒有。」

「喫不下的話就不要喫，」停一會後，她說，「也許是腸胃又不消化了。等會兒早點睡覺去。」

這個母親是個蒼白的婦人，患有長期的肺病，但是憑着她的勇氣和意志，她仍舊令自己和常人沒有分別，過着和其他女人相同的生活，結婚，生子，料理家務，並且還負責編輯一個婦女界的刊物。

「小明，你的書包呢？」喫過飯後，她忽然發覺。

「留在學校裏。」

「爲甚麼？」

高小明想了一想，然後不樂意地回答：

「降完旗以後被值日生鎖在教室裏了，拿不出來。」

他不是因爲說謊而不樂意，是不樂意在這時候說謊。

「眞糊塗，以後要記得先去拿出來。記不記得？」

「知道。」

「媽媽，」過了一會兒，他說。

「嗯？」

「外祖父死的那年是幾歲？」

這個母親詫異的獃視着他。

「五十歲。你問這個做甚麼？」

「沒甚麼，只是問問看。外祖母呢？」

「五十一歲。」

這個孩子似乎覺得答案都尙未能解決他的疑難，便轉向他的父親；他正在抽一隻煙斗，眼睛讀着膝頭的報紙。

「爸爸，祖父死的時候幾歲？」

那父親的喫驚不亞於母親，約過片刻，他將煙斗從嘴邊取下，將煙壺連連地敲磕扶手，頷首說：

「你問這些幹什麼？他的壽數不高，但是，記住，小明，他做了許多的事。」

他不想再問他的祖母，他知道得已經夠多。本來他曾經想從這些查問裏尋出一點可資安慰自己的實據來，希望能夠推翻那孩子的預言，譬如從祖先的長壽裏得到一點遺傳的保證；或者，更確切地說，他就是希望發現他的祖先無一長壽，以便更能肯定那孩子的預言也未可知。當我們害怕一樣東西的時候，我們往往走得更近，注視得更久。

「爸爸，媽媽，我恐怕我活不長了，」他說。

「你爲甚麼說這種話？」他的父親問。

「我知道，我的同學告訴我的。他說，我的壽命線——就是左手上的這一條線——太短。他說我只能活到卅歲。卅歲，你們聽見了。我將看不到我的後半生了。並且，爸爸，媽媽，你們要看到我比你們先走。」

「胡說，哪有這樣的事。不要胡思亂想，小明，你那個同學說的是騙人的話，你怎麼那樣輕易就相信他？他是在同你開——」

「不，不是開玩笑，他不只給我看，也給每一個人看。」

「聽着，小明，要不是開玩笑，也就是迷信。你想他拿得出科學上的證據來嗎？如果眞有這種事的話，」他的父親十分耐性的對他說，「人生就不再被那麼多的人說成是神秘的了。人類的歷史就必需重頭改寫，因爲這樣說來，一切歷史上的偉人都沒甚麼了不起了，罪犯盜賊也都無罪了。因爲歷史變成只受到一個人的支配——命運。換句話說，你寧願相信你那同學是個能夠改寫歷史的人，」他的父親又顯出他那慣於諷刺的口吻。

高小明的表情仍舊看不出有何轉好的改變。

「再說，你看看我的手心，」他的父親攤開了左手，指給他看，「你過來看看我的所謂壽命線。不也是很短麼？才只到手心的一半。但是到現在我還不是活得好好的？」

他今年卅九歲。

「快去睡罷，不要再胡思亂想了，」他又說，「這孩子就是想得太多，顧慮得太多，否則他的身體也會好一點。」

孩子的母親一直未說一句話，只用着憂慮的眼睛凝望着孩子。

高小明站了起來，遵從父親的囑咐，提早上床入睡。他的表情仍然沒有較好的改變。他走向他的臥室，但中途先折入浴厠兼用的浴室裏。

父親和母親保持着沉默。父親重行拾起煙斗，以拇指塡入煙絲，繼而燒了一根火柴，將煙絲點着。然後他吸着這斗煙，卻不去閱讀舖在膝頭的報紙。過了約莫片刻，他方才像是記憶起吸煙的理由，低下了頭，讀着報紙。母親已經在編織她的鏤花桌布。

「小明，」她一邊拘着銀針，一邊對浴室說，「你是在洗澡麼？今天晚上沒有燒熱水啊，你難道洗的是冷水麼？千萬不要洗澡啊，洗一洗手脚便可以了。其實你還是早點去睡覺的好，剛才還說過喫不下飯來着。」

父親和母親繼續保持着沈默。

「爸爸快點來！」片時以後，浴室裏傳出了聲音。

「甚麼事？」

「快來，我受傷了！」

「甚麼！」

父親立卽跳起來，趕到浴室的前面，但是浴室的門緊緊關住。

「你快開門啊，小明！」

孩子未作回答，只是輕微地呻吟。

「快開門啊！怎麼了？」父親猛力地搥着門板，然而依舊沒有人開門。父親的眼睛露出預測到不祥後果的直愣，於是他使盡了力氣，搖着門，擊着門，撞着門，踢着門，終於，在不知甚麼原因的情形下，門被他推開。

「小明！」他叫着。

那孩子坐在白瓷嵌磚的地面上，右手包住左手，左手血如泉湧，腳邊丟棄着一張保險刀片。

孩子就在他的父親上前扶起他時暈厥了過去。

「竹君！快點！出去叫一部計程車！」父親對着外面的母親叫道。

高小明用刀片拉長了他的壽命線，從原來終止於掌心的終點拉起，拉到手腕關節的動脈處。

在夜半三更的醫院裏。

「他的傷痕五公分長，從掌心一直劃到手腕，相當的深，而且只差一點點就切到動脈了，好險好險！要是眞的切下去了，嚯，那就可惜了。現在？現在沒有危險了。只是失血失得太多，得靜養一個禮拜，別的沒甚麼，你們安心好了，」一位年輕的醫生說，他的對面端坐着孩子的父母。他是個著名的外科醫生，也是個和藹的醫生，很能同情這對夫婦的焦急心理，故而又重覆地安慰他們，「現在沒有危險了，你們大可放心。」他又望着眼前的這對夫婦，以一個醫生所不常有的好奇眼光注視他們，因爲他對人類有些興趣；下班之後，他也寫寫小說。「我覺得奇怪，」

他接着說，「從他的傷口看來，似乎不像是無意之中割傷的，高先生，高太太，你們可以把發生的經過情形告訴我嗎？」說話時的口氣，就像在實行病情調查。

高先生夫婦相對互覷了一眼。

「我們一點都不知道，」他們不約而同的說，看來極爲誠實。

「噢！」醫生滿懷失望，但立卽溫和地微笑道，「沒有危險了，放心好了，一個禮拜之後就可以出院。」

「醫生說他失血太多，那麼要不要輸血呢？假如要的話，我立刻可以輸給他，我的血型和他的一樣，都是A型，」那個蒼白的母親說。

「不用輸血，」醫生說，站了起來，「時候不早了，你們請便罷，明天早上再來看他，放心好了，沒有危險了。」

留下了醫生一個人。他頻頻的搖着頭，滿臉神秘的微笑着。以爲我不知道！他想，以爲我不知道！我只是不願意點破。他想時代眞是兩樣了，從前只有大人會做的事，現在小孩子也會做了……他不停的搖着頭。他甚至猜測這裏邊可能還有愛情的因素，這個小傢伙愛上一個小女孩，他的父母親反對——想起剛才兩個大人的嚴肅面貌，和他們的互覷，他益發深信不疑了。坐在夜闌人靜的值夜室裏，醫生微閉着眼睛，搖着頭，獨自自得地微笑着。他不知道外面的風已經停了。

一個星期以後——高小明請了最長的一次病假——這孩子康復出院。從此，他左手的巴掌上留下來了一條永恆不滅的疤痕，看來就跟那眞的壽命線一模一樣。

——五十二年五月於臺北

# 寒流

## 一

他只是一個孩子，一個十三歲不到的孩子，看起來比他的年齡還小。現在他剛從黑暗的公車裏擠出來，他不跟他的小朋友們，那一羣一路推搡儍笑的小頑童們，一塊兒走鐵路回去，他單獨一個人逗留在公車站的水銀燈下。那一羣小頑童們，將像 Tom Sawyer 一樣，比賽着看誰能夠在鐵軌上走得最久，一直走到天色烏黑得看不清鐵軌，除了原野的盡頭處還燃着最後的一條夕照；然後——他們每天這場競賽的高潮——當跑過一座長鐵橋時，忽聽見一聲汽笛哀鳴，於是便一齊興奮復緊張地尖叫着，加速地跑至對岸，然後紛紛像小鳥一般的跳到土堤下。他們望着那條如電影膠卷似的燈火車廂馳過，望着火泉似的煤煙洶湧冲上，他們舉臂歡呼，紛投以石子。他們沒有一個人不喜歡這一幕遊戲，那燈火的車廂，那火花的濃煙，那及時跳下土堤的驚險——他們每天放學以後都要玩一次。但是他從上一個禮拜二起便不再加入。

他等候了一會兒快車道上的急流，然後趁着空隙快跑奔過去。這是三月的早春天氣，雖然早午都已見春天的氣息，但是一道寒流正在接近中，因此一入夜便寒氣砭骨。然而他並不覺得冷；

他只套了一件藍粗布學生夾克，下面還是一條童軍短褲，裸着兩條光光的圓腿。他忘記了寒冷，因爲他正迷醉於另一件神秘的遊戲裏。那遊戲就在大街的轉角等待他，他還不知道那是比逃火車可能更要危險的遊戲。

現在他將書包繞上了手腕，反手又將它扣上他的小肩膀，癡呆呆地走在大街的左邊。他三次阻止迎面騎來的自行車，逼他們下來，同時自己嚇得跳出丈外。他逐漸行近轉角處了。這時夜色已經深濃，正如一般冬季的夜晚，只一刹那，黑夜便濃得溶化不開，令人瞳昏目盲。他遂睜大圓圓黑黑的眼睛，遠遠地望向拐角的那家玻璃店。那玻璃店放射着比別家更爲明亮的燈火，也許是玻璃和鏡子的反映。遊戲就在那裏，在那一團光暉奪目的璀燦中。遲疑了一會，然後他便走了過去，經過店門，迅速地望向店中掛在壁上的一面鏡框。他的小小的心鹿撞着，耳根泛出了血紅。那是一張裸體女人的彩色側像，她的肌膚潔白如玉，她的一頭金髮像獅鬣一樣披下來，歪側着頭，淒瞇着眼，她的兩隻手淫蕩地撫按在乳房上，她的一條豐美的大腿收向小腹。這孩子就站在門外望着她。爲要看她，他已經在學校裏苦待了一日；其實無論何時，只要一閉攏眼睛，他都能記得起她的裸體的每一部份，然而他更要每日親眼見到她，更要看見她站在他的前面；就像對待初戀的情人一樣。

他走過玻璃店，躲進街邊無燈的黑暗裏。不久他從黑暗裏踏出來，又經過玻璃店一次。

假如不是因爲害怕店內工人的懷疑眼光，他會一遍又一遍的走下去。

這孩子便緣着這一條大街走下回家。這是一條比走鐵路長出一倍的道路。

孩子回到家中，已經過了吃晚飯的時刻。他垂着頭，走進擺設飯桌的客廳。他的爸爸和媽媽早已在飯桌旁邊等他了。

「啊，這小鬼啊，甚麼時候了，纔回來！甚麼地方要去了？」他的媽媽問。

孩子沒有回答，只站在那裏。

「這小鬼，這小鬼，眞害他的媽媽擔心死了！」那個胖胖的媽媽拍着心口說，「我旁的不怕，就只怕街上的汽車撞到他。你到底去甚麼地方了？這許久纔回家！你不用騙我，我曉得你去哪裏，曉得你幹了甚麼事情，講出來看你羞不羞？」——孩子舉目望進她的眼睛——「你又被老師罰站了，是不是？」

因爲幾日以來遲回家，他找不出恰當的藉口，都說被老師罰站。

「不守規矩啊，不守規矩！好，活該，老師罰得好，我開心！」她拍着胖胖的小手稱着好。

「得，得，別一個勁站在那裏發呆，快來喫飯，」他的爸爸說。他的爸爸生得和他媽媽完全相反，清瘦得就像一隻鸛鳥。在他等候孩子的時候，便已嚐了好幾筷桌上的冷豆。

「喫飯！你倒說得挺簡單！菜都冷了，火也滅了，哪裏能喫飯？再生一個煤球又得花一塊五毛錢，怎麼燒得起？你去燒燒看！」

他又伸出筷子嚐一口冷豆。髣髴說飯還是要喫。而這個媽媽和所有的媽媽都一樣，能變出各種的奇蹟——一霎眼功夫，桌上已經排滿了熱騰騰的飯菜，不論色香味，都能令她的「爸爸」非常滿意。

孩子是第一個先把飯喫完。

孩子坐在屬於他自己的臥室裏；自從他的哥哥去美國後，孩子也有了這間「自己」的臥室。室中有一面大窗，開向南，窗外就是他們家的小木瓜園。現在是夜晚，看不見纍纍的木瓜，只見一片黑暗。

孩子坐在書桌旁，熄了電燈，亮了檯燈。過了片刻，他爬下椅子，取過書包，將它擁向他的膝頭。他抽出一本大型的作業簿來。他坐回書桌，握着鋼筆，在那本攤開的作業簿上開始專心一意地工作。他匍伏在簿子上，低埋着頭，後來膝蓋跪在椅子上，沒有停歇地工作。他的媽媽進來過一次，喊他去洗脚，他的回答使她深吃一驚。不是他說的「不洗！」而是他粗暴的怒吼。

到十一點半，孩子的眼睛疲勞得朦朧不清了，他才闔起他的作業簿。在那本簿子裏，憑着記憶，他畫了無數尊玻璃店裏的裸女，又畫了無數尊他想像出的裸女。想像的比擬模的還要淫猥。

孩子的床不是一張床舖，也不是榻榻米，而是一間壁櫥。這種別出心裁的睡法，算只有他自己纔會發明。在他的哥哥離家以前（他很不好意思讓別人曉得），他還跟着他的爸媽一塊兒睡。那時他一直認爲羞恥，對他的父母至爲憤怒；而他又時常尿床，對自己更爲憤怒。現在覺得擁有自己的一間壁櫥是何等快樂。

他熄滅了檯燈，站在嚴冷的黑暗中，脫去衣服，預備上床。他忽然獃立在壁櫥門口；胸中充滿了懊悔。

他胸中覺得極端懊悔；對於白天的事，對於又從玻璃店經過，對於那畫滿人體的作業簿，他充滿了「已經太遲的，無從彌補的，追也追不回來的」懊悔。並且他感到害怕。他讀過生理衞生，因此他曉得害怕——它已經接連來過四夜了。

想到生理衞生書上敎導的預防方法，他便將一床溫軟的紅綾棉被推向榻下，疊落在地板上。在這寒夜中，他將只取一張輕盈的鵝黃毛毯遮蓋。他希望今夜不會再來。在嚅動着嘴唇的默禱和牙齒發戰的寒冷中，他進入了睡鄉。

寒流在中夜飄抵臺北。

他被侵入毛毯的寒氣冷醒。他側了一側身，將毛毯圍繞得更緊一點。然而他忽從恍惚中陡然驚醒，他發現又來過了。他愀然坐起，瞪目直視着眼前的黑暗。不久，他的那雙孅小的肩膀徐徐顫動，繼而像一雙小兔子般的一起一落，但並不像寒冷而起的瑟縮，那比瑟縮尤激烈。他在哭泣中。

他的激動平息以後，便收集着他那殘餘且破碎的信心。他決心要再作一次抵抗，一次不容再見失敗的抵抗。這一回，他終於曉得了那張圖畫的兇惡。他首次看出了她，那個裸女，的暴戾、殘忍、危險。他曉得他必需付出全部的力，全部的意志，方能克服她。

站立在這一片有如山影一般的敵手身前，他估量着他那細弱的胳膊是否有力量同她格鬪。然而他知道得很清楚他需先做好幾件事。

他想他將首先不再經過玻璃店，不再同那張圖畫見面，忘懷她的容貌，或，更切實地說，她的肉身。

他將燒燬他的作業簿。

他將，每隔五分鐘，迷信的想法，默唸一句禱詞：「Hail Mary, full of Grace.」（他從一個外國修女的英語班上學來的。）

臥在櫥中，他便重複地告訴着自己應完成這三件事，髣髴是在鼓勵着另一個灰心人，直到傳來遠處公鷄的報曉。

## 二

當太陽照進窗口時，他才醒轉。這是一個清朗的早晨，然而氣溫極寒，窗外失去了鳥雀的鳴叫。

「Hail Mary,」他想起的第一件事就是禱詞。

然後他決然的從壁橱跳下——因爲他已曉得躲避床——床，在那裏，起身之前，他總要花上數十分鐘的時間，去耽想他和各種女人的做愛。

穿好衣服後，他走近窗口。望着窗外凉冷的陽光，他不覺低聲地默禱：

「Hail Mary, Jesus Christ, 請你們給我清潔的一天，請你們給我和這天氣同樣清朗的一天，請你們給我同樣寒冷的一天。你們不妨凍我、餓我、處罰我，只要幫助我離開那張圖畫。因爲我已經不想再失敗。我已經不想再行走在她的黑夜裏，Oh, Hail Mary, Jesus Christ.」

他禱告得十分認眞，禱畢後又重複一遍，他便覺得不再那般無助，他覺得好多了，相信那張圖畫不敢再來侵害他。

他着手去做第二件事：燒燬他的作業簿。

他將那簿子帶進厨房，然而厨房裏沒有火，他忘了他的母親是從來不燒早飯的。他把厨房的門掩起，在木炭簍子裏尋找洋火，這時門外傳來了脚步聲，是他的父親，脚步聲顯然指向厠所。

「小華，你在裏面做甚麼？」他隔着門問。

「我……我在找一張紙……一張紙不見了，大概又是媽媽拿去生火燒掉了。」

「不要賴媽媽，」他的父親把門推開。

幸好，他已將簿子丢進炭簍中。

「還不去上學！快點走，回來再找！」說畢，他的父親繼續走向厠所。

他將作業簿帶回房裏。只好留下它，等晚上再說。

時間已快到七點半，他把刷牙和洗臉的動作都予省略，急忙去收拾他的書包。他又爬上壁橱，帶着書包和書，因爲功課表貼在橱門的背後。依照上面的英、理、地、史、班、體、課，他將書本收羅進去。理，是理化；班，是班會；課，課外活動——黑市裏上的是課外補習。隨後他發現那本作業簿仍還躺在書包的一旁。他不想收容它。不過，又想，萬一被他的父母發現……於是它也被收入了進去。

他抓起他的船形小帽，壓向頭頂，掛上書包，便匆匆的跑去找他的母親。她正在梳粧鏡前梳頭，打着哈欠，肩膀上圍一條毛巾。這是發飯錢的時候，不但發早晨的一頓，也發中午的一頓。她伸手到抽屜裏，找出一張拾塊錢的給他。他收下錢，伸出一隻手，再討一塊錢。她把臉湊着鏡子，檢查她的右眼睛。他討五毛錢。她檢查她的左眼睛。他便跑出去了。

走在田野裏，他吸入一胸冰凉的空氣。那髣髴像是電影院裏的冷氣一樣。他在早晨均走鐵路去公車站，早晨的行程不算冒險遊戲，因爲遠遠看得見火車開來沒有。

田野一直伸展到河邊，一片嫩綠的起伏，上面蒸發着一層如寸草般的白霧。他感到一種新奇神妙的喜悅。他喜歡早晨；厭惡黃昏。一件新發現使他感覺有趣，他的鼻孔裏噴出宛若香煙似的白氣來。他張起圓圓的嘴，一吹，一道更爲潔白的暖氣噴出。他閉着嘴唇向前走，儲蓄更多的熱量。他張開嘴，輕輕的吹，「我在抽煙捲，爸爸正在戒的那種。」他用點力，一吹，「我現在抽煙斗了。」他再用點力，「我在抽雪茄了。」然後他更用力些，一股又粗又濃的白煙噴出來，像噴自火車頭的煙突。

鐵道上猶含滿晶瑩的露珠。他站了上去，平伸開雙手，舉步向前。如走索人一般的走着，他走到鐵橋的前面。鐵橋約有卅公尺長，兩邊沒有欄杆，橋下流着激白發聲的河水。在傍晚時，他們知道火車的時間，因而總在火車開到的前一刻渡過這橋。當他們划動着小腿向前飛奔時，一面擔心踩進枕木的空隙，一面又怕把時間算錯，火車開早了。那樣的話——他們根本不知道答案；只有圍抱住火車頭，或跌到激流裏去。然而這也卽是他們遊戲的意義，每一回都是一件挑戰，每一次都是一個冒險，每天的趣味都和前一天兩樣。他向後張望，沒有看見火車，也沒有聽見輪聲，向前張望，遠遠的密林上也不見火車的直煙。於是他便快步跑過那橋。他抵達對岸後，咻咻地直喘着氣。他卻不曉得這一條線清早是不開火車的。

到了公車站，剛好一輛公車冒着黑煙開走。留下他一個人在亭子中。他站在那裏翹望着，卻不是望的公車該來的方向。還沒有來，今天又沒有來，也許已經走了。她是個讀一女中的學生，跟他一樣，讀初二，從領章上看到的。她應是全世界最好看的女人，他想。時常他會在車站見到她，那時他就呆住；有一次他就排在她的後面，那次使他一會兒咳嗽，一會兒抓癢，一會兒吞口水，後來，他換到排尾去站了。然而她對他卻冰冷得像一條冷黃瓜，似乎從來就未曾瞥過他一眼。今年夏天的一個傍晚，他偶然在南昌街遇到她，那眞是一次奇妙而興奮的相遇。他從暑假以來便不曾見過她了，這時看見她挽着她媽媽的手臂（怎麼曉得是她媽媽？他也說不出），從前面走了過來。他只覺得她更加漂亮了，黑髮梳成鴨尾式，髮頂心還箍了一環嵌鑽的髮飾。走過他身邊時，她向他看了一眼，他的心中立即充滿了感謝和溫暖，然而誰知道她又迅速地別開臉，注視着地攤上擺設的化粧品去了。髣髴認爲他值不得重看第二眼，他那麼早的年齡便已成爲女性傲慢的犧牲者。而且更有令他頹廢的，他發現她長得比他還要高了。所以那天晚上全世界都在末日中。

然而她一直是他心目中惟一的小情人。並且他從不在起床之前的耽想中包括她。雖然他請她在臨睡之前走出來，在他的唇上印一個晚安的吻，並且對他說她多麼愛他。

她沒有來，而車子已經來了。車上一個極爲兇煞的女車掌，催他上車，把他的愛情驅趕得無影無踪。

汽車直開到他學校的門口，他跳下車來。走近校門時，他意識到一陣不安。因爲學校的門口靜悄無人，大樓上的每一扇窗戶也是寂寂然，不像往日那樣擠滿小學生向外呼喊的臉蛋兒。是上課了！他把魂都嚇掉。這時三個小糾察走過來，手上拿着大紙夾，要記下他的名字，他立即拔脚飛逃，跑進了校門，跑過了操場，跑向後一座大樓。他們發現他逃了，便拔脚追他，喊着：「喂，喂，站住，哪一班的?學號！」他們不如他跑得快，他已經跑上樓，跑到他的教室去了。站在教室的門口，他摘下帽子，大喊一聲：「報告！」全班的同學都朝着他哄堂大笑。

「進來，進來，come in!」英文老師說。

他通紅着臉兒，伸出舌頭，彎着腰，匆匆的潛到他的座位上去。「好驚險，」坐下後，他想，「差一點被小糾察俘虜。」

英文是他最歡喜讀的課程。還有美術、音樂、國文，按着秩序排下來。理化、幾何、博物，是他所厭聽的名字。他的英文成績頗不壞，時常有被請上黑板做給大家看的榮譽。

背後有一隻世界上最討厭的髒手在推他。忍受了三下之後，他才回頭。

「不要推好不好，大門牙?」

「你遲到！」大門牙露着兩顆黃黃的大門牙，醜怪地笑着，告訴他這件新聞。

「要你管，你敢再碰我，我就告老師！」

「遲到，懶惰，」大門牙依舊笑嘻嘻地說。

對付這種人，只有相應不理，他不値地想。

但是大門牙，願意使已經討厭他的人更討厭他，又復推動了他好幾下。他便連人帶椅的靠向前面去，躲避他。

英文老師把書放回桌面，將之闔了起來，兩隻手按着書本，淸了淸他的喉嚨，說道：

「好，現在大家把書放進抽屜裏。輕輕的放！Be quiet, 隔壁有人上課。今天又到了禮拜四，

Thursday, 我們週考的日子。」

老天爺，他忘記了今天是禮拜四！昨天晚上忘掉了的！他回頭望一望大家，他們都記得，看來都有一付準備充分的表情。遲疑地，落在最後一個，他把書收下抽屜。

英文老師轉過身子，拿粉筆在黑板上抄出題目。

沒有一個生字他會拼，沒有一個填空他會填，沒有一個錯誤他看得出錯。他感到前所未有的羞恥。因爲英文他向是分數最高的一個。他眞希望剛才不如逃課，乾脆不進教室。他更感到悲傷的是，他所歡喜的這位英文老師，如看到他的零分，將怎樣驚訝，對他的印象將怎樣由讚揚變爲冷淡；這是他最最懊喪的一件事。而下課的鐘聲響了，考卷一張張從後面傳上來，大門牙借機又推他一下，把一疊考卷傳給他。大門牙的題目全都做了出來。他偷偷把自己的考卷換到大門牙的下面，羞愧無地的交給老師。

但是還有更加令他失措的事情跟隨發生，第二堂的理化課又是測驗，昨夜他也忘了這件事。四個題目一個也算不出，仍然藏在大門牙的下面交進去。

假如有一門功課既不討人歡喜，也不致邀人仇恨，一門可有可無的功課，那就是地理了。地理老師還可能是個啞巴，他們從來未聽見他說過一句話，從上課起，便用着他那小小的楷書，抄黑板，直抄到下課爲止。但他們並不是每個人都抄，譬如他就和鄰坐的小黑合作，一個人抄一堂，考書的時候一起看。今天是輪小黑的班，他便無事可做。

後面的大門牙，跟他一樣，也不抄，正拿出英文書來，唸出怪腔怪調的英文。大門牙不參加他和小黑的合作，考書時卻厚着臉皮向他們借。看這次月考還借不借，敎你大門牙考個大鴨蛋，他殘忍地想，心中頓覺十分暢快。

他無事可做，拿着筆，在書頁旁抅一抅，畫一畫，畫了一棵樹，畫了一間房子。畫出一個人。不久，他畫出一個女人。又加上幾筆，改爲一個裸體的女人。他遂猛然想起藏在書包裏的那本作業簿，他有一股按捺不住的激動想去把它取出來。但也在這一刻他想起了他的禱詞，發覺，何止五分鐘，已經忘掉兩三個小時未曾祈禱了。他便懲罰自己，唸了廿遍 "Hail Mary, full of Grace"。但是末了他仍將簿子拿了出來。翻閱着裏面一付付淫穢的人體，他覺得只有畫這些纔是他生命中最歡喜一做的事，像一個身在熱烈愛情中的人，他覺得赴湯蹈火都不成困難。於是他感到他實在無力再遵守昨夜的誡律了——他遂不再聽見逐漸飄渺的勸告的聲音。

他沉溺在畫圖中，直到下課的鐘聲敲響。下課時他沒有離開教室，只是等候在他的座位上。第二堂一上課，他開始繼續的溺入其中。

他正專心一致地畫着，背後的那隻髒手又開始推他了。一股黑色的仇恨從他膽邊生起，這次他要賞給大門牙一個重重的懲罰。從前他曾經做過，他曾用鋼筆一揮，在大門牙的胸前灑遍墨水點，使他的制服不能再穿。這次他預備灑向大門牙的臉，他遂握緊鋼筆，轉過身來。大門牙一定看出了他臉上的殘忍，意味到他臉上露出的陰險和惡毒，因而大門牙顯出一種慌張，茫然，和醒悟的表情。

「我沒有害你……是老師在看你……」大門牙只來得及說出這兩句話。

他發覺有一隻大手壓到他的頭頂，遂放下握着筆的手，回過頭，老師就站在他的前面。

「你一直沒在聽書，我早就注意到了。你在畫些甚麼？」那個瘦癯的歷史老師說，把他的作業簿拿走。

失去了作業簿後，說也奇怪，他竟感到一陣淸醒，接着竟是一陣歡喜。但是他也感到恐怖。因而他處在像患熱病的，冷熱分裂的狀態之下。歡喜的巨浪沖擊他，接着恐怖的巨浪淹沒他。解脫了！他想，再也沒有那自己想像的罪惡來戕害我了，再也沒有那毒蛇似的妖嬈身段來盤纏我了，但是想到老師就要看到他所畫出的圖形，他一身流滿了冷汗。他想起大門牙，良心受到沉重的譴責。幸好他沒有揮出鋼筆——幸好歷史老師的大手挽救了他。

「快去問他要，」下課時，大門牙對他說，「如果交給級任老師，你就死了。」

他茫然地點着頭，覺得大門牙不再像從前那樣討厭。

老師很快的步出敎室，他追到走廊，老師已到達樓梯口。老師飛快地下樓，他也飛快地跟下，一步跳兩級。

「甚麼事？」老師停住，故意問，「想拿回你的東西，是不是？」

「是的。」

「是的！讓我先看看你畫的甚麼。」

「筆記，是我的國文筆記。」

老師將作業簿打開。幸好，第一頁抄的確是國文筆記。老師闔上簿子，但是不交還他。

「你以後上課時還注不注意聽講了？」

「注意。」

「你以後上課還抄不抄別種功課了?」

「不抄了。」

「你以後要是再抄的話,我就眞的給你沒收,不再還你。」

「不抄了,不敢再抄了。」

「拿回去罷,這一次原諒你,下一次可不行。」不過拿到了它,他反而不覺得快樂。他有一種不近人情的想法,說眞的,他倒希望這本作業簿永遠不還回來。他一定要設法拋棄它,銷燬它,但一時在學校裏技術上還辦不到。

他可有甚麼辦法拋棄它?這孩子願意知道。他自己是這樣茫然不知道。只是下午兩點多,他又沉溺在畫圖中。

他已經不在乎會不會被老師捉到,像一個爲愛而發狂的人,不再顧慮其他,只接受一件事:沒有搏鬪,沒有掙扎,完完全全的交給它,是一件快樂。他正分享着吸毒者,狂賭者,和自殺者的快樂。

知道下一堂是體育課,爲他帶來了一線亮光,一絲黑夜的海洋中吹來的黎明的海風。他可以暫時離開圖畫了。他從圖畫中抬起頭,聽着下課的清越鐘聲,他希望這鐘聲裏帶有告訴他獲救的消息。從前,他是個畏懼體育的羸弱孩子,而現在他視之爲躲避洪水的方舟。教室裏哄亂一片,在發揮他們那年輕如犢牛的生命力前,孩子們已預先感到體力奔流的激動。他們引吭地高叫,唱着歌,哄笑着,脫去外衣。他們競先的跑出教室,奔向寒風凜冽的操場。

當他也衝出教室時，班長拖住了他。

「黃國華，今天該你看教室。」

「甚麼？」

「輪到你看。」

「狗屁，」他說，「誰說我看？」

「他媽的，」班長說，「輪到你看還不好？你們大家看，他好滑稽，輪到他看教室他還說不是他！」

因爲事實上體育雖得孩子們的喜愛，然而懶惰，也許是人類的天性，更受他們的歡迎。因此孩子們都笑起來了。大家叫他「傻瓜」。然而他依舊面無表情的站着，堅說不是他。然後他說他寧願請別人代看。

「那送給我，小黃狗，我都把代數習題借給你抄，」一個孩子指着鼻頭說。

「送給我，小黃狗，」另一個也指着鼻頭，「我明天請你吃冰棒。」他們都愛吃冬天的冰棒。

「送給我，小黃狗，」大門牙也夾在裏面叫着。

「送給你，」他對大門牙說，然後趕上那羣孩子們，跑到遼濶平坦的操場上去。

體育老師帶領他們跑操場，圍繞着操場跑，連續跑了四圈，還在繼續跑，意在使他們發熱。他們漸漸愈跑愈慢，隊伍拉長得零零落落，每一個人均咻咻地喘着氣。體育老師命他們停下，在操場的草地上自由踏步，讓急促的呼吸舒緩下來。黃國華感到身體發熱，感覺非常好，感覺毛衣下的皮膚正沁出汗絲，刺刺札札的，就如有人用銀針在他的身上刺花一樣。他覺得極好，前所未有的極好。

然後體育老師從竹籃子裏拾出五六個球來，拍着，覺得他週身都是球，走了過來。他讓他們這一節課踢足球。孩子們非常高興，立卽分成了六隊，各自在操場上踢了起來。他們踢得十分野蠻，激烈地爭奪勝負，許多孩子受傷，但都立卽再加入戰場。黃國華跟他們同樣的如醉如狂，他覺得他歡喜這寒冷，歡喜這發熱得如火燒一般的奔跑，歡喜追逐那隻永遠蹦跳不息的足球。當他偶然停下，抬頭望一望場外時，他看見了遠處矗立的大屯山，高高的，藍藍的，呈圓頂狀，清清楚楚。要是在平日，那座山頭總爲灰霧所封，而今寒流帶來了晴天，將灰霧打開，露出了那蔚藍純淨的山頂。一架銀色的飛機，平穩地，正依着山前冉冉降落。每一樣景物都正值最好的時候。當體育下課時，他感到惋惜，他希望體育課能一直延長，延長到天黑。

他感謝上帝給他這樣的機會，運動的機會。也許，他想，世上只有一件東西——運動——可以使人離開慾念的淵藪。

可是暮色逐漸的陰暗下來。他的快樂和成功引起的信心逐漸的冷卻。從寒霧薄生的操場中退下，他感覺適才的成功不能再算甚麼，而今他覺得仍是同樣的處於絕望，覺得所負荷的沉重難題正與暮色隨同增加它的壓力和重量。

他也不知道爲甚麼他會這樣易忘，經過了這麼冗長的一天，到現在，他才是第一次的想起了夜晚。他發覺他又要照舊的任它凌遲，因爲這冗長的一天裏，他沒有做過一點防備的工作。像一個喜愛逃學的孩子，在歡樂中忘懷一切，直到天黑，才想起父親等候在家中，學校裡通知了後，嚴厲的處罰。回想從早晨開始的這一天，到現在，他始驚訝且愀然地發覺他所決定的三項諾言已經斷送了兩項，白晝已盡，追挽不回，已經白白犧牲了兩項，作業簿依舊留在書包裏；已經間隔幾個世紀了，他沒有唸 Hail Mary, full of Grace, 他已不想再補唸，欺騙自己的安慰已使他厭倦，他知道Holy Mary 再也不會答應他的懇求。所以不再‥Hail Mary, 不再‥full of Grace. 他想找另一個可以禱告的對象，但找不到，羞於去找，於是他不禱告，他想他再不會禱告。無論如何，還有第三件諾言，他想，不覺又亢奮起來，還有不從玻璃店前經過的那條，無論如何，無論如何，他要抓住這一條。他不斷的唸着，要抓住這一條，這一條遂變成他的禱告。

他又生出勇氣來了，聽着黃昏的足音漸漸逼近，他卻生出料想不到的勇氣，哦，這次他要擊敗玻璃店，他要戰勝這黑夜，它不能再來，只有第五夜，沒有第六夜。於是他決定了放學以後要同其他的同學們共穿鐵路回去。

但是班長在降完旗後拖住了他。

「黃國華，」班長說，「今天輪到你掃地；現在沒有人願意代替你了。」

他又將一個人孤獨的回家。

## 三

黃昏的白霧已在街面輕輕地昇起，交通車滾出如雷的聲浪，一輛啣一輛，瞪圓橙黃的眼睛，從迷霧的世界裏開出。暮色正端起街燈的酒杯，向降臨的黑夜祝飲。黑夜只一忽便覆蓋了一切，任甚麼都已看不到，除卻無數燈火的美麗小眼睛。由於濃霧的關係，還看不到天空的眼睛。

黃國華一個人走向他回家的歸路。在這黑夜中，他宛如迷失於夢的黑色迷宮裏。公共汽車的窗戶緊緊封閉，車中沒有燈，他夾在身裹大衣的成人羣中，隨車身的轉彎而搖擺，跟隨停車和開車的單調節奏，他幾乎沉沉欲睡。到站時，他從人縫間擠出，受到兩個大人的叱罵，有一個還偷偷的扭他的耳朶，幾乎要將它扭掉，好不容易他才脫險下車，站在寒冷而清醒的街道中。水銀燈將他的短小身影投給了街道。

這孩子正在躊躇，他不知應選哪一條路。當然他絕不再走玻璃店過，然而走鐵路也給他以猶豫。因爲他不熟知火車開過的時間，不曉得他能否通過那橋，怕在橋中央，爲火車追上，或者車從對面迎過來。想着鐵路上的危險，他的小身軀不禁在寒氣中索索發抖。但是終於，這孩子挺了他那撲撲心跳的小胸脯，勇敢地踏步走向黑暗中的鐵道。

舖陳鐵道的原野，以較之黑夜更爲濃暗的面貌，睡在黑夜的穹蒼下。這黑色的平原上，沒有一粒燈光，也沒有一點聲音；既無火車，也無蟲鳴，也無風吹草絲的悲響。站在這黑暗而岑寂的世界邊緣，他感到一層自覺渺小的敬畏。他鼓足了勇氣，踏上枕木，而後開始在枕木上奔跑。他未能看清脚底的枕木，時而踉蹌踢上，時而踩在巔躓的尖石堆上。他只聽得見他的凌亂的脚步聲，和他口中傳出的粗聲喘息。不久他聽見了流水，他已跑到橋頭了。

橋筆直地伸向對岸，燐光閃爍，像兩根鋼鐵的饑餓骨骼。他踏上橋，緩慢了脚步，小心翼翼的踩着枕木，因爲中間是空隙。像一個在夢魘中的人，焦急地趕路，卻又走不快，倉惶地趕着。他覺得已經走了許久，便停下，回頭探看，才走了四分之一。他低頭繼續的走。他忽然聽見汽笛的鳴聲。他以爲是他的幻覺，便停下，仔細的細聽。四野還是一樣的靜。他便繼續的走。這時他正走到橋的中央部位，距離起點，一半的路，距離終點，也是一半的路。汽笛又叫了，這次知道不是幻覺。但是他聽不出它是來自前方還是來自後方，他準備奔逃，但是向哪一頭跑？他壓制住胸口狂跳的聲音，傾注着全神，去捕捉它的方向。汽笛又叫了——似乎在他的後面，同時，他已能聽見合奏的輪聲。火車立即出現了，車頭的前額鑲了一門強力的照燈，直射向他站立的地方。他立刻向前飛逃，兩脚一格一格地跳過空隙，他知道火車已經上橋了，他聽見背後的輪聲愈漸愈響，射出來的燈光愈漸愈亮。孩子遂在這獨眼怪獸之前亡命飛奔——那火車通過鐵橋的中央，通過鐵橋的後半部，抵達橋尾，通過了橋尾，繼續地朝前飛駛。

孩子蜷伏在土堤下，一動也不動。他聽着火車從他的頭頂轟然開過，像春雷；並聽着它遠去，像雷聲的餘響。他是在一逃抵橋尾時縱身跳下的。

他蜷伏在堤脚，許久不動，直到車聲不復聽到。然後，他從地上坐起，他放聲大哭起來。他便一個人坐在荒野裏，大聲地哭着，直到他覺得哭足時才止。

他撿起書包，佩帶已經擦斷，用着他的手和足，爬上土堤。他發覺他的手和膝蓋都被擦破了。走了一段路，他找到一處灌溉底溝渠，他從溝裏淘出水，摩洗掉傷口的泥沙。他也洗清他臉上的泥沙，他唇上的泥沙。他一邊洗着，一邊想：「我到底打敗你了，這次我到底打敗你了！」而他的激動還沒有完全平息，他還有着想要放聲再哭的衝動——就在他抽搐時，他又驕傲地笑了起來。「我已經會了，我已經會對付它了，知道再對付它已不難了，我會再克服它，我一定會完全地再克服它，」他想。

# 四

夜間十分寒冷，也十分靜，寒流到了夜晚，像林間的女神，似乎比白日更易爲人發現了。住在屋裏的人們，都知道寒流的水位又漲高分許了。

孩子和寒流一樣的寂靜，他一直閉緊着嘴，像在咬着一件一鬆開便會喪失的寶貴物品。他的面色，因爲日間的疲倦，顯著蒼白，他的眼神亦顯出精神的疲乏。在他母親的懷疑眼光之下，他喫畢晚飯；爲了避愿她的目光，他退入他自己的臥室裏。

他將他的作業簿拿出來。他將它放在桌面上。這一次，他不是要畫它，他要毀滅它。

曾經聽說過一個印度僧侶的故事。說，在印度山中的一所寺院裏，住着一羣和尚，他們，跟別的和尚不同，他們把寺院的牆壁及天花板一律畫滿裸體的女像，每一幅都畫成極盡淫穢的姿態，使每一個僧侶都能看到，欲避也避不掉，用這種辦法，使他們面對女像，而其中眞不能動心的，才算是得道的高僧。他記起了這一個故事。

於是他便將那簿子打開，正目地看進他所畫的各幅人體裏。他一張接一張地翻着，每一幅都要看到。他能從頭到尾都用輕蔑的眼光注視它們，他沒有再被它們吸引進去，他翻過最後一張，他依然保持純潔底完整。這個試驗使他明白他再贏進了一步。

現在他要燒掉它。

他將作業簿捲了起來，捲成一個長筒形，拿着它，他走向厨房的那邊去。他的母親在洗澡，父親在抽煙，他知道他們不會進到厨房來。他把厨房的門關上，門搭扣好。他移開炭爐上坐着的開水壺。他用一根火箸撥了撥爐中的炭火。火苗快樂地竄高；這是一爐熱烈的大火。他將作業簿投了進去。火燄像是在舉行狂歡節慶的舞蹈。火光明亮得彷彿整座房子正在失火。牆壁上舞動着無數怪異的黑影。火燄逐漸的低了下去。直至火苗縮回灰燼，剩下幾星螢蟲般的餘火。厨房又變回黑暗的了，而空氣頓時寒冷了起來，他從爐邊的竹櫈上站起，開門離開厨房，回到臥室。

睡眠就要來了。他便坐在書桌旁，等待着睡眠。

夜幕已深沉，宇宙裏的一切聲浪，都已悄悄地飄回了地面。人們都已入睡。他的父母親也已回到房中就寢去了。

「今夜將不會再有錯誤，」他想，「今夜那錯誤將沒有機會出現，呵，你們那陷害我，誘騙我，使我不自覺地掉進陷阱裏去的睡眠和溫暖，你們聽好，今夜你們將得不到機會，你們將無從入手，因爲我不准你們進來。」夜晚是十分的寂靜，只有遠處的幾聲犬吠，寒冷的犬吠。門外客廳裏的掛鐘敲出十一點了。是上床的時間。他從坐椅上站立起來。

他首先將檯燈關掉。臥室遂沉入一片濃厚的黑暗。然後，他將身上的衣服脫下，一件一件地脫下，脫到最後，他全身已沒有一件內衣，也沒有一條短褲。他那瘦弱而蒼白的軀體因着寒冷而顫抖，抖得像一根細長而淡白的燭焰。他裸身坐上了椅子，遂展開雙臂，闔起眼睛。他能感到殘酷的寒流爬上他的裸身，然後自四面八方冲擊他，兇猛地渦轉他，淹沒他；他的每一根神經都能尖銳地感覺寒流手指的粗暴的彈奏。他便要就這樣地一直坐守到天亮。

他的雙頰，未幾，發起燒來，同時頭也開始裂痛。他的耳渦裏且聽到一圈新奇復有趣的音樂。起初他還感到十分歡喜，以爲他聽到了窗外寒夜中木瓜樹的樹液上昇的聲音，但後來他知道不是，那不是樹液上昇的聲音，他的頭已昏痛得抬不起來。數時後，他從胸口猛烈地嗆出幾聲咳嗽，他覺得喉管中有火燄正在燃燒，同時通身都在火中。那時方始半夜，剛傳來幾聲早更公鷄的喔啼，因寒冷而啼得十分激烈。

——五十一年十二月於臺北

# 欠缺

那年我大概十一歲，因為我剛剛考進了師院附中的初中部。那時節我們的家還住在同安街；這是我們在臺北的最早居處；還不曾搬到後來的通化街，通化街以後又曾搬到過連雲街，但似乎在我的印象中還是每一先住的地方較以後的為好，每遷移一次便降差一等。也許是對愈遠童年的偏愛造成的這個錯覺。

同安街是一條安靜的小街，住着不滿一百戶人家，街的中腰微微的收進一點彎曲，盡頭通到灰灰的大河那裏。其實若從河堤上看下來，同安街上沒有幾個行人，白的街身，彎彎的走向，其實也是一條小河。這是我十一歲那年的安靜相貌，以後小型的汽車允許開到這一條街中來了，便失去這份寂寞了。我現在回憶的還是通行汽車以前的時代。

總之，在那個時候的同安街，可以看到花貓猶在短墻頭孏孏的散着步，從一家步到另一家。街中是滿眼的綠翠，清芬的花氣撲鼻，因為在人家的短墻背後植滿了花木，其中包含百里香、杜鵑、木芙蓉、夾竹桃、金雀花等等。花是最愛同安街的「居民」了，春天時開花，秋天也開花。而尤教人無從忘懷的還是那小街的夜晚，當黑暗的街衖點上靜穆的路燈的時候。夜晚似乎更靜了一些。賣雜貨的小舖子，不一樣鬧市裏的商店，九點半鐘便打烊了。子夜從九點半鐘便開始了。夜在這一條街上有着極安穩的睡眠；且有着最長久的睡眠。風搖動着蕭蕭的夾竹桃尖葉，天空裏的細小星辰睞眨着眼睛，幾個時辰以後，黑夜過去，黎明到來。在早霧中，仍不同於鬧市裏的商店，小雜貨舖子的頭家便卸下門板了。

一個少婦，在那一年的春天，在靠近大河的街尾的地段，開出一家裁縫店來。那時正是樸素淡雅的臺北市開始步向經濟繁榮的初期，一些三層樓臺的洋樓可以在這裏那裏看到疊落起來。從前一個冬季開始，我們小孩子便有趣的看着我們家對面的空地上築疊起一座洋樓了，我們那時覺得心中又興奮又悲哀，興奮是孩童的我們對一切新奇的經驗，新的聲音，新的顏色，新的物體，新的遭遇，均感到是對無任大的胃納的一種滿足，悲哀的是一塊可以踢球的蔓艸空地從此失落掉了。樓房在春天蓋成，婦人便搬遷進來。這是一座横三間，高三層的房子，婦人和她的家佔右邊的一組，上中下都歸他們，樓下便是開店，二樓和三樓住家。據說這一個少婦是這幢高樓的房主，整幢的房屋都屬於她的，我們小孩子都以爲房主便要將整個的樓上下都拏來自己住，但她只住它的一部份，泰半租出去給別人。租出去後不滿一個星期，她又將那泰半轉售給別人。我們心中難免不覺地爲她只住到一部份感到惋惜。

我那時候是一個早熟的孩子，雖然我的個子看起來較我的年齡還低兩歲。但正如一般普通發育不全的孩子樣，心智在另方面做着脫鏃的補償，比年齡還高兩歲。有一天，我發現我愛上這一個婦人了。發現的時節是在春假裏，綿延不息的春雨過後，百花競開的四月。

我是一個敏感而又內向的孩子，對於冶艷妖嬈的女人，心中存着懼怕的心念，只喜歡那容貌善良的女人（唉，到今天還是這樣），裁縫店的這位女主人便是我最易傾心的那類。

她大約三十五六模樣，不大愛打扮（這點很重要），臉上不抹胭脂也不搽粉，只在嘴唇上塗一層唇膏。那一張唇又是經常咧開露出雪白和懇切笑容的。還有她的一對眼睛，不僅美麗，露出的善良更重要。我對於她的愛不僅出於對她風姿的讚歎，也誠出於對她美德的一份景慕之忱。

愛在一個早熟的孩子身上，髣髴一朶過重的花開在一枝太纖細的梗莖下，不勝其負荷。我纔體味到愛原來是一種燃燒，光亮的火光如果是愛的快樂，造成這火光的卻是燃料牠自己的燒灼。我實在不能相信這種用燒灼自己來換取快樂的自虐狀的倒錯是種快樂。我雖則那時的人生體驗還不足短短的十一年，但我已經從若許過往的微細痛苦裏得出一條躲避苦痛的方法，便是你若歡喜上某件東西，或某個人，你卽刻尋出他的缺點來，這樣你便能不再愛他，減卻你的負重。我在往後的幾天，便時常潛伏在她的店舖的對面，極爲冷酷地，想要看出她的醜貌來。然而我察看的愈久，愈覺得她的容貌美麗。因是我知道愛已陷進體內得更深，已經無能起出它，只有聽任它留在身體內了。

春假已經是最後一天，我預備着要盡這一天在外邊把假期玩滿。一早我便到新的踢球場那裏（改在雜貨店旁邊的垃圾堆前面），去等候其他孩子的聚集。我們這一天玩得比平時提早得多，那時大概纔八點鐘不到，我們吵鬧的尖亮嗓音吵醒了一座木樓上的一個公務員，他打開小窗子，身穿睡衣，探出頭來大聲的駡，我們的皮球又不時打到垃圾堆旁邊擺着煙攤的窮老太婆頭上，她提着一柄掃把想打走我們，但因爲她老得實在沒有追上我們的氣力，只有像個衞兵一樣橫着掃把站在煙攤的前面，誰要跑那裏過的就吃她的一槍，但大家都小心的不跑那裏過。阿久的小狗也跟瘋了似的跟着我們亂跑，牠不知爲甚麼更是要跟定了我，不斷的跳到我身上，害我絆倒了好幾跤。直玩到阿久的媽媽出來將他們五個兄弟喊回家去吃燒餅，我們纔把遊戲結束，悻悻然的散了開去。那時好太陽已經照了一街，人家墻頭的樹叢綠蔭蔭的，買菜去的媽媽們已打着接近夏天的遮陽傘，因爲幾天以來陽光已經增加了好一些熱度，熱得已經把打蕾的金雀花和夾竹桃都提早熱開了。我覺得口乾，便鑽到劉小多家的院子裏，到他們的水龍頭上去喝水。水流得我一臉一頸子都是，我就讓陽光去自行的曬乾它。我走那裁縫店經過，看見那婦人在店門口和一位太太在聊天，並在逗弄那太太手中的孩子玩。我爬上同安街尾的斜坡，下了臺階，到大河去。

　　這河在陽光下閃出粼粼的波光，像有千萬個圖釘在一上一落。河的對岸，兩輛牛車在沙灘上緩緩的爬着。站在一棵新纔吐芽的小樹底下，我聞到岸上烘乾了的泥土的香味，吹到還涼冷着的河風。從小樹下走開時，我不禁拉開了喉嚨，高聲的唱起：「夏天裏過海洋」。我邊唱着歌，手裏邊打着拍子，向河的上游走去。我走到一片竹林子裏，找到了一塊較平坦的地方，躺了下去。

　　前面是竹葉間閃閃發光的河流，後面是織錦得像波斯地毯的河邊農地，上面大塊大塊的翠綠是稻秧；大塊的黧褐是新翻未種的春土；小長條的淺綠，像那醫生用的玻璃試片的，是豆苗；金黃的方塊是油菜花。這一切都在春風裏跛動。農夫的短小黑影，可以看見到在遠處工作中。田中不時傳來一陣陣輕糞的薄味。

　　我靜靜的躺着，想着各式不着實際的事情，但都是快樂的事情，讓幻想跟着天上被輕風吹送的白雲跑。我翻過一個身，把下頦枕在交叠的雙肘上，凝望着竹葉隙縫外頭的河。我想到那裁縫店中的婦人身上。我的愛情找不到任何的人可以告訴，只有向河訴說。後來這條河又成爲我後一年學習游泳的痛苦所在，現在想起來，我的童年是可以說是在這一條河的旁邊長大的。我後來瞞着我的母親，一人到暑日下的河水中，懷着對溺斃的恐懼，獨自去尋求浮在水面的技術，但終未成功。從此我未有再學，因爲失去了去掙扎的勇氣。

河流似也不懂回答我的細訴，我翻回原來仰臥的姿勢，用一面手帕蓋起了臉。直到日頭行到當午的時候，我纔揭開手帕坐起來。我想起我的母親在家中等我吃飯，便離身站起，走回家去。這時田中的農夫都已不在，大概也都回家吃飯去了。

我在家裏遇到那個臺灣的莪芭尙，她還沒有走，仍在替我們熨燙衣服。莪芭尙看到我便問：

「少爺，你看到我的春雄了沒有？」

我說沒有。

「你不是在外面和他一同玩的麼？」

我說不是。

「不曉得死那裏去了，我叫他快點來幫我拖地板的，可一直就沒看到他的影。我的春雄遠比不上你們的少爺呵，太太，你們少爺又聰明，又用功，小小的年紀就唸初中了，以後就唸高中了，唸完高中就做大官了，」她抖着一件父親的白襯衫說。

莪芭尙時常這樣的讚譽我，說我唸完了初中便唸高中，高中唸完了後她不知道尙有大學，所以唸完高中，就做大官了。

母親打着生硬的臺灣話回答她道：

「你還不也是一樣，春雄將來也唸書，也掙錢給你用，孝順着你。」

「多謝，多謝。可是我苦命人啊，太太，春雄的爹早早死了，剩下我一個人來帶着春雄，是，我別的都不希望了，只希望春雄也跟你們的少爺一樣，好好唸書，以後考進初中，進完初中高中——我可是怎麼的苦，洗衣服洗到了老，也要掙彀讓他讀書。」

「他會好好的唸書的，」母親說。

莪芭尙喟然歎了一口氣。

啊，這善良的老婦人，我還能記得她那深褐寬大的臉龐，像一塊黑麵包，溫輭而又光澤，那一種單純的善和純正的愛的糅合。後來她不知到哪裏去了，沒有人曉得。像這一種類型的溫良人物，隨着我年齡的逐見長大，愈見愈減少了。我想他們是不易生存在日趨工業化的社會裏的。關於她我記得淸楚的還有另一件細事，那是出於童年時的怪異的觀察力：我常常注意到她的一雙光脚板，那是踏在我們家的亮油油的地板上的，十個肥脚趾趿踬開來。我注意到這件事大槪是因爲家裏的人都穿拖鞋，我們放在玄關的門口也有許多雙請別人穿的拖鞋。莪芭尙大約還不習慣我們這種外省人的習慣，所以總是不穿。那時我在小小腦筋裏想，就是我們的莪芭尙肯穿上拖鞋了，我們又上哪裏去找那樣大的一雙送給她穿呢？

那春假的最後一天，我記得的另一件事是，下午我去買回了一本日記。某種對周圍的新奇，對自身內心生活的興趣，對於新萌芽的愛，以及未始不對春天，使我想到要模仿劉小冬的大哥的模樣，存一本日記。以上所回憶的當日舊事，便記在我當夜的頭篇日記裏。

春假過後，愛情痛苦着我，似乎在催促着我要去做一件甚麼事，一件能使我，至少感覺上，更接近她一步的事。我便想到要拿一件衣服到她的店裏去補（一種可悲的求愛方式，我承認），但她的店又是只收女裝的。我想不出其他的辦法，一天，（當一切都無辦法時，唯一想就的辦法便成爲可行的辦法）我終於拿了一件童軍的上裝，脫了隻扣子的，到她的店裏。

她的店內擺設得十分雅致，四面的墻上貼着日本女裝雜誌上的婦人照片，牆角的几上並設着鮮紅的玫瑰花，店中坐着四個少女，低着頭踏車，並說笑着，彩色炫麗的衣料鋪在機車上。

「你要做甚麼，小弟弟？」一個圓臉孔，掛着假珠項圈的少女抬起頭問我。

「我要縫扣子，」我說，轉向那一個婦人，她正站在一張長桌邊尺量衣服，「妳會縫麼？」

這婦人便過來接過了我的衣服，然後她說：

「阿秀，妳現在給他縫一下，」說畢她就將衣服交給了那圓臉的少女，然後轉回身繼續尺量她的衣服。

我覺得被冷待的悲傷。

「哪一個扣子？」那圓臉的少女問我。

我告訴了她，眼睛望着那婦人。

「多少錢？」我問那婦人。

「一塊，」那少女說。

婦人似乎沒有聽見我問她的話，因爲她連頭都沒有抬。我的悲傷遂種到心的根底裏去。但過了一會，我看到這個婦人戴起了一副眼鏡，於是我的悲哀便逐漸被我漸高的好奇心代替了。我奇怪她居然也戴眼鏡，彷彿這是一件最不可能的事。我不歡喜她戴了眼鏡的模樣，那似乎不再像她，她的眼鏡戴得太低，看起來太老，而且有一種貓頭鷹的表情。

然後我驀然覺得自己在店裏獃望得太久，於是便問那圓臉的少女：

「我等一下來拿好嚒？」

「不，就好了，你再等一會兒。」

我便不安地站在店中等她縫好。我又看了看掛在四壁的日本婦人，他們都很美麗，露着皓齒巧笑着，但奇怪爲何她們的眼皮都是單眼皮。我又看了看那瓶放在墻角的玫瑰花，牠們仍是那樣的鮮紅，我覺得似乎比普通的玫瑰花還要鮮紅些，於是仔細的再看一下，發見原來是一瓶假花。

不久，一個男孩子從店後的樓梯上下來，一邊走，一邊的咬嚼一隻楊桃。他的個子比我高，也穿着童子軍制服，鼻樑上還架一付眼鏡。我突然領悟，這是她的孩子。我見過她有兩個纔學步的小孩，但直未見到過這一個；平時又不見他出來和我們玩的；新搬來的孩子都如此。萬分驚愕中，我，私戀他母親的人，目送他提着一隻水瓶上樓。

縫好了鈕扣後我便不多逗留的挾了衣服走出門。在門口我遇見莪芭尚正也跨步進來，我因爲怕她告母親知道，我是瞞着母親出來縫鈕扣的，便一溜煙從她的身邊溜掉。

雖然我覺得在她的店裏受冷待了，雖然我看見她的遠比我還大的兒子，我的愛情仍舊沒有蛻變，一個孩子的愛是不易變更的。我仍舊把我十一歲時心中的少年全部的愛情熱烈獻送給她。

於是我便忠心的繼續這件無希望，無發展，也無人知道的愛情。這種絕望，反而替我的愛情染上了一層憂鬱的美。實在的說，我分不清楚當初這絕望到底是給了我苦惱，還是快樂。然而我能確定一件事情，便是在這樣的愛情裏，有一件我比成年人的快樂，我可以不必作無謂的擔憂，不必像成年人一樣無時地杞憂它一日會突時告結；我効免了這層憂慮，只要一日我的思慕存在，愛也便存在。現在看起來，那時候應當算作爲十分快樂。

那一次到她的店舖裏去，我記得，是我惟一去她店舖中的一次。此後我尋不到其他的機會，而且，我不知道甚麼原因，我變得十分膽小起來，我並且爲那一次的到她店中感覺無比的羞赧。想到只是藉著縫一顆鈕扣的藉口去她店中，我的羞赧愈回想愈增多，終而那一次的事情變成爲一件恐怖一般呈現在眼前，使我出汗。勇氣是一件奇怪的東西：第一次不應當算作勇氣，第二次以後方纔能算。

我雖然未去她的店中，但我時常去她的店前。她的正對面是一家雜貨店，那裏賣孩子們吃的零食的，我時常到那裏去眺望她了。每每是我啣着半塊餅乾，望着她在她的店裏走動。有時我也看到她的丈夫，一個卅多歲的男人，騎着機器脚踏車，據說是在一家商業銀行裏做事。奇怪的一件事是，我竟然對這個男人了無妒意。從這點大約便可以知道我離成長還差得甚遠。我似乎不大明瞭丈夫的意義，以爲他只是她的家中的一份子，定義就跟她的哥哥，她的叔叔，她的姐夫等一樣。但是假如她和一個別的男人談話，譬如她和隔壁的理髮匠閑聊一會，我的妒嫉會使我看到這個理髮匠倒在地上，胸口插一把刀。

於是日子便一天又一天的這樣過下去，像我的一頁翻過一頁的日記簿一樣。不久盛夏涖至，學期的結束眼看就在前面了。我開始爲我的功課擔心，因爲我的代數唸得非常之糟，我非常憂慮我能不能在大考考得及格。代數的老師已經向我幽默的威脅過，說下學期他還要和我碰頭。我受驚得發抖，因爲我讀書以來還沒有留過級，但這一年似乎留級的常數很大。然而即便是憂慮，也含着無限的期望，期望那自由並快樂，海濶天空的暑假的解脫。大考的烏雲便如是籠陰着我，我鎮日的手中捧拿代數，但我並沒有去看牠，只是端着牠憂慮着。我變得蒼白復消瘦了。

**終於那沉重的，壓迫人的大考過去了。所有的學生都像小鳥一樣逃出了囚籠，奔向自由的暑**

假的天空。快樂的我只是他們之中的一個，多少的孩子受到考試的折磨，多少的孩子等待他們的暑假，等待之中他們都以爲暑假不會實現，或者所受的磨難將那期望時的快樂都銷盡了——噢，考試，噢，暑假。

那頭一天的假期的早上，我睜開了十一歲的眼睛，聽着好鳥的亂唱，看這個陽光燦爛的世界。考試已經丟在背後了，不管考得多麼壞，我已經完全忘記；也許孩子都沒有替過去擔憂的能力。坐在小床上，我能彀感覺到「這」是暑假，不是日曆上得來的指示，是一陣聲音，一道氣味，一片陽光，與以前不同的，提出來的暗示。我聽到蟬的知了知了，我發見天花板上印着洗臉盆的水影，聞到昨夜母親新打開多衣皮箱準備拿出來「過」日的樟腦丸的香味——我知道這是暑假。快樂是那一個孩子，他從床上跳下來。

年年到覺醒暑期的時候，也就是提醒我們該整理釣魚竿的時候。這時矮小的我們便到厨房的舊炭簍裏，把那曾被母親扔擲在裏面的一根細竹竿找出（那是我們自己做的），將牠拿到洗澡間裏，費了很大的一番功夫洗乾淨牠，以爲今年又可以用牠釣到大魚了，雖則以後多半都是用牠釣田鷄。

這一天我同樣的尋出了「釣竿」，洗好了牠，但拿在手上時，我突然覺得牠太不中看了。這曾是我矜傲過的，金色過的手藝，今年我看出牠的粗陋來。我覺得我需要一枝新的釣竿，而且須是一枝眞的釣竿，不能再是這樣自個兒手削的彎脚一枝。我要一枝裝輪子的，有鈴鐺的，細軟得像鞭子的，揮出去時呼的一聲的——要問父親去買。我有希望得到這樣的一枝，因爲我可以告訴他那最充足的理由，我十一歲了。

我依舊把這枝「釣竿」丟進舊炭簍裏。

我便去垃圾場尋找我的夥伴，我們都已經隔了兩週，爲因大考，未出來踢球過了。我們的媽媽禁止我們。

我走裁縫店經過，希望看到她的臉，但今天她的店鋪沒有開門。想是她和一家出去玩了。我有些悵然若失，雖然每一天我都看到她，只一天未看也令我悵惘。

我的夥伴們早已經玩起來了，我急忙加入了進去，捲進了吵聲動天的戰團。我們快樂地直玩到日近旁午時方散。我的那一邊輸了，他們怪我不好，我怪加錯了這邊。但我們都驍勇十足的決定明天再來，一定要打敗他們。走回家去時，裁縫店依舊關着門，我又覺得了一次悃悵。

我回家時我的母親正在抱怨着說爲甚莪芭尙今天不來洗衣服，有事情也應該叫春雄過來通知一聲。然後她便說看我一上午像撒放出了的鴿子一樣，玩得沒有了影子，本想叫我去找莪芭尙的，但找我先就找不到了；說我這樣會把心玩野掉的，不要以爲是暑假便貪玩哩。這些當然是我最不愛聽的。

午日過後，我十分的瞌睡，外邊的太陽白亮得睜不開眼，屋子裏幾隻蒼蠅在沒有抹淨的餐桌面上停停歇歇地飛。我約莫盹了十分鐘，自己還不知道。醒覺來時，望着窗外的烈陽和屋內桌上的蒼蠅，一種很熟悉的感覺回到我的心臆。我爲甚麼早先忘記了牠呢？原來暑假原都是煩悶的。

這時隔壁的劉伯母又慣例的來找媽媽聊天來了。她頂着滿頭像蛋捲似的髮捲子跨進門來，問我說：

「你媽媽在家嚒，小弟？」

「我在廚房裏啊，劉太太，」媽媽應道，「妳坐就來。」

劉伯母已經尋着聲音到廚房裏去了。

不一忽兒她們從廚房裏出來，媽媽的手上被滿了胰子的泡沫，找了一塊布來揩拭着。

「要死，妳怎麼自己洗衣服了呢？」劉伯母坐了下來說。

「不是啊，今天那個莪芭尙不曉得爲甚麼沒有來，只好先自個兒洗一下囉。」

「就是嚒，我就要告訴妳的，」劉伯母說，搖着她一頭花枝亂顫的髮捲，「妳知道莪芭尙怎麼了罷？她的錢全部倒光了。一共兩萬塊錢的積蓄，全部倒的光光的。這回子她病了哩。」

「哦？是嚒？我都不知道她有積蓄，」母親說，覺得很詫異。

「是她辛辛苦苦洗衣服積起來的呵，她都說是積了給她的孩子以後唸書用的。眞作孽哦，倒了她的。不過，這一回我們街上吃虧的人也多着哩。葉太太就倒了一萬，聽說還是大前天剛剛放進去的，且還是葉先生辦公廳裏的煤球代金哩。吳太太也埋了三千下去。哼，那個害人的妖怪女人呵，現在一家都逃了。」

「誰啊？」

「那個開裁縫店的女人啊！妳不知道她好厲害，一倒就是十五萬。誰也沒有想到她會來上這樣一手。人家都是看她店業好，信用她，也貪她的利息不弱，哪知她噗突倒了。」

「眞沒有想到，」母親說，「看她平時人滿好的嚒，哎，那莪芭尙這回也怪可怜的……」

我已經沒有聽淸楚母親下面說的甚麼。我轉過身跑出了屋子，向着那一家裁縫店跑。

裁縫店仍然關閉着門，門口多了幾個抱臂站在那閑聊天的婦人。我望着那店舖，發獃了半响。那幾個婦人的談話我能彀聽得到。

「昨天晚上溜走的啊，不曉得現在哪裏。」

「可以去告訴警察嚥，捉她回來。」

「沒有用處的，捉到了後她只需宣告一聲破產，便甚麼責任也沒有了。況且她有了錢，官司就吃不到頭上。」

「是早就有計劃的啊，」一個說，「妳看她來這裏不到一個月就急着把大半個樓先賣出去。」

「聽說留下的這片店面子上一個星期也變賣掉了。」

有幾個下女站在店的右邊向內中張望，我也過去張望了一下，從一塊小玻璃窗望進去，裏邊已經空無一物了，縫紉機和桌椅都已經搬走了。

「眞是的，連那幾個女工的工錢都不發就溜走了，眞是好意思！」

聽到這一句話，我的耳朶也突然忿怒的發熱起來。

我回到家裏，劉伯母已經走掉了。母親看見我進來便喃聲說道：

「眞是沒有想到，眞是沒有想到。人心一年不如一年。市上發財的人多了，詐財欺騙的事也多了。市面的景象固鬧熱，但要人心壞了，要這樣的鬧熱做甚麼？這回幸虧得我們是沒有錢的人家，否則也放了進去，不也吃了她的虧！」

我們是沒有錢的人家，我的父親那時在一所中學裏敎書，敎書在臺灣，是應當歸爲清貧的一類的。但莪芭尙又是有錢的人家嚥？我這麼想。爲何也倒她錢？還有那幾個未領到工資的女工，爲甚麼呑她們的？

那一天的傍晚，我拿了一本書登到屋頂的晒衣服陽臺上，我預備聽從我母親的話溫一點功課了。天空是寧謐的柔藍色，我頭倚着陽臺的欄杆，坐在灰格子的磚地上。

樓底下街的斜對面，我能彀瞥得見那家裁縫店，仍掩閉着門，但門口聊天的婦人已經離散了。

想起這一個婦人，想起她那一張美麗而慈善的臉，我一時還不能相信這一個婦人是一個騙子。但她委確是一個騙子。每想到這裏，我的心便忍受一遍陣痛的痙攣。我還眷戀着我對她的愛情，我期望保存住牠。我閉攏上眼瞼，想像她的那張如白蘭花一般的面貌——然而每次我都會想起她的這一件缺憾；我便在那一張臉上看出醜惡來；花便枯萎的抝下了頭。

暮靄已漸漸的合上了同安街，人家的煙囪頂已繚起了淡白的炊煙，我發覺眼前的景緻漸漸地模糊了，原來我的眼中盛滿了盈盈的淚水。

呵，少年，也許那時我悲傷的不純是一個女人的失望我，而是因爲感悲於發現生命中有一種甚麼存在欺騙了我，而且長久的欺騙我，發現的悲傷和忿怒使我不能自已。

自那一天以後，彷彿我多懂了一些甚麼，我新曉得了生活中攙雜有「欠缺」這回事，同時曉得以後還需面對更多「欠缺」的來臨。自那一天以後，我忘卻了那一個女人的美麗，雖然我直未能忘卻這一件事故的前後和始末。難怪的，那是我最初一次的戀情。

# 黑衣

是一個臺北秋天的夜晚，寧靜的天空顯示着狂暴的颱風季節已成過去了，今後的月份將是像流水一般的平宜。我去參加一個朋友的宴席；這個朋友是一位文化界裏的人士；這個宴席是爲他的小兒子滿月而開設的。我這個朋友早先便有三個千金，但都不曾做這滿月，只這次因爲是一個公子，兩夫婦份外的歡喜，所以特別爲之慶祝。我到得不算早，但也不算遲，因爲正值客人都已來齊，但厨子還沒有預備妥當，賓主們正在客廳裏交談等待的時候。

主人的客廳佈置得很雅緻，是一間日式的格局，門檻上彫着鏤空的山水，室內復擺置鵝黃的沙發，廳外廊沿的一排玻璃門一字滑開，客廳便空對着廊外的花園。手執茶杯的客人們，或坐的，或站的，隨適地談着話，不時且能聽見花園裏啣啣的蟲鳴，並看到飛渡着的流螢。

這一夜的客人十分多，總有卅來個。但其中我認識的卻是少數，因爲大半的還是主人的一些親戚。我也點了一根紙煙，和我熟識的朋友站在一塊，閑散的聊一些日間瑣事。穿白衣，端着杯盤的侍者在我們四週走動；還有那些輕輕轉換位置的男女客人；男客們不時發出如春雷樣的笑浪；女客們搧動着像無數的小蝶在翻舞着的骨扇。

這時，我注意到有一個身着黑布中國長衫的男子站在客人中間。他一會兒在這一個角落和一羣客人談話，一會又到另一處和另一羣客人談話。他的黑布長衫使我發生興味的對他多注兩眼，因爲這一種裝束在臺北是絕對不算普遍的，就像留一部蓬鬆大鬍的不算普遍一樣。但自然臺北都還有這樣愛穿長衫和愛留大鬍的異人，只是爲數甚少而已。這個套黑衫的是一個青年，而且歲數不出卅以外，相貌甚英俊，高高的鼻樑根上架一付粗邊黑框的眼鏡；瞧他的舉止似乎甚善應酬，和場中的客人幾乎個個打上招呼。

我不認識這個標奇的人物是誰，但這時聽到了一個客人同他的寒暄；那客人老遠向他招手：

「嗨，晉先生，好久不見，這一陣到哪兒去了？」

「到中興大學去走了一趟。林公，你近來好？」黑衣人上前跟他握手。

「好，好，」被喚做林公的道，「哎，對了，我昨天又拜讀到大作了，是在政治月刊上那篇論存在主義的文章，實在精闢得很，字數好像也很多，有三萬多字啵？」

「豈敢，豈敢，林公多指教，多多指教。」

我這就想起了這個人是誰。他是這一年來在大學界新纔竄紅的新人。某大哲學系畢業，離校還不到三年，現在已經爬到該校講師的位置。他引人側目的不是他的才學——其實那才學只有幾本紙面袖珍書——而是他驚人的登龍手腕。他應用和系主任良好的關係，只當了一年的助教，便躍昇做講師。最近他又活動到一個敎育機構留美獎學金的機會，不經過考試，過一年便出國了。這件事報紙上都爲他大事刋載，並附上他一幀三吋大的照片，據說都是他請做記者的朋友幫忙刋出的。他的文章散投各處，多得像傳單，但都是抄錄外國雜誌上的作品，據爲己有。而現在我們這個最急於發現天才的社會已經公認他是中國的存在主義專家，心理小說專家，現代藝術評論家，艾里亞特專家……。我早充聞過他的名字和種種，但這次還是第一次照面。

此刻見他又轉到另一羣客人那裏，不知聽見句甚麼笑話，正仰天大笑，然後將手搭在一個客人的肩上，那客人至少比他大十歲。

這時酒席已經佈置好了，主人過來請我們到席上去坐。席擺在向北的兩間房間裏，中間相隔着的紙門卸了下來。席面一共有三枱，上面均鋪着雪白的桌布，布上陳列着併攏的象牙長筷，餐巾並一份份像春捲樣的捲在玻璃杯裏。席上並都供着一盆菊花，席後還橫亘着一面花鳥屏風。

客人紛紛的落了座，我也在靠窗口的一席坐落下來。這時主人和這黑衣人推推讓讓的行近這一桌，主人指一桌道：

「那邊有空位，晉先生，那邊坐。」

「這裏也有空位，晉先生，」我那席上的一位太太忙叫喚過去。

「好，好，這裏好，我就這兒坐，因爲這兒的太太小姐多，」黑衣人指着我們這一桌，開懷的朗聲笑着。

黑衣人便進到我們這一席來。

我這纔注意到這一席果然如他所說，陰盛陽衰，計有四位太太、三位老太太、一位小姐。那位小姐聽見他的話後仍然神態自若，像沒有聽見一般。

黑衣人纔坐不久，便替這一桌帶來了許多說笑。別人問起他出國的日期，他暢然道：「還早，還早，但至遲不超過明年七月。」他說話時兩條眉毛時作靈活的低高跳動，臉上的表情因而甚活躍。他的嘴唇的一角有一顆黑痣。他的牙齒非常的齊整潔白。他又把一條胳膊搭在身邊一位男客的肩上。

女侍上來斟酒來了，黑衣人舉目掃掠了她一眼。繼而黑衣人點上一根煙，向座中他不認識的客人逐個發問：「這位先生貴姓？」連那位小姐亦不例外，同樣的問她：「小姐你貴姓？」

此時各座的客人都回過頭來，女主人抱着那剛剛睡醒的小男主人跨進來了。女主人的背後還跟着她的三個小女兒，都裝扮得像小小的天使一樣；三個手牽着手，帶着幾分膽怯地跟着。女主人到每一桌的前邊，讓客人欣賞她懷中的小男主人。但是，這席宴雖是爲小男主人而設的，引動人注目的卻是小男主人的一個五歲姐姐。那個小女孩子，手上抱着一隻白毛的浣熊，眞是一個極好看的孩子。她的一雙微露畏色的瑪瑙大眼，兩條烏溜溜的小黑辮子，着的一件白地輕紗的小舞衣，眞像只有在耶穌教的畫片上纔看得到。賓客們都不禁對她作着長長的，驚歎的注視。

這個小天使和着她的姊姊們跟媽媽來到我們這一席了。大家忙不迭的向着女主人說恭喜的話，並稱讚着小嬰孩的好看。繼而客人們都去逗趣着這個小姐姐，她畏羞地放開姊姊們的手，躲到母親的背後去了。一位姓吳的太太，跟她很是熟絡，俯身將她抱了起來。「秋秋就跟吳阿姨坐一起了，這裏還空得很哩，」那吳太太對女主人說，女主人便笑着將秋秋留在我們這一桌。

秋秋坐在那吳太太跟黑衣人的中間。黑衣人早就逗引着秋秋，要引起秋秋的注意，此時猶不迭的喊着她。大約愛得別人歡迎的人，也有這樣一種虛榮心：也要得小孩子的歡迎。黑衣人挾了一箸子拼盤上的鷄片擱在秋秋的碗裏。

但秋秋，卻同一般好看的孩子那樣，帶着一點好看的冷漠，不大去理會別人的親熱。黑衣人的頻頻逗引，她都不注意，她似乎只和吳太太一個人好感情，牽着吳太太的衣服，依賴着她。我注意到黑衣人有一點失望，他沉默一會，端起了面前的酒杯，呷一口酒。然後我看見虛榮心在他的臉上活動了，繼失望以後的，爲好勝心理所搧惑的虛榮心。他便用筷子敲着碗沿道：「喂，秋秋，你聽！好不好聽？」

但是秋秋依然未予理會，只垂着她的長長的眼睫，望着那猶抱着的小浣熊。

吳太太餵着秋秋吃菜，然後便教秋秋去認座上的這些大客人。吳太太一個個的叫給她聽，讓她也跟着學。

「這個是秦伯伯，秋秋叫秦伯伯。」

「秦伯伯，」秋秋便細細的喚。

「這個是顧阿姨。」

「庫阿姨。」

「顧阿姨。」

「顧阿姨。」

「這個是伍婆婆。」

「伍婆婆。」

「這個是伍公公。」

「伍公公。」

「這個是晉叔叔。」

叫到這裏，秋秋卻不叫了。她睜着一雙大眼睛，陌生生地望着這個一直就坐在她身邊的人。之後她的眼睛內露出畏懼的神色，她垂下了頭，一張鮮嫩的小嘴也微微牽了下來。

「這個是誰？」黑衣人指着自己的鼻子問。

「這個是晉叔叔，」吳太太又告訴她。

「這個是晉叔叔，」黑衣人自己也說。

但秋秋依舊不叫，而且反而離開他遠一些，躲到吳太太的懷裏，並在吳太太的耳邊咬着耳朵說了一句話。

「她說甚麼？」黑衣人問。

「哦，」吳太太不禁莞爾，「原來是……她……她說她不喜歡你穿的這一身黑衣服。」

客人們聽後都笑了。

「她還不懂得注重中國文化，」黑衣人卻不帶笑容的道，繼而又自解地，「她以前跟我很熟很熟的。我時常買東西給她吃，她也常常的叫我，要我抱她，但今天不知怎麼全忘記掉了。」停了一晌，他又說：「其實小孩子忘記很快，記得的也快。你們大家看，不出三分鐘，她又會跟我很熟了。不信的話看這裏。」

「哪，秋秋，你看這是甚麼？這送給你好不好？」黑衣人脫下了腕上掛的勞力司手錶。

秋秋瞪着一雙滿含敵意的眼睛對住他。

「想不想要？你過來晉叔叔這裏，這手錶就是你的。說眞的啊，不騙你的！」

秋秋沒有過去。

「還有這個，」他解開了黑衫紐絆，從襯衣裏抽出一管墨水筆，「這也送給你！」

「我才不要！」秋秋鼓着小嘴，氣忿忿地說，「我的爸爸也有，比你的還多！」

客人們都不禁讚賞秋秋的笑起來了。

「那你就一樣都得不到，」黑衣人說，手穿上金錶，插回了鋼筆。

「我才不要！我的小熊比你的還好！」秋秋還在氣忿忿地和他吵嘴。

客人們又都哄堂大笑，吳太太更是笑得腰也彎了，伏在秋秋的身上，緊緊的抱住她。黑衣人也吱開牙齒強笑一會。

「輸了，輸了，講不過她。年紀小小，嘴巴可硬，」黑衣人說。繼而他端起了面前的酒杯，又呷了長長一口酒。

「你走開，我不要你坐在我旁邊！」秋秋忽然歇斯底理的叫起來。

「秋秋！」吳太太說。

「走開！吳阿姨，你叫他走開嚒，我討厭他的黑衣服，」秋秋說，臉孔扭曲着，將要哭出來了。

「噓，秋秋，」吳太太說，但是眼睛望向黑衣人。

黑衣人不言語。

「晉先生，我看你和我換一個位子罷，」一位客人提議。

「不用換，」黑衣人說，「過一會她就會慣的。」

「走開！你走開！你走開！」秋秋說。

黑衣人低下頭去吃一隻香油蝦。轉過臉來對她吸一吸嘴道：

「小孩子要懂得規矩，知道嚒？不要討大人的嫌。」

「那就我們跟你們換一下罷，」那吳太太對那位客人和旁邊的另一位客人說。

秋秋便和吳太太換到另一邊來。秋秋也便不再吵鬧了，那一場大小懸殊的爭執終算平息了下來。

大盤大盤的菜端上來了，有大朶得像梳子一般的魚翅，有肥得像皮球兒似的鴿子，那天晚上的菜誠美味得我畢生難忘，許多的客人們也都嘖嘖稱讚，並交相詢問是哪一間菜館燒的。

但是黑衣人卻喫得很少，他的面前只留下一小撮的骨屑。但他默默的，倒吞下了不少的酒。只見他喝得太陽穴上的筋絡都暴出來了。我驀然又發覺，從我坐的地方望他的側面，他的臉極瘦，不知是酒後面色不好的關係還是甚麼。

這時女侍又上菜來了，一盆熱烘烘的珍珠丸！女侍撤下舊盤子時不當心擦了一下他的頭髮，他手摸頭髮，抬頭厲聲道：「你給我當心點！」

他似也不欣賞這盆珍珠丸，轉去挑了根牙籤，揚扒着牙齒。

秋秋正在一眼兩眼的偷望着他。大概因爲隔有了一段距離，她覺得鬆弛一些，所以發生出要去研究他底興趣來。她每喝一口小碗裏的湯，便偷望他一眼。

他們的眼光相遇在一道。黑衣人便把嘴角微挑，含笑着，含着譏諷意味地笑着。這個笑容忽在中途時漸漸終止。他若有所思的樣子。然後，出乎我意外的，他忽將眼珠暴起，鼻孔噏大，嘴唇咧開，做出一個猙獰恐怖的怪臉。

秋秋獃住了。他忙換上一付普通的笑容，四顧的和客人談着話，佯裝無罪之態。秋秋向吳太太挪近一些，垂下了頭，不再敢望他。

黑衣人說了一陣話後，他的眼睛又回到秋秋身上來了。那是一雙藏匿窺伺神色的眼睛。害怕着的秋秋，這時反而又偷偷瞅了他一眼，也許就因爲害怕，想一看那鬼臉究竟還在不在。黑衣人立卽再送她第二張鬼臉：眼珠暴起，鼻孔噏開，鼻樑且縐攢，嘴唇仍披咧，狀比第一張更見悚慄。

秋秋的小臉登時轉白，鮮紅的小嘴唇也立卽失去血色。她睜着一雙恐怖得顯見烏黑的大眼瞪視他，眼瞼一霎都不霎。黑衣人看見了他的成績，臉上不禁湧起層興奮的紅暈，他繼之除下他的眼鏡，聳起他那穿黑衣的瘦肩，做出第三張鬼臉。這一次他的鬼臉除暴睜眼珠，噏鼻咧嘴之外，眼眶的四周復留下兩環眼鏡打的白圈，且他又將舌頭拉出三寸多長。

秋秋就突然爆聲大哭起來；這驚動了各座的每一個客人。

大家都轉過頭來，問着是發生了甚麼事。

黑衣人已卽時換回他的笑臉，且縱聲大笑着，對大哭中的秋秋說：

「罪該萬死，罪該萬死，我不知道你開不得玩笑的。」

有一位也看見他的勾當的客人，便再也難持他的緘默了，說道：

「晉先生，你不能這樣子嚇她。她年紀還小，那裏見過你那樣兇的鬼臉，嚇了她會晚上做惡夢的。」

「何止做惡夢，嚇深了還會生病哩！」另一位看到的客人亦交相指責。

「不要怕，不要怕，秋秋，」吳太太摟着秋秋，安慰道。「可她還哭得緊哩——哎啊，這孩子的手心冰冷的。」

秋秋只一味驚聲的哭着，中間還雜着恐怖的尖叫，許是往復的又看到剛纔鬼臉的回憶了；她像是完全聽不見別人的叫喚般，也像看不見周圍的一切般，只抬起頭，望向空間，直定定的烏暗着眼睛，時窒息無音，時放聲尖叫地，混身顫抖着地哭着。

難怪得她嚇弄成這樣，那一張鬼臉，漫說秋秋，便是我們大人見了，也要寒慄到心底三分。那是我所見過的最醜惡的一張鬼臉，我實沒想到人類的面孔可以扭曲到那般可怖的地步。而我也沒想到從醜惡又可以那樣敏捷，那樣全盤變更地又還回笑容可掬的地步，正像那黑衣人這時滿面笑容的狀態。

秋秋的媽媽趕了過來了，驚惶的問道：

「甚麼事呵，秋秋？甚麼事？」後一句是問我們。

我們沒有人好說出是怎回事。

「她怕我，」黑衣人倒自己說了，嘻嘻的笑着，「我看她今天晚上不大開心的樣子，就想叫她開心一點，誰想到她反哭起來。」

「沒有甚麼，」吳太太也說，「晉先生歡喜小孩，最喜歡同小孩鬧着玩。但是秋秋——不歡喜晉先生的黑衣服。所以沒多久就被弄哭了。」

「晉先生，我看你還是換到隔壁一桌去罷。她看着你還是會怕的。你不換過去，她的哭就停不住了，」一個客人說。

黑衣人的笑容又從臉上消失，但隨即他又笑起來，說道：

「好罷，我走，我走——到底還是我走！」冷不防，他這樣幽默了自己一句。他便吓吓地笑着站起身。

他走到隔座去，向一位客人商量換位子。商量妥後，他走回來，揀起了他的酒杯、碟子、瓢羹、筷子等等，用餐巾包做一堆，拿在手裏。這時，他望着猶在大哭未停中的秋秋，忽然戲劇化地彎下身，做了個九十餘度的大鞠躬。鞠畢躬便昂然轉身向那一桌去了。

這一幕戲便這樣的一個鞠躬閉幕；彷彿在告訴客人下面沒有戲可看了。客人們也就像戲畢後回家的觀衆那樣，回到距離散席還遠着，尙有好幾盆大菜還未上來的酒席上去。不久又聽見都是愉快的杯盤碟碗的聲音了。

但秋秋的驚哭始終未全停止。她的媽媽將她抱回到她那一桌去，我們只見她在那裏還是噤着噎着，許多位的太太在那裏逗她慰她，末了她才止住了咽。

那一晚的筵席愉快地喫到九時餘方散。席散後，客人並未卽辭，都轉到客廳去吃茶聊天。我又看到黑衣人又那樣談笑生風的活躍在客廳裏，一會在這角落，一會在那角落。我獨沒有看見到秋秋。秋秋已經讓佣人抱到屋後去睡覺，因爲她實在太累乏了。

一九六四年二月十七日於艾荻華城

# 龍天樓

## 一

日中的時候，市場的囂攘已汐退許多，是時宛如六月中蜂羣飛去以後的蜂窩，祇剩三二隻嚶嚶的留在窩裏。那便像這時分商販們兜售餘貨的喚聲。燠熱的風拂動着層層片片的布篷，篷下的乾土地上攤着剖開的大西瓜，成堆的白蘿蔔，青黃多刺的菠蘿，加上小蠅子成羣的飛繞着。有一些布篷有時被風吹得拱起了背，遂露出背後灰白的青空，幾棵細窈的檳榔樹，及市東孔子廟的飛簷甃頂。若風拂得再大些，另一些布篷也掀起來，便有一座老舊的木樓在市集的對街一隅出現，那樓的中央懸着一塊大黑匾，上邊彫着三個刷金的大字：龍天樓。

市集裏的息動益疏落了，偶時才有一兩聲爭吵一樣的價目聲跳出，那總是小販不情願的以低價賣出，好賣淸這日的殘存。不久連這類的聲音也停息了；走過市集的都已是些純爲過路的路人，他們連正眼也不望攤位看一下。

布篷吹得一招一招的，便時隱時現的露出「龍天樓」三個字。這一座龍天樓，站在亞熱帶的陽光下，是一家酒樓。開這家樓面的主人是個從山西，因爲避匪亂，來到臺灣的漢子。他孑然一身渡過海來，身上不名分文，曾經白日俯拾香煙尾，夜晚露宿街頭。嗣後得了同鄉的幫助，聚湊一點小資本，在一條街邊開起一家賣羊肉雜割的小飯攤子。未曾想到，竟大發利市，不數年，便掙下一筆可觀的錢財。這發達的漢子便買下這幢舊樓，開出這一家酒館來。這酒館裏賣的都是山西菜，因是之故，招徠了不少思鄉羈客；樓上的正廳裏便掛着一雙對聯，叫：「故舊天涯三杯酒，遠地望鄉第一樓」，是一位山西界的名流題捐的，很能說明食客們對這樓的感情。因是樓裏的生意便蒸騰日上，終日車馬絡繹，那白手起家來的流浪客，恍如一夢一樣，如今已是積貲萬數的豪賈了。

在道路的一端，此時出現一輛小帆布吉普車。這輛小車緩緩的開來，路上嗚了幾聲喇叭，不久便開到近處，後在龍天樓的門口停下來。車中出來一個穿白布香港衫的漢子，下地以後他侍立在車傍。繼又出來一個着凡立丁夏季軍常服的頎長男子，他也站到車傍，並伸出一隻手臂到車子裏面。一個老者弓着背探出，車外的兩人扶持着他踏下。着軍服的男子探向車子裏道：

「老劉，你回家，等着電話。」

「好，」司機答道。

這個軍服的男子左領上釘一顆金星。

那男子便走到老者的左邊，那漢子在另一邊，一同向龍天樓走去。吉普車排着一股煙也開了走。

軍服的男子和那漢子又共同扶掖着老者步上臺階。

「您慢些走，爸爸——您腿上的風痛，」穿軍服的男子對老者說。

「我好多了，近來好得多了，」老者道。

老者是個矮短健鑠的老人，引人觸目的是一筆短短的牙刷口髭，純銀白色，及一雙毛毿毿的白眉毛，那眉毛直像鬍鬚一樣的舒捲出來。老者的步履有一些挺硬，許是因的風痛的緣故。

「是了，老長官的這個風痛，如今到了臺中，祇有好的。我們臺中這兒的氣候可比臺北好多了哩，」那在一邊的漢子也接着腔。

這漢子的胖圓臉上露出一臉和善的笑，他的面盤上鋪着點點天花的穴子。

這三人走過了「龍天樓」牌匾底下的門洞，進到樓底下來。這樓底陰陰涼涼的，堂府很是不小，但見來來往往的，一些阿大手裏提着茶壺趕着。痲臉的漢子此時輕快的點脚離開了父子倆，兀自走到櫃臺案那兒，向一個坐在案後頭的老頭司賬低聲發問：「老鄉啊，費神您借問下，那掛六字號碼的房間該怎麼走哇？」

那老頭兒把眼光從滑下鼻樑的花鏡上望出去，繼而露出了笑容，站起來道：

「在樓上哩，在樓上。您等等罷。讓我叫個人來引你們上去。六號啊！六號！」他扯着嗓子對廊頭喊了起來，「客人來啦！快一點！」

一個聲音在廊頭應着，隨後跑出一個高高細細的，穿着白制服的堂倌來。

「帶客人上去罷！」

痲臉的漢子對那老頭兒道了好幾聲的謝。

於是那堂倌便對他們笑着，彎下腰說：

「這邊請，請跟我來。」

他們一行人走過了一條長廊，廊的兩邊都是垂着簾子的房間，內中有的已有客人在喫喝；嗣後轉了一個彎，踏上一座楠木的樓梯，諸人的脚步發出蓬蓬蓬的聲音。那堂倌回轉頭來望了他們一下。

諸人走到樓梯的中段，要轉向的平臺地方，那堂倌霍的轉過身來，對着父子倆說：

「老長官，大少爺，認得我嗎？」

那父子倆似都不大記得。

「我是張德功，從前在老長官的公館裏開車的。在太原的時候。十好幾年的事了哩，」這堂倌興奮奮的說，眼睛都擠成了兩條線，嘴巴笑得嘻開，露出了上排全部的牙齦。

「哦，是張德功，」老者說，「想不到你也在臺灣。出來多久了？怎麼又會到這裏來做事的？」

「我都出來十三年了哩，老長官，跟着部隊出來的。我是去年舊曆年後退了役的，一位親小表舅子介紹我到這兒來，」說到這裏，這堂倌又那樣瞇眼露牙齦的笑着，並且他有點不知道手足該往哪放，心中太興奮的緣故：「老長官，大少爺，年來都好吧？」

「都好，都好，你也好，」老者說，「你這裏的工作不壞罷？待遇怎樣？張德功，你發財了沒有哦？」

「哪裏發財，」那堂倌又那樣瞇細眼露牙齦的笑起來，「這裏平過得去就是了。嗨，但求溫飽，但求個溫飽。」

「那就好，」老者說。

那痳臉的漢子在一旁聽着，此時也和聲應道：

「不錯，得溫飽就好。」

「張德功，」老者說，「我來給你介紹一位朋友。這位也是我們的山西同鄉——姜先生。」

那痲臉立即對這堂倌很親切的笑起來，並且還親熱地伸出手，要同這堂倌握手。

堂倌益發的手足無措了，祇見他邊忸怩的笑着，邊伸出了他那五指張開的手掌，和痲臉的手大大的一握。

「好了，張德功，帶我們上去罷，」老者說。

他們便走上了二樓，踏進的是個正廳，這兒的光線較樓下的亮上許多，因的前後都開有窗戶的緣故。這廳平日常租給外人當開會用的，廳中列着一條長方的議桌，上舖陰丹士林天藍桌布，廳首的壁上並掛有一幀總理遺像，像的兩旁懸兩幅青天白日滿地紅的國旗。在廳的其他各壁則掛着無計鑲框的和糊錶的字畫。走過這大廳時，老者在這些字畫間流連了一回。他在那付：「故舊天涯三杯酒，遠地望鄉第一樓」之下佇足仰觀了一會。轉後老者回身來尋覓着堂倌，和他說：「哪，帶我們進去罷。」

堂倌便領着路，引他們出了這間廳室，陪他們到六號房廂的門前。六號的門前懸着一幌珠鑲的簾線。那堂倌打在前頭，彎腰撥開了這簾幃，候立在一邊。老者首先踏進這簾洞，其後他的公子和痲臉繼踵隨入。

房廂裏已坐密了好一些人。望見老者們進來，人衆間便傳動着一句輕聲：「來了！來了，」衆人的眼光都朝向門口。隨而衆人皆離身站立起來，面上皆露出喜悅的笑容。他們，令人觸目的，每一個人皆是一付奇偉的身材，體型的壯碩和痲臉的漢子殆相類似。他們同痲臉亦同樣的穿着白香港衫。這時其中有一個漢子先步了前來。

「老長官，」這漢子說。

「關師長，」老者說，急上前一步，伸出了手。

這漢子緊緊的握住老者的手。

「多少年了，關師長，」老者說。

「十三年了，」那漢子說，眼圈裏不覺遊浮着一膜熱淚，繼又轉回頭向着那軍服的男子說：

「小田，我們竟又會到了，」他向那男子伸出了手。

小田也伸出手，緊緊的握住他的手。

「今天還有好多位呢，老長官，您看，」關師長說。

「老長官，」另一個漢子上前來。

「查旅長，」老者說，上前同他握手。

「老長官好記性，還記得。老長官身體跟從前一樣的好。」

「哎，老囉，比不得從前囉，」老者喟然嘆曰。

「小田，」查旅長向小田伸出手，「你好？」

「好，你也好，查旅長！」

「哪，老長官，您看，還有這位，」關師長在一旁說。

「老長官，」又一人上前來。

「秦團長，」老者說，握手。

秦團長問老長官的好，他的嗓門特外響亮，他後轉向同老者的公子握手。又上前一個人，這人是滿頭的白霜絲髮，瞧他的相貌卻僅在中年左右。他上前時沒有說話，僅是謙微和煦的微笑着。

「段參謀，」老者說。

段參謀微笑着，卻沒說話，伸出了手來接住老者伸出來的手。

「段參謀，」老人的公子也說，當白霜細髮的這人走到他跟前，伸出手，卻沒有說話時。這段參謀含着微笑退到了一旁。

「老長官，」接着又上來一個臉孔血紅的胖大漢子。

「吓，」老者說，「魯團長，」老者似乎份外的欣喜，他說，「我……我都聽說你已……」老者嚥下了後半句話，忙熱烈的伸出手來：「太高興了，能見到你。」

臉孔血紅的漢子望着老者的手似凝神了一會，然後他伸出了左手，和老者的右手倒背地一握。

「小田，」這漢子繼又向老者的公子說，雙拳抱在胸前打了一個揖，這樣便代替了握手了。

「老長官。」

「老長官。」

隔着較遠的幾步，站着一個戴眼鏡的；一個頰上劃一道長疤的；他們低聲的叫着，禮貌的齊鞠着躬。

「哦，仇旅長和封團長，」老者點頭回道，繼向衆人說：「仇旅長封團長我已經見過了，但也是前不久的事，我們雖都在臺灣，會面可也眞難的哩。」

「現在終究都會到了，」姜麻臉，關師長，秦團長等人皆同聲說。

「現在上席了罷，關師長，」麻臉的漢子說。

「上席，上席，老長官請，小田請，」關師長說。

於是這一羣人擁擁簇簇的上了席，尊推老長官坐了首位，小田坐他的右側，然後大家互相揖讓了好一會功夫，誰也不肯坐在誰的上位，尤其是姜麻臉和關師長，他們爭執着推讓老長官左側的位子爭得最久，終而是關師長因「甲子」大坐了上去，全席總算停坐就緒。

那姓張名德功的堂倌這半晌一直在旁看得獃住，他連茶也忘記倒了，祇提着一把茶壺在手裏，眼珠圓睜睜的在四週這大羣人之間來回輪流兜轉。他莫非眼睛都花了，他一輩子也沒見到過這多「頂尖」的大人物羣聚在一堂；大人物可是見過，但這多，可沒得，看這一個，兩個，三個……。他們早都是他心目中景仰的抗日英雄，是他山西家鄉裏戶曉家傳的好漢豪傑，跟水滸傳裏的七十二星宿地位差不多，這回都在這裏了。他還是頭回見到他們，以前是祇聞其名，未見其人，這會一個個都在這兒了：那關師長是著名消滅鬼子第十二騎兵隊的「神槍關夫子」，那秦團長是組織大刀捍衞農村的「大刀秦虎」，魯團長是晝伏夜行，殺敵如麻的游擊領袖「劊子手魯三」，查旅長是統率戰車摧括敵陣的「鐵甲老二」，段參謀是漢奸的尅星「段狐狸」……張德功正要再往下認，忽聽到老者對衆人說：

「這個堂倌也是我的舊部屬，順巧得很罷？他是我在太原時候的駕駛兵，我還是剛纔在樓梯頭碰見他的。現在他好囉，在這裏安安定定賺大錢，比我們哪個人都好。」

張德功驀然露身在這許多他景服的大人物灼灼目光下，頓不覺說話也不是，不說也不是，祇會那樣張德功的笑着，那牙齦張咧得更畢露了。

「這些都是我的老朋友啊，張德功，都是當年和我在山西抗日公署裏同事的好弟兄，哪，這位魯團長，這位查旅長，封團長……都是。還有這位你剛纔見過——姜師長，」老者指着麻臉說。

姜師長？張德功的眼珠瞠得近要掉下了。就是那個因××役揚名中外，獲得國府最高勳章的姜柴貴師長？他想起剛纔這位師長曾那樣謙虛的先同他握手，他不禁驚駭得顫抖起來。這時姜師長正對着他頻頻點頭微笑，似乎他還有再隔着桌子同張德功握手的趨勢。張德功止不住滿腔的興奮，遂借了下樓去托菜的藉口告退，急陀轉身拂簾跨出了簾外。他站在廊邊愕登登的望着他那隻有點不同的右手。

桌上的杯盤食器已備，關師長起立爲衆人倒酒。有的人推讓着「自己來，自己來」，要接過關師長手中的酒瓶，但關師長把酒瓶拿得離身遠遠，舉得高高的。那姜師長正關閉起一隻眼睛，瞄定着一件甚的，然後掏出手一掠，從空中抓下隻飛旋的蒼蠅來。堂倌張德功頃時肩膊托一大盆拼盤捷步進來。

關師長擎着酒杯起立說：「來，我們站起來，一同向老長官敬酒。」大夥兒應聲羣擎杯起立。

「今天是我們鄉前輩田老長官的七十大壽，」關師長略致祝辭說，「同時也是我們許多當日老同袍和老長官在臺灣的頭一次會面，同時也是我們在臺中的老同袍的第一次的聚會。我們不但爲着大家的會面感到高興，更爲着老長官的高年喜事感到莫大的快慰。我們敬祝老長官松鶴永年，萬壽無疆！」

關師長和衆人向老長官高舉着酒杯，老長官也舉起酒杯，大家一飲而盡。

「謝謝各位，」老長官說，「請坐，請坐。」

衆人皆坐定後，老者說：「你們眞是多餘，現在大家生活都難，還花錢爲我做生日幹甚麼？你們要是省點錢，叫瓶酒，買包花生，大家酌酌，我倒更喜歡哩！」

衆人聽得都轟笑了。

「當然要做，哪能不做！」關師長笑嘻嘻道，「不但今年，以後老長官都長住臺中了，我們今後要年年都來爲老長官熱鬧。說來也奇怪，老長官來到臺中半年多了，我們卻有許多人都不曉得。大家都太忙，忙着謀生活的關係。還是上一週，老姜寄來一封信，說這月初六是老長官大壽，約我去通知其他在臺中的老夥伴，共同來給老長官做生。原來老長官到臺中來了。我看了這封信，可眞喜得不得了。常聽說老長官早來到臺灣，也知道在臺北，但不知臺北哪裏。這回不想竟來了臺中。而且還是久住。當下我立刻就去找來老魯，找來老秦，找來老查，他們都跟我一樣，聽了喜得不得了。」

關師長用着這樣富感情的語調絮絮說着。他的聲帶具一種尖銳的高音，略比普通的男人高一階。他的肥圓的臉頰特別的光滑，這時因喝了酒流了汗，益顯得光油油的。

「是了，我也沒想到會在臺中遇到大家。月前我在街上遇到姜師長，以後姜師長告訴仇旅長和封團長，他們也就分別來看我。臺中雖小，見面也不易哩，來了半年纔都會到，」老者說。

「是的，是的，可不是，就是我們早來這兒的人，也還是頭一次大聚會呢。大家喫菜罷。老長官，來啊。小田，來，來。大家都來，開動！」關師長一筷當先說。

一桌的人登時便羣箸齊發，擦肩摩肘，共同咀嚼得十分有味。姜師長人雖高大，喫起來倒十分的細膩，嘴唇抿收得小小的，不掀張開，讓着兩邊的面頰各鼓起隻小球兒來。秦團長倒依舊英雄本色，人是個英雄，喫得也像個英雄。魯團長和衆人不相同的，用着左手來操筷挾菜。祇一霍兒，這第一盤就清下，調上第二盤來。

老者呷了一口酒，放下酒杯道：

「關師長，我記得我和你最後一次見面是在廣和居，那是卅八年四月，你還記得罷？」

「怎麼不記得，連幾號我都記得哩，」關師長說，「那是四月十二，陰曆三月初三，一線彎彎的新月牙兒，您請我喝酒的，爲我餞行，當夜我就上火線去，次日的清晨，保衞戰就爆發，所以我記得清清楚楚。後來不到半月，四月廿四號，太原便陷落，我也記得。」

老者聽了點頭。一會怔然說道：

「這都好像纔昨天的事。誰覺得十三年了。那天你喝完酒去後，我就再沒有聽見你的消息，查旅長，魯團長，段參謀也一樣；他們在太原失陷前三天夜晚到我家，勸我卽走，我想我一個老夫，久退了役，留下來也做不了甚，次日便聽他們話往大同去了。也是從此沒再聽見他們。除了聽到些魯團長的誤傳。——秦團長隔得更遠了，前次我們見面該在卅六年罷？卅六年底？是，卅六年底。從此也再未聽到你的消息。今天我很想聽一聽你們如何逃奔來臺灣的故事。姜師長，仇旅長和封團長的我都聽過；就是你們的還沒有。你們各人何不都說話，是啊，先從關師長說起如何？」

關師長喝一口酒，撫摸着胸口說道：

「說起我怎麼逃來到臺灣的事，我會覺得不是三言兩語道得盡。有時我會想：這可是一件眞的事？經歷的事件是那樣離奇和背理，我都不敢相信果眞發生過。有時我一人獨坐，會忽然問我自己：『是眞的？我現在是活着？』然後我便捏自己的手掌，看看痛不痛，會迷惘那樣好一會功夫，然後纔回頭相信我是活着的，我是從死裏逃出來了的。人說過往的事都是夢，我那次的經歷怕更是——不是夢，又是甚麼呢？看來不惟是夢，還是連場惡夢。」

關師長凝神桌面了一會，然後用高亢的聲音開始溯敍他的故事。

「太原城破以後，我帶着血戰殘賸下的最後一營兵員向東北方退去。這一營兵是我一師中最精悍的一營，但想到一師的人衹剩下這些，而也不足完整一營，我在一路撤退時的心頭滋味你們當可以想見了。但行未到三里路，忽然前面的隊伍裏軍聲大嘩，槍聲四起，並且有叫的，像在呼口號那樣叫喊。我心裏奇怪，急忙叫司機驅車上去看看。車開衹一半，就被副營長，兩個連長，路心攔住。他們拔出手槍來，齊對向我，命我下車。於是我知道就是這最親信的一營，也是最後的一營兵叛變了。我照他們的話下車。我在四周的人羣裏尋找營長，和第三連連長，他們都是我帶了十多年的老部下，希望他們閃出來幫我敉平這叛變。但我看見他們都站在拿槍的三個人後面，而且嚴稜稜的對我看。我便躲開了他們的眼睛，此時副營長上前來抽去我的手槍。

「我立刻被綑綁了起來。副營長取帶了隊伍，命轉過頭來，回太原去。

一我在太原城外被交給匪軍。我被趕進一所小學校裏，那是暫時的俘虜營。我押時看見城的東面已烽火連天，那是倉庫貨棧的地區，國軍撤退時引火燒的。

「許許多多的人從各向趕進俘虜營。看到這等亡敗結束的局面，我哀痛得幾掉下淚來。

「自兵變以後，我便知道無生還之望了。我因此反有種淒黯的平靜，默觀了許多四週發生的事情。

「我一路押解時，因爲我是將官，身邊有兩個匪兵守看着，和大隊的俘虜隔開一些。但是進了俘虜營後，我便被當作了普通俘虜，推進他們之中，受到了和他們同等的對待。我記得一進去不久，便全體被毆打，上來十幾個壯漢，用着他們碗大的拳頭，肆意在我們背上猛力搥着。許多被毆的人發出不名譽的哀鳴，許多打得失去知覺，還見到一個低頭嘔出一胸血的。我在受搥擊後，一個匪軍幹部走我跟前經過，忽然又返轉來，瞪住我問：『你是將官嗎？立正！』然後刷的一聲，他擄下我的肩章，接着連出手幾下，擄下我的勳章，領章，青天白日帽徽。他把青天白日帽徽丟在地下用脚猛力踩踏。他怒瞪住眼睛看我，然後一巴掌摑在我臉上。對他這種失去理性的作爲我正預備報以微笑，我突覺一隻眼睛冰凉的黏着樣甚麼，視線模糊一些。他啐過來的口水。

「繼此之後我們全部被趕到一處水井的旁邊，全部被剃成光頭。然後我們被命押進操場，等待編隊送入其他監獄，我們被命坐在地下，又命脫掉制服，把它裏外反轉的重新穿上，然後兩隻手交壓在頭頂上。那些守兵的皮鞭隨時飛上我們的頭背，哪個坐的姿勢手壓頭的姿勢不合他們意的就捱一抽子。有些人壓在頭上的手酸了，拿了下來，這些人立刻被拖出去，飽打頓後罰跪，一排跪在列子外。有的人被罰在地上爬，從操場一端爬行到另一端，守兵的皮靴時而踢上他們的股臀。

「終於開始編隊了，亂哄哄的鬧成一片，匪幹拿公事夾點名的，俘虜答有的，還有匪兵夾在裏邊打那些遲慢的，像這樣亂糟糟了兩三個鐘頭。我先被編到一隊三五個人的列子裏，我看着他們，掛的階級都是將校，我便知道我們這一羣將受不同的處理。但一會我聽到又點我的名字，我被叫出去到另外一列裏。不久那一列的匪兵又把我推出來，說我不屬他管，我被送進另一隊，那一隊未幾又不承認我，把我換進另一隊，於是我知道我在混亂的情況下已被他們完全混錯了。我看看我編的這隊，階級都是尉官，我心裏掩埋已久的生的希望又悄悄抬頭起來，我暗想不定這回逃得過生死大關。

「我們立被送進卡車，上車前匪兵忽然在每個人的眼睛上綁一條黑帕，我意識到這有些像去赴刑，我剛萌芽的那點希望立即消懕無蹤了。

「蒙着眼睛，也不知經過甚麼路，過了半句鐘，車子停下，我們被解開黑帕下了車。我們到的地方是一所寺院，僧房的門窗密閉，闃無聲息，看來住院的和尙都逃走了。見到正殿瓦頂上的一座藍瓷浮屠，我知道這是西郊的崇善寺。我以前年年的春天，都到這寺裏燒香來的，這時抅憶起也是春天了。在廻廊的拐彎，出現出荷槍的匪兵，由是我知道這佛寺已作了監獄，我也明白這回祇是入監，不是去就刑的，心中不覺萬倍輕鬆，我那黯淡將熄的希望又復蘇了。我心中交織着對生命玄秘的歎喟，回想這一天之間，生生死死，反覆數度，人類運命殊像冥冥中另有支配的人。想到這回我的確可能被混錯隊屬（有次帶隊匪幹特來問我最初那隊，我誠實答不知道），而這錯誤顯然又是那擄走我徽章汚辱我的匪幹演造成，我對這番因果更加覺奇妙了。我若留在將校行裏，結局必死無疑。隊中和我樣偷生生望的也不乏人，有人按捺不住，便同匪幹試探說：

「『老總，你把我們送哪去？去做甚麼？』

「『哈，你別問倒好，上面的命令，把你們全體處死。這回就去。』

「沒有人再發問甚麼。

「『現在，進去！』匪幹說，我們已到一個廳殿的門口，那殿門上掛着塊牌板，名叫『大悲殿』。

「我看到這羣遭逢和我同樣的死囚，皆白着紙般的臉，魚貫步進『大悲殿』的牌下。都走畢重門轟然關上。

「這大悲殿原是崇善寺三個佛殿裏的中殿，演經時可容僧徒信士百多人，堂面算太原內外最大的一座，這時用來禁閉囚人，我們進入時已有十多人在內。殿中的佛像都歪傾了，光線幽濛濛的，祇從天頂的一塊玻璃窗上射進一道光亮。人有些坐，有些立，靜悄悄的，惟有傷患的發出微細的呻吟。在天窗的一畸角，有面銀灰的大蛛網輕拂拂的在浮漾，像一面旗幟一樣。

「未及多久，門啞地開了，進來幾個酒氣蒸燻的大壯漢，手裏都執着閃亮的牛刀。然後一個匪幹也進來。壯漢中的兩個把重門閂上。

「執刀的壯漢一共有六個，他們都生着低矮的額頭，眼眉和嘴鼻集中在一處，像交相叉橫的幾條直線。他們穿着土黃棉衣背心，袒着胸，露着手臂，臂上生滿了猿猴一樣的長毛。

「匪幹打開本書夾，唸出六個人名來。那六個壯漢把刀插了腰，正在拉殿裏的條櫈，將它們在當中排成了一行。匪幹命令點到的六個人把衣服都脫盡了，祇剩一條短褲頭，脫下的衣服摺好，疊成四方方的，放在脚邊。然後他告訴他們現在開始執法處決。聽見這話，六個囚人卽失去控制力，發出驚怖絕端的尖叫，並轉身欲逃跑。但六個壯漢已一躍撲上，用粗繩將他們綑縛起來，按向板櫈。然後各抽出尖刀，各按住一個囚徒的頭，站候一邊。這六個受刑人都是胖子，白白的皮膚，胖胖的奶子，胖胖的腿，其中有一個左乳房上還有顆顯眼的黑痣。有一個且嗚嗚慟哭着，掉下汪汪的眼淚。匪幹頻頻點頭示意了，劊子手便以刀刺進他們的喉嚨，溫熱的鮮血便像噴泉似的飛射出來。空氣中充斥着吁吁的慘叫聲。有的還發出倉倉的咳嗽，從割破的喉管中咳出網絡的血泡沫沫。不一刻六個人都翻上眼球，往後一傾，栽下櫈脚邊去。

「第二批的六個人又被召喚上來了。這次看了前次的情狀，都驚悸得盲目逃向四方。匪幹呼喝了數次，令他們集合，但是他們仍驚惶地竄跑。他們奔來奔去，皆在這個廳殿中，彷彿以爲可找到安全地方。那六個劊子手，也許因爲剛才聞到血腥氣味的激奮，披開了森森的犬牙，目中露出饞慾的光輝。祇因爲未得匪幹的許諾，他們戒於禮數地勒扣着那饞慾。但他們的牙關咬得格吱吱直響，他們脚一抬一抬地，在那裏不安。終至逃闖的人仍在逃闖，匪幹便轉向劊子手們，好像還投給他們一個深含體諒與瞭解的眼色，令他們上去追殺在鳥突着的人。劊子手便像閃電一樣嗖地躍出，各尋着一個囚犯當目的物的追去。大殿堂中便追的追，逃的逃，追的高舉着刀，逃的尖聲哀叫。只一會就都追上，刀鋒便砍着未執寸鐵的赤手，驚叫的音腔更尖銳了。有一個舉起隻細窈的手臂，握着小拳頭，想要抵抗，但被一個劊子手的大掌輕輕拿住，好像邊握住牠還邊撫摸一樣——那細臂筒不久就隨着身體歪下。有一個滿面遍生鬚毛的劊子手，連鼻孔和耳洞中都生滿黑毛的，正丟了刀，改用雙手扼住一個囚犯的喉嚨，望進那囚犯漸漸失去生命光輝的眼睛，我好像還看見這鬍子的鬍堆中現出一痕微笑。這二批的六個人也都解決畢了。

「第三批的囚人被召喚出，而第三批的奔逃情形無遜於第二批。劊子手們又揮刀追上。有一個脚部受傷的囚徒，他一步一拐地，仍然以他這缺陷的步履竄逃。他的裏脚的綳帶一路像曲腸一樣拖在後面。劊子手祇快跑了三步便追上他，然後一刀揷進他的背裏。另外一人正絕望地抱住一尊佛像，因爲他已經逼到一處無路可逃的牆角了。他緊緊的抱住佛像的頸子，彷彿那是他最後的救星。劊子手要拉下他，但數拉不下。劊子手便就勢一刀揷進他的後腰，他抽出一聲長叫，纔鬆開了手，仰身躺在地下。劊子手忽一刀插進神像的小腹，洩他剛才的餘怒。而是時，另一個劊子手追上另一個犯人，刺進他的腰，但那犯人還未死，這劊子手便以手探進他的傷口，探進半尺多深，挖出他的生命來。而在另一處，一個劊子手正在一條板櫈上處決一個擒到的囚犯，他刺通了犯人的咽喉，繼之又，全屬沒有必要的，破開犯人的胸腔和腹部。是時我聽得到劊子手們喘息的聲音，殺人的忙碌使他們上氣不接下氣。他們又開始追第四批了。他們奔跑得熱了，便脫下棉背心，也褪下長褲，便光着身子在大殿的廊柱和佛像間追殺。每個劊子手的身上都染着血，那個探手去挖扒傷口的，全個右手到手腕都通紅的，像伸進血桶裏過似的。那個滿面生鬚的，連嘴四週的鬍子上都沾滿了血。驚到這時，我再克制不住了，就掉轉身，將我胃部的所有容納都吐了出來。

「這第四批的殺完，天色也晚了，劊子手們也乏了，匪幹便命暫停，餘下的第二天再了。劊子手們和匪幹便起門推門，一一離開了堂殿，後復將殿門掩上。

「未幾，黑夜來臨，屋頂的天窗射下來的亮光也昏暗了，大悲殿沒入黑暗之中。地上橫豎着殺戮過的屍體，橫流着成河的汚血，我們恐怖地等待天明——也就是死亡。」

關師長暫作稍歇，飲啜了一口酒，四圍凝聽的人鴉雀無聲，他便用手巾揩了把臉，拭着那光滑油潤的豐頰，後又以他那高亢的語音說下去：

「那夜我不記得在何時倦極了倚着牆睡着。正在睡夢雜亂，覺得半醒半睡的當兒，感覺有人搖我肩膀，並喊着：『關師長！關師長。』我睜開了眼睛。是時天窗之外星星熠亮，光都照進殿中，我看見第三連連長，那個出賣我的親信，蹲在我面前望着我。我獃了一陣，不知道這是現實還是仍在夢中。

「『我是崔連長，不錯，關師長，』他見出我的狐疑——然後他嗚咽說道：『我和您老一樣的也是俘虜了。我現在特來向您道悔的，關師長。我早看見您進來，但我一直都躲着您。直到這夜靜時分，我的良心痛苦得再不能擔載了，我就鼓了決心來求您饒恕我。我雖然明天就死了，可也得在今晚得到您老的饒恕才好。您老開個恩，原諒我一時糊塗罷！』他掩着面痛哭起來。

「我沒有說甚麼。後見他哭得甚淒厲，便說：『你不要哭了。先跟我講話，我有話問你。營長現在在那兒？』

「『他已經死了。您老去了不久，副營長怕營長搶了他這次兵變的功，就在路上暗對營長的背後開上一槍，把營長給滅了。二連的孫連長也遭了兇。他看營長這樣被暗算了，就覺太說不過去，挺身出來向副營長質問。副營長把槍對向孫連長，又放一槍。副營長指着地上的營長和孫連長說：『還有嘀咕的人，像地上的這樣。』然後他就把我和第一連連長一齊送進了俘虜營。第一連柯連長現押那裏去了我不知道。我先也沒料到今兒有個死的，終是我幹了傷天理的罪當，天意不肯放鬆我，如今八路隊裏缺糧，下了道令把全部的俘虜都處死，減少糧食的消耗。天老爺卻還不肯鬆了我，叫我在這絕途末路的地方再碰見您老。他莫非是要我受盡悔恨的責難，好抵得我犯的大罪的懲罰能。解鈴還得繫鈴人，關師長，我這就請您大量饒恕我了罷，』說着，他雙膝跪了下來，在天窗外射進的星光中，對我作了深深的一拜，說道：『是我對您老不住，害了您老的一條性命，生死攸關的大事，本無顏侈求原諒，但在下仍望您老寬宏，佛心廣域，姑恕一回，則陰間地府，必圖相報。』他伏拜在地，不肯爬起來。我沒有說話。屋外的星光照着，我們默默了一刻功夫。末了我出聲道：『起來，我答應了——人孰無過，人生誰又沒有個死，想通了有甚麼看不開的！』

「『您眞的原諒我了？您眞的？』他喜出望外的問。

「『自然。你不用掛慮。你還不起來？』

「他又拜了兩拜說：『您老恩重如山，我崔國光感激戴天，這世沒有時間了，下世必然鷄犬相報，』他又俯叩了一個頭，然後纔爬起來。

「『現在不知甚麼時候了？』他問。

「『天都快亮了，』我說。

「崔連長這方覺得倦極，便半倒地上，背倚着牆，沉沉睡着。近天亮邊的氣溫冷多了，我獨自盤腿坐着默想剛過這一段事。

「殿中忽傳起一陣輕微的騷動。『死了，不知道夜中甚麼時候上吊的，』有人說。有個膽小的囚犯因過份懼怕將臨的死亡，在無法多受他的驚怖之下，於夜中投環自殺了。他那單薄的身幹，用褲帶吊在一尊巨佛的頸項下，巨佛膩膩的噁心微笑着，彷彿在和他親熱的做着愛的擁抱，現在灰蒼陰冷的晨光中，給人一個滑稽又令人翻胃的長久不滅印象。從晨光中，殿內的景象又浮現了，候待死亡的人們，歪傾的神像，縱橫各向的屍體。待決的諸人都沿牆靜坐，各都張着墨黑眼眶的眼睛，各自想他自己的死。我在收回目光時候，偶看到近處牆角臥着一人，另一人坐在旁邊，坐的正解開衣服，脫下來蓋在臥者身上。看來知道臥的人是病了，從兩人的面貌上看，知道他們是兄弟兩個。那時一瞥的印象，到今還未忘記。我常驚訝甚麼使一個，在明曉距離生之終點都僅有數點鐘時，仍然解衣遮蓋另個。忽然我們聽到一陣尖銳刺耳的噪音，一聲接着一聲的，聒噪，聒噪，從門外傳來。我們知道那是劊子手在門外磨刀的聲音。這噪音廻旋在靜息如死的清晨中，給我們神經極大的挫傷，我們都不安的轉側着，甚而我至今有時作惡夢還被這樣的聲音驚醒。等磨刀聲停息後，門便推開，劊子手，相偕着匪幹，都進來了。

「第二天的屠殺又開始了。匪幹依舊一批六人的點出人去就刑。崔連長在第一批中，他出列時，向我的地方投注一眼，然後抬一抬手道別，便走上去。祇一刻他們便結束了他。這批之中仍然有驚駭奔逃的，其中有一個尖叫得最厲，奔逃得最急，從他的狀態知道他已經完全神經錯亂。我當時作這樣想，他是早知必死的了，從昨日起便同我們一樣不存任何生望，因是人卽能有力接受死，但有樣東西人對它比對死還怕——就是赴死。第一批的很快便結束，劊子手立向第二批，今天劊子手動作俐落敏捷，較之昨天技藝更進一步了。

「行到第三批時，有一個因驚駭腿軟，走不起路，一個脫下衣服道：『我先去！不過是過個門而已，轉一胎又要活生生回到世界來的！』和他同時就刑的五人中，有一人體格強碩健美，另外一個歲數很輕，不過十八歲上下。

「我每一度都以爲自己就在下批就刑人中，但都不是，這第四批也還未輪到我。

「那兩個兄弟喚了出列，那臥病的兄弟由另個兄弟攙扶着去就刑。攙扶的兄弟忽對匪幹說：『老總，看在天的份上，你一定也是有心肝的人，我自個兒一個人去就夠了，留下我的弟弟罷。我們家還有個七十多歲的老媽媽沒有人奉養，留下我弟弟事奉她的餘年罷。』

「匪幹驚愕說道：『你眞會妙想天開。你要我給你變通辦法的話，我給你這樣兩條你選一條：一條是兩個人都死。一條還是兩個都死。』他們殺掉這兩兄弟和殺別人一樣的快。

「因爲腿軟行不出列，而由另一個漢子先行替代的那人這次非出列不可了。但他軟扒在地，像一堆發麵，劊子手拖開他也不容易，就是拖開了放上板櫈也坐不穩，立地處決他又因軟曲一團無下刀處。

「『嘿，你起來，看你嚇的那德性，殺了你都不值得。還是留下你的命，放了你罷。快走，走門那兒出去！』劊子手指着門說。

『眞的？眞的？』那人驚喜的爬了起來，然後快活的叫道：『我又活着了，我又活着了！』邊叫邊向通往自由的門走，他的腿恢復了生力，他的腰幹伸挺得勁直。

「『現在好了，』劊子手自語說，朝着挺直的腰背刺進一刀，那人高舉開雙手，好像是在迎接自由，曲膝跌下地來。劊子手呵呵的笑着，得意他的妙策。

「我猜下一次該輪到我了，但仍不是。

「這次我看見另一幕難忘的場面。一個驚駭奔逃的犯人向每一個人呼救，但是沒有人能夠救他，而劊子手數步就要追上，這犯人便跪了下來，拉住地上一具屍體的手，向這屍體求救。那屍體用一雙無光的白眼睜視他，他大約這時候才知道揑的是一隻冰凉的手，驚駭得更不堪了，急跳起來，轉身他改拉住一尊佛像的手臂，但那佛像給他的眼色並不比屍體的活潑多少。這時劊子手已經追上，不知是否一時的靈感，劊子手把刀向他屁股縫裏插進去。

「我一看，我已在僅餘的六人之中了。匪幹要執行我們這六個了，他叫我們集合。我匆匆向過去作了個回顧，覺得沒有甚麼可懸掛的，一個老婆和一個孩子說不定也教殺了，就是還在過不久也必叫這樣的八路折磨死了，我一生過了四十一年，也不算可惜了，我就平靜安寧的走上前去。

「『你們這批人命大，』匪幹對我們說，『你們問問你們的祖宗，哪輩子修的福，現在不殺你們了。我們要讓你們知道共產黨也是寬大爲懷的，殺的也殺，饒的也饒。你們眞是狗運亨通，撞上甚麼好采運留到這最後一批，現在不上你們死刑，一律改換宮刑，現在就去，都到隔壁小暗房去！』

「劊子手們已將側壁的一面小門打開，裏面是間漆黑的小秘室，繼之便齊擁上將我們拖去。我們強不肯行，我們覺得受這樣的羞辱反不如死好，然而你求死他卻偏不教你死，你們拖着打着，我就這樣在自己失神的呼救聲中被拖進小門，看見陰暗中擺着數張小櫈，每張櫈脚齊排着一把彫刀似的小刀，然後小門就在我背後關上。」

關師長說到這裏停下，額頭上滾下豆大的顆顆汗珠。座上的客人都屏息噤默，齊悲憫的望着關師長。關師長拿起碟中的毛巾，揩拭着他光潤面頰上的汗滴，繼用他那比人高亢的細音說：「從此我過着半像人半不像人的生活，受到的羞恥一生除不掉的留在我身上，」兩顆眼淚屹屹停在他的眼角。

衆人低頭望着盤碗，默默無聲。

「舜卿，舜卿，」老者低低在喚着他的別號，「你受了很多苦，但是你忍過來了，這是很輝煌的勝利了，你應當繼續勇敢的挺下去。是的，不論多苦，也要撐下去，活下去，活着——就是我們人在世間上的目的。」

「我也這麼想，」關師長滴着淚說，「活下去，就是人的目的。我從太原釋放後逃到陝西，後又到雲南，後又流亡到越南的富國島，顛沛飄泊了四年，中間幾度消極得想行短路，但是每次在絕望邊緣的時候，都驀然發現生比死要崇高得多，便是最低下的生，像牛馬一樣的生，也應當保存它，放棄是德行不足的表現。我在富國島三年多後，回到臺灣，結束了我輾轉流亡的全部旅程。」

關師長垂頭噤默，以碟中手巾揩着他頭臉的汗（並擦着眼角），他的故事已經講完。

「吃菜，老長官，菜涼了，」關師長忽仰頭露出滿臉的笑容，點着手中的筷子勸菜，「小田，來，大家都來。」

張德功笑嘻嘻的執着酒瓶，從每位客人的背後替客人斟酒。他在關師長講到故事中段時便已進來。那時他聽出關師長是在說故事，而他是最歡喜聽故事不過的了，因此一直聽得出神到現在，不顧及厨子在樓下等他切菜。他聽見老者正向魯團長說：「魯團長，聽聽你的了，你說說來到臺灣的經過看！」還有故事聽！但厨子在樓下一定已經破口大駡了，張德功胸中激蕩了一場責任和佚樂的猛烈戰爭，終於他嘆了口氣，頽廢地下樓。

## 二

「我的故事嗎？我的故事跟關師長的大不相同，我不像關師長那樣落進共匪陷阱裏，但我也掉進了陷阱，一個不同的陷阱，而且我看我的遭遇並不會好過關師長的遭遇。但是先喝酒罷，老長官，我們一儘聽故事，酒都忘了喝了，來，大家再敬老長官一杯，」魯團長笑道，一面用他的左手端起了酒杯，和大家一塊朝向老長官，大夥一飲而盡。

「太原城破那天，我和第六團團長鄭桂芳先退到崇善寺，我們決定事不宜遲，需立刻撤往大同。鄭桂芳和我是結拜兄弟，我長他三歲，他呼我大哥，我稱他六弟，因爲他排行第六。鄭桂芳是個腦筋靈活的人，做事很能幹，儀表又瀟灑漂亮。我和他從小一個村裏長大，以後住軍校又在一起，抗日又在一道。這天城破後我和他都已潰不成軍，我剩一連多，他剩半連不到。我們在大悲殿臺階下急急商議撤退方略。

「我說：『六弟，我分你半連兵，你帶着緣同蒲路東邊走上去。我從西邊上去。看地圖，高村在這裏。你我大約在日落時分趕得到高村。從高村起，就有火車通大同了。』

「我六弟望着地圖，一會後問：

「『爲什麼分兩路？』

「我解釋說：『這樣一來行動快，二來可以互相救援。誰要被抄了，誰就可以趕來，裏外夾攻，解開包圍。我這裏有兩架美式無線電話機，你拿一架去。我們一路聯絡，出了意外就可以靠這洋玩意兒。怎樣？你贊不贊成分兩路？』

「『我贊成，』他說。

「『我們走罷。再過一刻鐘八路我看就要到這兒了。』

「『你要我把這些燒掉嗎，大哥？』他用軍刀揮指着周圍的廟殿說。他作戰時手中常握着軍刀。他習慣在撤退時用舉火的焦土戰略。

「我望着莊嚴典麗的廟殿坐在陽光下。我說：『算了。怕沒有時間，快走罷。』

「我站起來，收起地圖，向他伸出手道：『六弟，說再見了。一路小心。希望今天日落時分有幸見到你。』

「『再會，大哥，』我六弟說，記得他額間這時浮下一條很粗的筋紋：『你多多保重。』

「我把電話機，兵員分給了他。他握着軍刀，踏着長馬靴，帶部向東邊壙野去。

「我帶部緣線北上，一路進展順利，預料不需等日落，這樣的速度還能在日沒前一小時到高村。同蒲路沿線栽滿桐樹林，無形做了我們最好的掩護，匪軍不容易察覺。桐樹那時正開滿白花，堆堆壓壓像多雪一樣。那一座美式電話機不時傳出鈴聲，通訊兵都報告說我六弟那邊也程程順利。

「我這邊在四點多時到了長風坡，全途已經度完三分二。我忽然聽見啪啪啪，啪啪啪，一陣槍響，頭上的桐花像雨一樣落下來。我們遭匪了，我卽令全體臥倒，各人覓掩護位置還擊。匪兵從對面桐樹間出現，一羣又一羣，我命令機槍班集中火力掃射。火網拒住了進攻，匪兵又各退回桐樹後頭。這壞的運氣！竟碰到匪，匪會這樣快推展到接近高村，我邊罵他媽個B，邊喊通訊兵匍匐帶電話機爬過來。

「『六弟，』我對聽筒喊，『我倒楣，我碰到匪了！』

「『什麼？』他遠遠在一頭問。

「『匪，』我說，『都在開火了，你聽槍聲！』

「『在什麼地方？』

「『長風坡，你在那裏，六弟？』

「『在牛尾砦——就到高村了。匪有多少人？』

「我望着林間又羣出的匪兵，說道：『多極了，多得不得了，總比我多出三倍。』

「『你看清楚是匪嗎，大哥？會不會自己人？』

「『那會自己人，』我笑道，正看見一面紅旗從林間出現，『老六，我看我挺不住，他們人太多了。你能折過來嗎？』

「『……』沒有回答。

「『喂，老六！』

「『……』仍沒有回答。

「『老六！六弟！六弟！』

「沒有回答，並聽見各嗒一聲，像把聽筒給掛上。

「『喂，老六！六弟！六弟！六弟！……怎麼回事？』我問自己，莫名其妙。

「以後匪就以一波人海頑強衝鋒過來，我命令大小武器猛烈射擊，將匪的攻勢驅退。我再度打電話給我六弟，但無人接。我想也許他正在馳援途中，便耐心等着，令我的部下盡力支撐，我們拒退了一波一波的攻勢，過了一小時，我的六弟仍沒有來。以後半小時過去，然後又半小時，然後一小時，我的六弟直沒有出現。太陽落下，天色轉黑，匪已經以鉗形攻勢將我們左右密密圍圍了起來。我的士卒有一半殉身在地，我預料匪必藉黑夜作護，在不久恐發動一次黑夜大攻勢，我遂一脚踢翻那電話機，說道：『上刺刀！突圍！』

「匪在前，右，左方的樹林間都燒着熊熊烈烈的火把。我令部下抛卸一切的裝備，如鋼盔、水壺、背包，甚至受傷的友伴，目標右前方的一個據點，快速衝破它。一聲共同的吶喊，我和他們併排，衝鋒了上去。

「火把的光照得林子裏通紅，樹影一跳一降，像環舞的羣魔。我叫嘯着跳進一羣匪兵中，左手端着手槍，右手跨着軍刀。四圍都是跳躍砍殺的人影，有被殺者的慘唳，和殺人者的呼喝。我一刀照一個八路的頭頂心劈下，但見他的頭額中央破出一條長長的裂痕，他搖了兩搖墮下地。一個匪正端着上刀的長槍朝着我跳來，我對準他的臉，扣機放一槍，他的臉登時像一片蕃茄醬，他丟了槍兩隻手掩住臉。知道他有甚麼結果，因此未等着看他倒下，我便轉身尋另個目標。這時，出其不意的，一個黑影從一棵桐樹後跳出來，他雙手舉刀過頭，對着我襲來。我絕未料到有這樣一個突擊者，簡直以爲他是從地下冒出來的——我急忙用刀一隔，他正劈了下來，我的刀脫手掉開，我的手急抽回來，我想起左手的槍，便對他胸口放一槍，他倒了下去。我急忙丟開槍，用我的左手護住痛抵心扉，血如泉湧的右手。

「『我們可以走了，團長，殺得差不多了——噫，團長，你掛彩了？』一個副班長看見我流血，他便攙掖我，幫我逃向黑暗易於隱身的壙野。我的血一路滴瀝不止，半路便在一土地堂內撕衣包裹，那時我心神初定，初次點查一下猶跟隨在四周的人數，祇剩下三個人。

「我在深夜趕到高村，發現鄭桂芳早已到過，並已坐火車去大同。我到大同，城中已傳遍我陣亡的消息，無疑鄭桂芳傳的，鄭桂芳那時已敏捷過人，弄到一個機位，飛到青島去了。

「這就是我相交三十年的結拜兄弟，我的一百十多名部下因爲他平白犧牲，而我，因爲他，你們看！」

他舉起右手，只見到四隻手指，中指和拇指間缺着一個空凹，彷彿城牆上缺掉一垛的城堞。他放下手，席間的人都發出同情和不平聲音的嘖嘆聲。

「那鄭桂芳這個人現在哪兒呢？」查旅長問。

「聽說也在臺灣，」魯團長說，「好像在臺北哪一個區公所裏做個小小僱員。我沒有見過他，也不想見他。」魯團長停了一刻，又說，「不過無論怎樣，我總算很高興今天還能坐在這裏跟大家一塊喝酒。」

衆人都一塊稱是，並齊舉杯敬魯團長，向他的幸運致賀。魯團長舉杯答賀，用左手。

「現在聽秦團長的了。秦團長！」老者叫道。

堂倌張德功正急急托着一盤熱騰騰辣噴噴的火烤羊肉進來。他在樓下便心急如焚的等着趕緊趕上來聽故事，不幸魯團長這故事他一個字也沒聽到，但卻能趕上聽下個故事，使得他高興得需按住要起飛的能力，他退到牆角，一神凝聚的望着秦團長，絕不錯過聽見每一個字的快樂。

## 三

「到我了？」秦團長正捧着湯碗垂頭喝湯，抬起頭來問，復彎下頭急忙的喝盡碗裏的湯。他的頭異常之大，且剛用剃刀刮修過的，正發着青青的亮光。他呃的打了一聲長達五秒多鐘的響嗝，然後以他宏大震耳的如雷之聲說出故事：

「太原丟時，我不在太原。我在青城縣。民國卅七年的三月，我當青城縣的縣長，我守青城守到卅八年五月，我那青城是山西最後一個被攻下的縣鎮，我的良心上是沒有遺憾的。我三弟在天之靈的良心也沒有遺憾。

「我赴任青城縣長時，正值時局轉惡的時期，各地學生鬧風潮，共黨份子滲透到民間各階層。我邀了我的三弟共同來和我治理青城，讓他做我縣政府的秘書。我和我三弟不僅是親兄弟，也是自小時候偷菓樹，到大些逃走投軍，以後工作上、事業上，一直是一搭一檔的老伙伴。他其實該是我家的老二，我家就只有兄弟兩個。但本來是該有三個的，只是在他之前的那個老二死在我娘的肚子裏。所以連沒出世的那個也算，我們就叫他老三。

「我初到青城時，那局面實在不好處理。城裏的秩序亂，士氣衰，多盜賊，匪諜份子更乘機活動。但是三個月後，我不吹牛，我把個青城治成了山西第一縣。城裏秩序恢復了不說，我治得青城沒有一個匪諜。人說我治法太嚴些，但亂世就得用重典。首先我把活動的匪諜統統抓起來，用卡車運到市場前槍斃掉。然後我把凡稍有嫌疑的人，譬如每一個匪諜的三個至親的朋友，都抓進監牢，這些我也槍斃了不少。我又把城裏的兩所中學關閉掉。教員都關起來，這些教員我殺了快一大半，其中還有好些是女教員。當然這些都少不得寃枉的，但是我是寧肯寃枉十個，不肯放過一人。我對偷東西的竊犯一樣嚴厲，不論偷案大小，捉到就槍決。三個月下來，我把青城縣做到可以說路不拾遺，夜不閉戶的境地。不止此，後來我還把老百姓都組織起來，十六歲以上，六十歲以下，都編進保安隊，甚至女人也敎她放槍，編成婦女保安隊。這是我三弟的建議，他說：『大哥，我看娘兒們也可以用來打仗。操一隊娘子軍，不壞，古有花木蘭。』

「民國卅八年的三月，共匪攻山西了，東部鄰近的和順、平定、昔陽遭到包圍，我下令關城門，和外界斷絕交通，一面佈署備戰。果然不幾天，共匪派了一營兵來取青城，他那裏知道我青城的厲害，不到兩小時，就被我們從城頭轟擊退了。匪退到城外一個山崗上，不幾天，派了一營再加一個連，第二次來攻，我們沉着應戰，又被我們打得縮頭退兵。第三次，匪調了整一團人來，我們對之苦戰了一天，又把他們給打跑，這次匪知道青城不是容易攻得下的城鎭，就拔兵轉向，先攻旁的幾縣去了。

「兵退後的幾天，我正在城頭巡防，忽然我老三跑來，在他戴的生銹日本鋼盔邊翻手行了個大軍禮：

「『報告，前面來了一隊人，不曉得是不是匪。』」

「我一看，果然城下黃土地上煙塵滾滾，一隊穿黑衣的人正走過來。我三弟已經爬上了礮座，闔着一隻眼睛瞄着位置，將礮管對向來人。

「『站住！』我圈起手喊下去，『不要往前走，再走就開礮。哪裏來的？』

「這羣人站住。出來一個矮小的人，他也圈手喊道：

「『太原來的！』

「『來做甚麼？』

「『太原丟了！』

「『太原丟了，』我對老三說。

「『眞的？』我老三吃一驚。

「我叫道：『你們是誰？兵不像兵，民不像民的！』

「我們是和尙。』

「『他們是和尙！』我對老三說。

「『阿彌陀佛，和尙！』老三說，『不過是不是眞和尙，別是八路裝的。大哥，探探他們口風看。』

「『王八蛋和尙，那裏是和尙，明明是八路裝的，我開礮啦，』我說。

「『勿開，勿開！』那人慌忙叫着，其他的也慌得手舞足蹈，但卻都站在那，沒有事機敗露逃跑的跡象。

「『你說你們那間寺門的？』

「『崇善寺。』

「『假和尙，沒有話說，做了和尙的人還逃甚麼八路？』

「『八路要殺和尙啊！』那人叫道，『上月徐溝廣濟寺的和尙都被八路鬪爭死了。這月清源弘安寺的和尙都被扔到井裏。』

「『咦！』我抓抓腦袋，自說：『倒像眞和尙。』

「我說：『得得，眞和尙也罷，假和尙也罷，我們這兒可不要和尙。這兒打仗的人少，吃飯的人可太多了。』

「『我們幫你打仗，』那人道。

「『甚麼？』

「『我們幫你打八路。』

「『聽見沒有？聽見沒有？』我對三弟說，『有這樣的和尚，有殺人的和尚。』

「我說：『假和尚，你漏馬脚了，眞和尚不殺人的，我開礮啦！』

「『勿開，勿開！』那人叫，他們又慌做一團，『眞和尚呀！和尚那有假的！八路先要殺我們，我們纔殺八路啊！』他們仍舊沒有要逃跑的跡象。

「我三弟這時心生一計，他說：

「『有了，大哥，讓我先下去看看，去檢查他們的頭，眞的和尚頭頂心都燒的有戒洞，假如他們也有，那就是眞和尚，可以放他們進來。』

「我想不錯，就讓他帶着一隊人，開了城門，迎到和尚停的地方去。

「我看見我三弟正在一個個的扳着頭審看。末了他抬起頭來，對我連揮着臂膀叫道：

「『眞的和尚——！』

「我們就把這一羣和尚迎進了城裏。將纔發話的那個矮小和尚是個七十左右的老人，他是崇善寺的方丈，他說：

「『剛纔你險些把我們的命送掉！』

「『是呵，你那時要向後逃一步，我把你們都打成灰塵，』我說。

「城裏忽然來這多和尚，大家都覺得十分有趣。他們的頭也眞光，引得走到那裏，後面都跟一羣看熱鬧的人。我三弟也嘴邊掛笑的看着他們。和尚都露着嚴肅的臉。

「不久，老方丈有些不自在了，他向我討槍，讓他們就參加城頭的防務。

「我說：『你眞要打仗嗎？』

「他說：『眞的！』

「『好，好』我笑道，對衞兵說，『你那桿槍先給老和尚。』

「老和尚微笑的接過槍。但是他拿槍的姿態叫我生疑。我問：

「『你會放槍嗎？』

「老和尚遲疑一下說：『我們能學。』

「『罷，罷！』我搶過了槍，大笑道，『這不行，還是做些洗洗衣，燒燒飯的雜工罷！』

「這天我和我老三常逗趣老和尚玩。我問老和尚：

「『老和尚，你爲甚麼出家？』

「『和尚跟老婆吵了架，』我三弟說。

「『爲甚麼好好人不做，要去做和尚？』

「『出家人有自己的看法，不便講，外人也難瞭解的，』老和尚說。

「有次我問：『老和尚，你可眞的相信眞有菩薩？』

「『有，西天有菩薩羅漢五百尊。』

「『菩薩怎麼不保佑你？倒教你給八路趕了出來？』

「老和尚沒回答，嘆了口氣。我和老三霍霍的笑了起來。

「我一會又找他說：『老和尚，我出個問題來考你，看你答不答得。答得出，才算好和尚。我問你，你們和尚常說四大皆空，四大，是哪四大？』

「老和尚瞪着眼睛，半天答不上來，我和老三笑得腰都脹痛了。

「晚上我們請和尚們一塊跟我們一桌喫飯。我請他們莫要客氣，像自己人一樣，莫羈束的喫。我含飯咬嚼兩口後纔發現他們都不動箸，且臉色沉沉的肅坐那兒。我嚥下飯，朝向我老三問：

「『怎麼回事？幹嚒他們不動？』

「老三攤攤手，縮着肩笑着。

「『這幹甚麼？』我怫然不樂，按下板筷，『鬧絕食不成？』

「『不敢瞞縣長，』老和尚代衆說了，『我們和尚是不沾葷的。』

「我爆聲大笑了起來，我忘了，忘了和尚只喫素，因此沒先關照伙夫，桌上沒一盤素食，我越看這菜席，越覺得滑稽，我越笑得唬烈，我笑得止不住猛敲老和尚背樑來。

「我向他說是我忘記，應當怪我，但是我說：

「『菜都燒了，我看將就點罷。其實喫甚麼素，我看那些清規都沒用處，咱們把它全扔了罷。是嘛，你殺戒都開了，還守這齋戒幹鳥？』

「『殺戒可以開，齋戒不可以，你不懂，』老和尚的聲音好像發了氈。

「『其實和尚想喫葷，』我老三嘻着臉皮道。

「『想喫葷的不夠資格當和尙，』那老廝回嘴。

「『和尙其實偷喫葷，』老三繼說。

「『勿栽贓。拿證據來。扯謊的人要下油鍋。』

「『老和尙！』我叫道，『喫這塊肉！』我將肉挾到他的碗裏。

「他將肉挾回給我，『你自己喫！』

「『硬不要？那喝酒！』我伸臂倒酒入他飯碗。

「『酒肉不分，」他把碗鎭開。

「『喂，這不同，這是我敬你。』

「『不敢當。你叫我犧牲太大。』

「『喝下去！』

「『這是在敬酒？』

「『他不喝算了，』老三說，繼笑道，『和尙怕喫肉、和尙怕喝酒、和尙怕和女人睡覺。』

「老和尙低下頭，雙掌合拾；衆和尙也低下頭雙掌合拾。

「『和尙怕跟女人睡覺，所以和尙才逃八路，』我說，『聽到，老和尙，你要被八路捉到，八路把你配婚，配給老尼姑。』

「『你要叫八路捉到，八路把你頭切下來，』老和尙說。

「我倏的跳起來，一手按住手槍，我老三急忙按住我的手膀。

「『狗子，限你三秒鐘，把這碗酒喝下去！』我怒哮。

「『嘿嘿，我說的實話，你倒不樂意聽，』老和尚也站起來，衆和尚都起立，『路上無人不知的新聞，八路師長吳三湘正在懸賞，要拿你們的頭——你們兩位兄弟。八路殺人，他也要殺人。現在他先就要殺老身，倒是老身一個頭不值幾吊錢，何值得殺？』

「『縣長莫生氣，』這時忽然站出一個年青的和尚來，這青年比丘生得風貌秀朗，他遮到老和尚身前說：『縣長定要我們佛家喝酒，敢不從命。只是讓我來代老方丈開這一戒罷。』

「說着，他雙手托起了酒碗，縐起眉頭，將唇湊近碗緣。

「我一拳飛出去，打落酒碗，碗碎片片，酒潑了一地。

「『坐下！都坐下！』我揮手說，『守你們的鳥戒罷！不過今晚你們沒飯喫，要喫素，對不住，得等明天……明天早上，你們一人有一根槍，』我坐下來。

「老和尚相顧和衆和尚都微笑了，他們一齊雙掌合拾的坐下來。

「『老和尚，』我喝着酒問，『你剛才說切我的頭，究竟怎麼回事？』

「老和尚揚着眉毛，繼而堆滿一臉溫煦的笑紋說：

「『是這樣。因爲吳三湘數度派人攻貴城不下，故恨貴城恨達刺骨。這回他定下了懸賞的辦法，不論士兵平民，割下您老頭級報功的，重賞黃金百兩，是活捉後割下的，死後割下的，都成。我們是在沿路看到匪諜散發的傳單這樣說的。』

「『哼姆，頭也拿來當獎品。』

「『令弟的頭也在獎賞之列。』

「『我的頭賞多少兩？』老三問。

「『稍微少一些，九十五兩。但也不少了，』老和尚好像在安慰他。

「『哈哈，老三，』我大笑着拍着老三的背道：『我們發財了啊，我們小財主了啊！咱哥兒倆合來都聚了快兩百兩的家財，咱們這會才曉得呢！可我比你還富，多你五兩！』

「『報告縣長，這不稀奇，你的頭比我的大。』

「衆人都笑起來。

「『伙夫長，再打酒來——不，把酒席先換了，換上素的，』我說。

「『我倒要看看八路何從拿到我的頭，』我三弟說。」

秦團長停下，吁出一聲長嗝，伸手傾酒瓶杯中。

堂倌張德功愉快噓出一條長氣，入勝微笑着暗道：「好聽，眞好聽。」

「咦，酒空了，」秦團長搖着酒瓶說，「堂倌，下去打酒！」

「張德功，下去打酒，」老者說。

「是，」堂倌微弱的回答，沮喪的出去。

「第二日，」秦團長繼續說，「匪以一師的兵力，第四度猛攻青城了。我們血戰半日，匪仍未得逞，午後匪收回攻勢，但駐留城外，沒有離去的現象。這一回合中和尚們都個個參戰，且頗爲神勇，雖然發槍多偏了目標。我看他們每射倒一個匪，就低頭南膜南膜唸一句經。不知道是自已懺悔，還是超渡那個魂魄上天。

「我不幸在這一仗中頭部掛上一彩。一顆子彈擦過我的頭皮，向裏多一分，我就上閻羅殿報到了。好在福禍天定。

「我敷藥時候，老三嘻着皮笑道：

「『這頭你可要好生着保護。不但牠是人人爭奪的獎品，連槍丸子也爭着要——目標大。』

「『輕點。多加紅藥水，』我對軍醫說。

「我的頭上綁上了六大匝的紗帶。有點像綑車夫的模樣，但也沒法。

「『這下這個頭要大減價了，破一個洞，只能算八成新，該扣五兩，』我老三還在說。

「我一時沒回答，想了想，後指向腦袋說：

「『不減價。現在還大上一圈。』

『然而似乎人人皆注意我的頭。我知道大家都由這傷的頭想到懸獎的頭。那老和尚也對着我含笑不笑的看着。

「『看甚麼？有甚麼好看？』我叱喝他，『破的，不錯，但甭想有人搬得掉它。因爲我看它比八路看它還重。八路看它纔一百兩黃金，我倒看牠作無價之寶。破一個洞，包捲上繃帶，仍舊無價之寶。你好像不爲然？』

「老和尚駝着腰迅速溜走。我看見我老三還站在一邊眯笑，我怒道：

「『你還在笑！你別單顧笑我的頭，忘掉你的也是錦標。照顧你自己的眞的！』

「『哈哈哈哈，』他笑着，『我顧你的，因爲你的是比我重要——你價錢貴嘛。』他卽換過另種腔調說，『但卽令八路不標價，我也認爲你的比我的重要許多。』他復又換回原先的腔調說，『我無需照顧自己，八路定拿不到我的頭。我運向來好，旁的不信，我就信我的運。看，打到這刻兒，我折過一根骨頭沒有？燒掉根毛沒有？』他霎一霎眼睛。

「五點多時，匪再舉進攻了。這次匪一師外再增調一師力，將青城四面密封包圍起來。匪還增了迫擊炮，炮彈從四週八面落入城中。

「我們的情勢轉形不利，炮火和兵員均居劣勢，不一會，城頭便傷亡浩重，兩門炮被匪炮炸壞，三處城頭轟坍。在一陣硝煙裏，我看見數名黑衣和尚正抬着一件物，我上前察視，見是老和尚，已因中彈氣絕。『這老頭兒，聽我的話就好，洗洗衣開開飯，便不致如此，』我望着諸和尚背影道。『他運差，』老三道。

「到傍晚時分，青城已入罔救的階段，我向四周壽陽、平定、盂縣通電討援，但收到的都是不解的密號，很明白，三縣都陷落了。即因下了三縣，匪方得集兵圍我青城。若三縣都曾倣倣青城固守城池，則青城不致孤軍勢單，抵受匪軍全面壓力。今欲其生亦不能，誠天亡我也。我決意棄城。

「我選出隨行卅人，中幹部廿三人，殘存和尚七人，訂於夜間突圍出走。青城背後三千尺處爲一小山，該山多林莽，若突破封鎖，抵達該山，則可遁跡林中，由小道登上太行主脈。自太行入豫，越豫西山地，可達鄂境中央地區。

「我計劃用偷越方式突圍，衆人皆輕裝簡備，僅一人抗輕機槍一挺。

「『這機槍手的任務是，一旦偷越被匪發覺時，由他架槍開火，使敵人以爲我方人數多火力大，吸住敵人的注意，並阻止敵人上前，使其他兄弟得乘機逃達小山。阻敵任務完成後，他應當棄槍獨自逃走，我們在山腰白河沈七爺墓上等他。這是一樁艱難的任務，我不知道派誰擔任。執行的人非只需膽識，也需機黠和巧智。因爲非僅關係他一人的安全，全體卅人的命運都交在他一人身上，』我說。

「『我來擔任這事，』我三弟道。

「我沉默着。

「『讓別人去，』我望着他，幾說。我將這話吞下去，說道：

「『你想你成？』

「『定成。我路熟，機槍也熟，我又會——兔脫，這裏只有我是保護你們的人。莫說不了，讓我去。』

「『好罷，』我說。

「我們在是夜丑時時分出發行動。是時夜靜聲息，匪軍在停戰休息中。我們各負背包、掛卡賓槍、腰刀，縋索自城頭下。僅三弟一人未帶卡賓，抗一輕機槍。衆人下後，僅餘我和三弟二人。我先他下。我跨過城頭時，回身和他一握手。

「『莫丟了一百金，』我老三說。

「『還開玩笑，』我嘆了口氣。

「我下地後，老三的脚從空中墜下。我們一隊卅一人向匪方摸去。行了約百步，一聲叱喝：

「『站住！甚麼人？廣東！』

「『快逃！』老三低語，抱機槍伏下地。

「『廣東！』

「『廣西，』老三答。

「『甚麼？甚麼？』

「一陣機槍的轟爆，火花像紅螢蟲一樣飛出，老三發動了。我們速向小山飛跑，但立刻機槍停止。但聽老三的聲音在叫：

「『投降，我投降！』

「『甚麼？』我身邊一人輕問。

「『快逃。賣國賊，』一人恨恨說。

「『多少人？』匪方一個聲音。

「『卅一人。』

「『秦烈宗和他老三在不在內？』

「『在內。我就是秦老三。』

「我幾乎不相信我的耳朵。

「『別動，我們上來收槍。』

「有人拉住我快跑。跑約一百多尺，忽然輕機槍又響。我們大悟——他要得！

「我們一路跑去，輕機槍尖響不斷。我們跑達小山，輕機槍聲適止。

「三弟的是惟一做得這事的人。他替我們爭取時間，替自己爭到距離。

「沈七爺墓在一行白楊樹下。我們卸了裝，在墓上靜肅等待。未幾，果有一人影爬上山坡。影子走近，見出是三弟，他的步子有些拖沓。

「『幹得好，老三，』我趨前道。

「他身子一歪倒下來。

「我急跳上前，扶起他的身。

「『你受傷了嗎，三弟？受傷了嗎？』

「『幹得好罷？……幾乎把他們……全幹了！』他頭枕在我臂上說，『不巧我回頭跑時中上這個……我運差！……我好不了了，大哥。』

「『莫說這。傷在哪？我看看，替你包。』

「『沒用……這樣大一個洞！』他翻過身來。隱約中，背上顯着一個大黑坑。他翻轉回去。

「『天誅那開槍殺我的人……』他咳嗽着。

「『我替你包。包好我揹你走，』我說。

「『罷了……我頂多……再一小時……揹我……徒然……妨礙你們……』

「『我混旦，我不該許你去。』

「『誰說？只有我纔……幹得這事，』他聲音驕傲欣奮的抬高，『莫難過，大哥，我現在很快活……我快活……看見你……和大家……都安全了……現在你們快走，留下我，別管我……但你走前，大哥……可否爲我……辦件事？』

「『甚麼事？我替你辦到。』

「『莫讓共匪獲到我的頭……我若氣未斷先被匪斬頭……我不堪受這人生大恥……若命終後再爲匪所斬……我不願蒙這凌屍之辱…… 所以我請你，大哥，斬掉我的頭。』他繼之細尖聲笑着，『沒想到當初笑你的頭……如今我的出了事……快點，大哥，天就亮了，匪就尋來了！』

「我站起身，回身向墓碑走去，碑上我掛着我卸下的卡賓，背包，和腰刀。我抽腰刀出鞘。我走回三弟偃臥處。我一刀斬下他的頭。

「頂上白楊發出蕭蕭的弱聲，一陣涼風吹上山腰，搖動了枝梢。衆人靜立四周，無一牽動，狀如彫像。我揪起首級，後行向背包處，將頭納入背包。

「我命衆人整裝，齊掛上背包槍刀，就山道出發。我的背包略重些，內有我三弟的頭。我負這背包登越好數座山頭，不久天曙亮了。

「近午的時分，我們躋登上太行。我腦中因疲乏甚麼都不想，陽光溢出我額上的汗，我的眼球爲汗水所蒙。

「『……縣長！』有人在身邊大聲喚我，並輕輕觸我的肘端。我意識他已叫了我好久。

「『甚麼？』我回首問。

「『出血了。』

「『姆？』

「『背包裏出血了。已經出了半多小時。』

「我下視脚跟後面，血滴滴的落下來。

「我解下背包，向之懇說道：

「『三弟，是不是你心恨難平，要我爲你報仇？若是這，你可以安心，爲兄誓將這餘生盡捐滅共之務。若不是這，可是你不願再跟我前面去了，你不樂意去得太遠？我就在這裏給你安葬下罷。』

「我們其時在座山頭，隔數步外，有株蒼松獨兀高立。我選在松下掘一個穴。我和我隨屬，以佩刀撬掘泥土。坑成，我往背包處起頭。

「我雙手捧三弟頭，輕輕放進穴中。我撥下積土，將坑覆滿，我掩平坑面的土。那青年比丘站在一側拘頭唸着經。

「我領衆屬續征向前路。我於下山道中數度回顧山上的那株孤松。我上另座山前，再度回望已不見松樹，但見皓皓的白雲遮斷了山頭。」

沉默了兩分鐘後，秦縣長伸出手去掌住酒瓶，大家知道他的故事已結束。秦縣長俯着他那光亮，龐大的頭顱，像喝湯似的喝酒。座上的人微發聽完故事的回動。

堂倌張德功在故事將畢時提酒上來的。他適聽到把頭放進土穴裏，他噁心得咬緊了牙。秦團長大量的飲食面前的酒飯，彷彿現在「喫」是他生命一切中首要的事。他抽一下油光的頭，衝一個悶嗝。

「那麼令弟斬掉頭後的那段遺體下落如何呢？你可聽到？」姜師長問。

秦團長搖着他的光腦袋，本想說不知，但連續的悶嗝咽住了他。

## 四

「我們該聽查旅長說了，」老者道。

衆人目光集向查旅長。查旅長有一張正方形的骨骼臉，皮膚黝暗，一雙眼睛光采溫和。他放下長飲了一口的酒盃歎道：

「太原陷落的時候，我們的裝甲車大半中了炮彈燃燒中。師部下命令，各自解散，因為再整軍已經無望。我就停下我的戰車，跳下來。

「『查旅長，上來，快，』一輛吉普忽在我身邊煞住車，師長站車上叫着，『我們去飛機場，聽說還有最後一架飛機去大同，上來！』

「『不。』

「『怎的了？你想過那邊？』

「『不。我要回家。』

「師長默然，片晌後說：

「『回去，你怎麼再出來？』

「『不回去，誰幫我女人孩子逃出來？』

「『我不留你：希望將來再會面了，祝你成功，查旅長。』

「『將來再見，師長。』

「他的車轉去後，我走向田間，尋到一具擔火藥農夫的屍體，我將軍服剝下，換上他的衣袴，復戴上他的斗笠。我又將一把手槍插進衣內。作這樣打扮，我向毛驢莊的方向探去。

「毛驢莊在太原西南，汾水西岸，步行要一天的路程。我操截林間小道，躲避途中匪兵的眼目。我知道如果碰上，喊住，不會有好結果。

「緣路上，我想着家中女人孩子定巴望我連日了。我的女人定又去燒香。大女兒淑儀，沉寂寧靜，幫助她的母親理家……二兒國賓，現年十七歲，已讀高一……三兒國強，年十五歲，讀初三……兩個都是校中的好學生。省垣戰事揭幕前，我喚他們離開寄宿的縣學，回家和母親姐姐齊住。我將給他們以後如何的指示。想到這裏，我更希望快些會見他們。

「天暗的時候，我來到汾水邊。我尋找渡船，但岸傍一條也未見。我旋悟我已景前無路，我茫然站在江干。前出發時，未思到亂時無舟之問題。忽然一條船影自上流滑來，我因而大喜，幾欲奔上前迎呼，但我忽止住。我不知道這是匪兵巡船還是渡船。我的身後有數株柳樹，我便爬上其中的一株。當船駛過我面前時，我喚道：

「『船家，船家，你渡不渡河？』

「船聞聲停止下來。

「『渡的，』船上答，船靠向岸，『客人現在哪裏？』

「我未回答。

「『客人現在哪裏？』

「聽他的話，看清祇有他一人，且他頭上的影子像戴着斗笠，我便下了決心，從樹上墜下。

「『在這裏，』我站在他面前說。

「『啊！』他似喫了一驚。

「『你渡河麼？』我又問。

「『上來罷，』他說。

「我踏上他的仄船。我在尾部低坐着，他站在船腰的略近頭處。片時，船仍未划動。

「『怎麼還不走？』我問。

「他未答。過些時，聽見他詭譎神秘的笑聲。『你爲甚麼藏起來？』他問。他又再使人生不快感覺的笑下去。我嗅到可疑的氣氛，決定起身上岸，但他的雙膝一蹲，將竹篙一撐，船倏的離開了岸。

「我頓時着急起來，懊悔剛纔不應冒然上船，這船伕是甚麼人我不知道。他不是匪兵，但他可是眞的船伕？因何江上祇他一人行船？我心中疑雲叢生，但我又不能叫他回岸。他執起長櫓，搖出咿啞的聲音。

「有十多分鐘我們保持緘默，我的手插進衣中握着槍把。船在江心忽然停下來。船伕將櫓收進，離水面架起。

「『幹嘛停下？』我驚問。

「『呃？』他笑了一聲，『不急忙，慢慢的來。我歇一下，抽一根煙。』

「我無話說，不能不許他抽煙。

「『客人過河去哪裏？』他搭着訕。

「我想了一想，答道：『回家，』考慮到這回答也不致生錯。我聲音冷漠，避免和他再談。

「『客人回家，家甚麼地方？』

「一段沉默。

「『雁鳴村。』

「他大笑。

「『我就住你村前，我烏雲村，』他道。

「一朶火焰亮起，他擦火點煙，光輝照亮他的臉，一張滿佈細紋的老人的臉。

「他忽把火柴湊近我，照我的臉，我忙低下頭，讓斗笠的濶邊遮住，我恐懼被識破。

「『客人抽根煙，』他附同洋火送上一根煙。

「『不會抽……不會……』我答，時緊張略鬆——洋火已熄掉。

「『那有不會抽煙的事，』他嘲肆的笑道。

「我祇望他即拿起船櫓，重去搖他的船。

「『客人剛從哪裏來？』他猶問。

「過一會，我說：『走親戚來。』

「他未再強問來的地方。

「『客人種田的？』停一下，他再問。

「『是的，你爲甚麼問這些？』我怒道。

「我等待他回答，但長久未聽見答回。沉默有半晌，他放櫓入水，重執櫓搖起。

「我又不樂見他重搖櫓了，因爲他搖得比前加快，且節奏顯出某種決斷，我擔心不知他要划向那裏去了。他是誰？他是眞的船伕？爲何江上祇他一人行船？諸問號又湧起我心臆中。我難忍問道：

「『船家，爲甚麼江上祇你一人走船？』

「他未減低快速的搖率。

「『年青人拉去挑彈藥了，爲這個！』

「我未再說。但他再問：

「『怎麼客人沒抓去搬彈藥？』

「『有病，』我說，『他們不要老人和病人。』

「『嚇，嚇，嚇，』他笑着，仍舊快速的搖旋着櫓。

「『到了，』他放下櫓，抽出竹篙說。他撐着篙將船移近河岸。

「我初次鬆下一口長氣。

「『我看客人着急得很，急着到岸，所以加快擺船。我老頭絕不輸年輕小伙子罷？』

「我離座起身，手鬆開槍把，伸入衣袋中，掏出一張大票給他。

「『客人！』

「『甭找了，』我說，急於脫離這船。

「『客人……』

「『不用找，』我說，預備跳上岸，但一隻手忽從背後抓住我的肩膀，將我拉回。

「『你做甚麼？』

「『客人，這錢。您知道，用不通了。』

「我嘿然一響。

「『好罷，下次一塊還我罷，』他將錢塞還我，並鬆了鉗住我肩頭的手，『不怕你逃之夭夭——坐我船過河的人，至少還會坐我船過河一次——這是我一生來水上的經驗，』他哈哈笑着。

「我跳上岸，時心裏纔卸去一方大石。我忙在暗中摸路向毛驢莊趕去。

「我十分鐘後遇到了匪。匪三個人，就在我面前七八步外，我急忙伏下白草堆中，若不是我發現他們早於他們發現我，我伏下的機會都不會有。

「『前面甚麼?好像有人，』一個匪發現了。

「一顆子彈嗖地從我笠邊擦過，我不禁將頭垂得更低，其他槍彈集中向我射發來，有擦過我頸背的，有飛過我臂邊，有飛過我腿邊。我伏行到右邊逃避，但一匪說：

「『在那邊，聽見草動，殺死他，快!』

「子彈又像霰一樣集射過來。再數秒鐘，我便斷無生理了，於是我惶急間急出一策，我捏起嗓子，弱聲呼叫道：

「『妙嗚——妙嗚——妙嗚——』

「槍聲遂停止。

「『原來是隻猫，呸!』

「『媽了個B，白打大半天。走罷。』

「他們走了幾步，但一人說道：

「『等等。猫也不錯。咱們排上三個月沒分到一丁馬肉，弄隻猫回去，大家打場牙祭。』

「『有理。剛纔牠躲哪兒?』

「『在這邊，我記得。』

「於是槍彈又飛向我伏藏的地方。

「他們邊射邊說笑着：

「『這隻猫倒楣，今晚遇上槍林彈雨。』

「『誰叫牠要碰上三個貪吃鬼。』

「他們呵呵大笑。

「『猫不該碰上八路。』他們又大笑起來。我偷偷爬行着，從槍彈密處爬向另一處。

「『聽！這畜牲動了。在右邊！』

「槍彈隨之又集中我射來。

「『停，』一人忽說，『讓我聽下，是隻猫嗎？怎麼沒再聽見猫叫？』

「三人都住了槍，傾聽著。

「我想卽發貓叫聲，但又怕他們依聲更確定我的所在，亦怕應着他們的懷疑答聲更露出破綻，我正驚怖不知所計間，幸一人說：

「『也許早經打死了。』

「『不，打死定會大聲尖叫，剛才不會沒聽到。』

「『也許溜掉了。』

「『是的，也許溜掉了。走了罷，一隻貓，打不到算了。走罷。』

「三個人邊嘀咕詬駡着離開。

「等他們走遠了，我從草叢間爬起。我續向着毛驢莊趕去。

「我看見毛驢莊時，月已西斜，村口小橋頭守兵提着燈籠，我度臆由橋入已不可能。這村莊四面受一溪流圈圍，捨橋入，祇有泅水過去。但我不黯水性。記起村右有一處水淺可涉，我向村右前去。

「尋到渡處，我脫袚下衣服。空中一顆大星正閃着青光，地面浩結着一片嚴霜。我赤身的抵忍着寒氣。我走入若冰的水流中，身體感覺火燒着一樣。我手舉高衣帽，向深處漸深入。水沒過我腹部，沒過我胸部，沒上我頸部。我方覺水較我記憶的高。這是春融季，我想起。我冥生溺斃的幻景。但我妻兒的面貌一閃，他們已離不遠，我鼓氣再向前移。水沒下我的頭，我脚似虛空不踩，我暗覺我完了。激切掙扎後，我脚又着地，頭又昇出，我已橫過最深處。未幾，我爬上岸，我終回到家鄉了。

「我入村後貼牆而走，怕撞見巡夜匪兵。祇見路上無人，斜月黯淡發光，若身莅死城中。我到了家面前，我正在一面小窗前，我強收着心中突騰的激動和歡悅，先在窗上輕叩二下，喊我女人的名字。我未聽見回答。我再輕叩數下，仍無回答，我想她熟睡了。我便走向前門，擬拉門鈴，但我到前門時怳然楞住：門洞開着，內陰暗空坦，無人居住。

「我卽往鄰居家敲門，數分鐘後，始有人應道：

「『誰？』

「『是我，查老二，艾老爹！』

「『誰？』

「『查家老二，您的隔壁。』

「未回答。後聞拔門聲。

「『進來，』他低聲令道，『你是小哨子查老二？』他望着我，他是個半瞎的老頭。

「『不錯，我女人孩子哪裡去了？』

「『小哨子，你先坐下。』

「『他們人在那裡？你快說！』

「『老實跟你說，他們已不在了。』

「『甚麼？』

「『你的女兒被強姦後遭槍殺了，你的兒子也遭致毒手，你的夫人自盡了。講起這段慘劇，我得當心勿讓悲哀呑失我的聲音。禍難生在三天前。一羣解放軍突破你家的大門，洗刼盡你家的箱櫃，然後將你女兒拖進後院中，強施暴行。你的夫人奔上哀求，祇有一個母親才會那樣卑屈的爲女兒哀求着，落跪在地上，但是他們不祇未聽，更飛拳痛毆她。你的夫人，她是一個勇敢的母親，不顧一切的危險，仍掙着上前要救她的女兒，在拳雨中被搥擊躺倒地上。你的兩位公子，啊，你實在應當爲他們驕傲，他們沒有辱沒你查家的家風，看到他們的母親和姐姐受辱，兩兄弟奔回屋裏，取出你留下家中的兩掛佩刀，飛衝上一個營救他們母親，一個營救姐姐。他們幼弱的臂力尚不能揮舞重刀，但他們勇敢的保衞他們的母親和姐姐，未好久，他們雙雙喪生在手槍轟擊下。你的女兒在遭汚辱後，復受又一難，解放軍要擄走她，俘她去軍中當妓女。你的女兒哀哭不從，他們揪住她的頭髮拖她去。你的女兒抵抗中咬噬了一個拖曳者的手，鮮血自那人手上滴出。那人狂怒，拔出手槍，對住她放射三槍。她隨着她的兄弟去了。你的夫人看見她三個兒女都橫屍地上，便斷了生意，回房懸樑自縊了。這就是令府門抄殺浴血的經過。我雖因眼力黯，未親見，但我的耳朵聽到全部的始末。另外尚有無數的人目擊到，因爲這殺戮就在大光天日的一天下午。噢，我倒覺得我的盲目是幸運的，否則怎樣能看入這一幕血劇。』

「終他說這殺案的經過，我將臉伏雙手中。

「『你可惜回來已不濟事，已經過遲了。你路上經許多兇險回來的嗎？』

「『許許多的險，許許多的路，』我說，我忽然像圍堤破裂一般厲聲慟哭起來。

「『節哀，老二，要節哀，』艾老爹道，繼而他不安起來，『老二，我聽見有人來了，我的耳朵聽得見，現在六丈外，現在五丈外——大概巡邏隊——他們向這裡來，他們跑步過來了——他們聽見你的聲音了！老二，你快噤聲！』

「我急噤抑住哭聲，我閉住氣將欲發的悲嘯壓回胸肺。

「『蓬蓬蓬！』擂門的巨聲，巡察隊已站門外。

「『你快逃，老二，從這扇後門出去。快些出村。』

「『蓬蓬蓬！』門外的人喊着：『開門！誰半夜三更在裡邊呼嚷？』

「我從後門速溜了出去。

「在黑沉空濶的原野中，我茫無目的的遊走着。我乘一輛草車，偸爬入乾草堆內，越過村門哨出村來。我失知覺的在荒野中不知遊走多久，末了我發覺我已歸返汾水邊。

「耽長而苦痛的黑夜過畢了，天地現出蒼白的晨光。汾水照常的流瀉，水聲嘩嘩。

「一小船自晨霧中浮出。牠依水流急下。我飄行無的，逢水，我的路到水止，逢船，我的路從船始。我舉手招船，船歇住，向我划來。

「船抵岸，我聽見一聲笑，繼聞：『坐我船過河的人，還將坐我船渡河一次，幸會，幸會，客人。』

「我方發覺牠就是昨夜的同一條船。

「『不要走，』他奪住我的臂膀，牽回我欲回岸的步子，『不能走，你欠我船資。你是我債務人。』

「『你無妨羈着我，祇怕我仍沒錢還你。』

「『那樣更好，愈欠得多愈好，』他說，咧開齒一笑。

「『我這生欠負已太多，』我自語說，望見船在水上已繞出一圓圈道痕。

「搖的櫓溢出咿啞纖聲。

「『江上看人眞有趣不過。客人許多同您一樣，過了河來，霎時又過回去，當初何用過來？這趟要我划你到那兒去啊？』

「『你不在乎有沒有船資了嗎？』

「『您怎麼知道我一定虧本？焉知我不會向你索別種償還？』他嚇嚇嗄笑着。

「『我不知道你要的甚麼償還，我也不知道是否我能還，不過我知道，無論何人，渡我過這趟河的，將來自必有報償。』

「『船到河心了，要去那兒？』

「『崇善寺，』我說。

「我此後餘生將歸宿於此寺，我在黎明時已作此決定。家已摧，國亦已破，南京在三日前已下，崇善寺是我最後投寄處。

「『去崇善寺做甚麼？』船伕問。

「『我去……看那邊！』我避開編造託詞的麻煩：兩具浮屍正從船前流過。

「『昨天戰場上淌下的，』他道。

「他們浮得更近船些，我看淸一具著八路軍制服，另一具著中央軍制服，相隔不上一碼的流着。未幾，兩具皆流出視界之外。

「『怎麼啦？不會講話？』他問。

「『甚麼？』

「『我問你話呵，要你回答呵，上崇善寺幹甚麼？』他說。

「『這是我欠你債的一部份，還是你索的另種償還就是這個？』

「『噘——霍霍霍！』他笑道，『脾氣和上次過河的時候一樣大，甚至還大。』

「這時他把船遊嬉一樣在水上兜着圈子，不向前走。

「『你剛纔從哪處兒來的呢？』他再問着。

「在不耐和狂怒之下，我幾乎叫道：『毛驢莊！』幸而我及時變換：

「『雁鳴村——我告訴你過的，你重問甚麼意思？』

「『沒甚麼，霍霍，沒有別的意思，』他喧笑着，『我問問，不過問問，因爲你不定又去了別個村莊，從別的村莊來，譬如毛驢莊。』

「『你認爲我從毛驢莊來的，是不是？』

「『哦哦，我幾時這麼說了？』他繼瞇笑道：『我都忘了問候貴宅——雁鳴村的貴宅。您大嫂，您少爺，您姑娘，他們一定早在候等着你回來，見你來了，該都歡樂萬份的歡迎你罷？砲火連天，怎想到老胡瓜居然回來了？你和他們該暢及天倫重聚之樂了罷？祇是怎麼你又一個人出來？你的家呢？你樂樂融融的一家人呢？』

「『你這樣的樂追好究，』我切齒答道，『我就告訴你聽，他們都被殺了！』

「他張開嘴望我。

「他的臉忽去盡猾色，罩上稜肅表情。

「『對不住，對不住！』他輕道。

「他未曾再開口。船不復再旋圈，重向直的路去。

「天忽然飄起雪花來了。雪片密密降下，恍如茫茫的白雨。

「『罕有的事，』船伕這說話了，『都四月末了，還下雪。』

「兩岸的山丘與平原便蓋於一層白粉下。

「『停住，停住，你帶我哪裏去了？』我發現船和水同一流向。不知他在何時掉的頭。大約在旋圈之後。

「他停下船，並把櫓收了進來。

「『您到了，這裡就是崇善寺。』

「『哪裏？』我問，四顧的張望，不見任何寺影。

「『好，這裡不是。』

「『你說甚麼？』

「『這裏不是，老總，』他重露顯他舊有的狡黠笑容。

「我手立穿入衣內，執住槍把。

「『查旅長，』他笑喚。

「『你是誰？怎認識我？』我撥開了保險。

「『我是你十六年前的老部下，您早把我忘了。十六年前，你命令我排長揮我六十軍棍，將我從班長降做下士，當夜我就懷怒潛逃了。我如今是個船伕，眞全托您的福。若當年我未受懲，今天我至少也達少中校了。全托你的福！不過我也不必妒嫉你，你現在也不是旅長，你現在是甚麼？你現在是農夫！』——他笑着——『你知道？我早認破你了，昨晚我給你點煙。你偷偷藏藏的有趣極了，使我要逗你玩玩，拿你笑一笑。胡鬧算過了，你不用再擔心了，哈哈哈。蠻有趣，是不是？』他哈哈笑着，『……你見這裏不是崇善寺，是因崇善寺叫匪兵覇據了。如今佛門已經成了臨時大監獄。你若往那兒，無殆自投虎口。故我未划你去。出家不是辦法，現在也做不到，查旅長，』他側着眼，暗示他猜透我此行來意。

「『你從那裏知道崇善寺教佔奪的？』

「『昨天傍晚，一個小和尚趁我船過河。他新自崇善寺逃出來。寺中和尚先逃走了，方丈留他看寺，因他年紀小，想八路不會折磨他。八路來時，小和尚伏藏屋簷上。他瞥見院中羅列的槍砲，他寒悚起來，他越看越懼怕，終於他拋卻方丈的嚴訓，棄寺逃掉了。他告訴我崇善寺的變易。還有這張紙也應算證明，唸看！』他展向我一大張告示。

「我接來，讀道：

「『告太原解放區人民書

太原市的父老兄弟姊妹們：中國人民解放軍已成功地解放太原市，現市內行政治安統由人民解放軍晉區司令部管理。玆頒佈戒嚴命令如左，希我市民嚴格遵守：

一、國特份子一律就地處決，窩藏及知而不報者亦處死刑。

二、各戶戶長於四月廿六日正午十二時前向所住街坊登記站申報全戶人口，動產不動產數量，收藏書籍之名稱，及火器刀劍等（三吋以上之刀概需登記）。

三、機關、學校及寺院之建築統交解放軍住用。

四、和尚尼姑統於四月廿六日正午十二時前赴保安處登記，並於登記時宣誓還俗……』

「我將紙送歸，睇望水面，輕聲道：

「『那麼沒有一家僧院存在了？』

「『查師道，你的末日到了！』他忽然的躍起，手中高舉着木櫓要自天劈下——我暗叫：『匪特！』，立從衣中抽出手槍，但這時船大搖擺，我搶抓船舷以免落水，手槍因而拋出船外，掉沉水中。

「他高舉的櫓並未擊下。我明白了他以足踩搖船，我想櫓木下一秒卽劈下，下一秒。

「『哈哈哈哈！』他大笑，把櫓木丟到脚前，『好好好，你清醒了罷？你不再想自殺了罷？

你想投水，是不是？』

「『他知道！』我驚說，『但這是怎麼一回事？』

「『我敎你看出自殺不是你眞的願望。求生才是你眞的願望。瞧你抽槍多快！你莫讓一時的悲哀欺騙了你，你該照你眞願望的指示活下去。你應該想，用你的餘生在反共復仇大務上。這裡一帶兵少，你若由這裡上岸，進入那柳林，直向西去，半天的光景可達陝東中央區。由陝東你可飛往臺灣。海外一島，經之業之，庶幾將來可興舊邦。一時失敗不足介，十年廿年後仍可捲土重來。您就這處登岸罷！』

「我深受他的話所動。

「『那麼你呢？』我忽問他。

「『反共的力量不僅得之海外，大陸的內部也需要。咱們不久遠又會見面的。祇是莫等太久了，十年十五年就回來。去罷！』

「我上了岸，望着船飄然離去。

「我忽對口圈着手道：

「『喂——！船老大——！忘了請敎你的大名——！』

「『患難中人——無姓名——！』他呼回。

「在雪花旋飛中，他撑着長竿，曲蹲着膝，逆游向上游撐去。

「這就是我逃來臺灣的故事。」

# 五

「我們聽最後一個故事。段參謀，該你來說了，」老者呷口酒道。

白髮如霜的段參謀，展着他常持不變的微笑，望着老者。自開始至今，他一直未說過話，但卻從未停止過笑。過數秒鐘，他站起身，微笑的向着大家，然後坐下，頷首微笑着。

「老長官！」魯團長從對座輕喚，一根食指指一指太陽穴。

「他在共匪獄中住過三年，」姜師長在老者耳邊補充道。

段參謀點頭微笑着。

# 六

四個故事既已說完，席間的氣氛與敍說時不同了，現在重回到起初的歡樂和舒暢。肥胖的關師長，亮着他那光滑的雙頰，正閉闔着眼簾剔扒他的牙齒，臉上展露着滿意歡樂的笑容。那就像個人在挖耳朶時所見的笑態。魯團長的面孔更發紅了，酒的薰熖，現正點了根煙吃，左手持煙。秦團長卻得出相反效果，他臉愈喝愈青，現他正催堂倌再打酒來。獨查旅長稍有不同，雙目前視，像在眺望遠方。段參謀在一邊啣笑觀視他們。

仇旅長和封團長站在老者前：

「老長官，」他們齊呼，「敬您一杯！」

田師長牽着老者的臂說：「爹，少喝點兒，您的血壓。」

姜師長望了一下桌面，輕輕問堂倌：

「喂，還有菜沒有？」

「沒了。」

「沒了？」

「我們抗日公署裏還有好些同仁，我都失掉了聯絡，現在正好問一問大家，一定有人曉得一些，譬如劉方會，誰知道他的下落？」老者問。

「他已犧牲了，徐蚌會戰時殉難的，」關師長答。

「還有馬君謀，第三區隊的隊長，他呢？」

「他在臺灣，現在就在豐原。他自從到臺灣後，就墮陷在酒色中，目下他姘了一個本省女人，他無正業，靠賭博爲生。我上週寫過封信給他，告訴他爲老長官做壽的事，他沒回我信，」姜師長說。

老者搖動着頭，後又問：

「還有第二區隊的隊長，唐壯海，他怎樣了呢？」

「唐壯海撤退時也到了臺灣，他隨身帶過來一點黃金。來臺後，他用這黃金跟一批上海商人做生意，人有旦夕禍福，他被這批商人聯合謀殺了。」

「五年以前，這案子在南部相當轟動，」魯團長說。

「那個當初最年輕的，勳章獲的也最多的，公孫亭林，他現在呢？」老者問

「公孫亭林十年前住過臺灣，」魯團長答。

「以後去那裡？」

「到敵後去了。」

「他不愧是個肝膽軍人，」老者微笑。

「他依舊是個年輕的，」關師長說。

仇旅長附在封團長耳邊說話。

「哈哈，」老者愉快地指着他們，「不用告訴我，我知道你們說甚麼。飯後一桌麻將，是罷？」

「報告長官，」仇旅長說，「我上月從一位臺北情報局朋友聽來的消息，公孫亭林已經犧牲了。」

「是嗎？」片晌後，老者答。

「死對他十分合適，」關師長說。

「我也想聽聽諸位現在在臺灣的情形，譬如你們現在，行伍退下了，都改做些甚麼？你先說說，關師長。」

「唉，老長官，」關師長笑道，「糊口飯吃的小生意，不堪一談。我和魯團長合夥在火車站開了一家豆漿攤，早上做上學學生們的生意。我們就兩個人做，我推磨磨豆漿，魯團長坐在鍋前炸油條。最近火車提前，我們清晨四點多就起床。工作雖然累，但並不難。」

老者頷首，繼問：

「查旅長，你呢？」

「我來臺灣後一直賴養鷄爲生，現在我養了三百多頭來亨鷄，一百多頭的洛島紅。今年我試着又養了一圈猪。明年，除養鷄飼猪之外，我想種一畝菊花。我若是栽下一千株，秋天時一田便會有數千朶花。一朶花現在貴值一元。這條路有可爲。」

老者頷首，繼問：

「秦團長，你呢？」

秦團長瞥望堂倌張德功，結結巴巴說道：

「我……我……不要提罷……」

「這有甚麼難爲情，」關師長說，望着張德功，「只要是淸淸白白，靠勞力營生的工作，都是光榮可貴，見得了人的。凡職業都是一律平等，沒有高下尊賤之別的。你那職業一樣的淸白，有甚麼不能告訴老長官的？」

「我幫他說，」魯團長道，「他給一個美國牧師的敎會看門——這有甚麼說不出來的！」

「看門也是正當事呵，」老者說，「爲啥難爲情？」

「看門好，老秦賺美金，」魯團長說。

秦團長以肘怒撞之。

「美金給你吃！」秦團長說，「一月三百，臺幣！」

「不錯了，你衣食住都是美國牧師代你出，」魯團長說。

「段參謀他怎樣呢？也有工作嗎？」老者低問關師長。

「他沒工作，也不能做。」

「他怎麼辦？」

「靠榮民津貼，有時大家捐一點。」

「他的需要也很少，」封團長說。

其他的人老者已知道，乃問到此，房中久坐，吐息炎熱，老者命堂倌把門簾掀開。

室中的光線較前輝亮，堂倌查覺到他們的後頸上都已生有白鬃。衆人的背，除田師長外，都跟老者一樣，弓狀拱着。姜師長正伸箸挾一粒腰豆，豆子滑落，他再拾挾，但數度均滑落。他便放下板筷，擬用手拾，伸手時一條筷子被掽下桌。姜師長慢慢地彎下腰，但手未夠到，嘆着息直起身來，而後再彎下腰，而仍未夠到。張德功上前爲他拾了起。

本是喧鬧的廂室，這時忽然靜下，他們詫訝的相望着，數秒的時間，窗外熱帶的蟬知了知了的響着。關師長忽然，像小學生在敎室裏相似的靜寂後一樣，撮一個又亮又高的尖嘴哨道：

「喲嗬——！」

「喲嗬——！喲嗬——！」餘人也附聲歡呼，像小學生一樣，「爲甚麼不說話？都不說話？哈哈哈，哈哈哈。」

「沒人說話，太安靜，我們請關師長出來唱隻歌兒，」查旅長笑道。

「我看請查旅長唱隻歌兒，」關師長說。

「關師長！關師長！」大家拍掌。

關師長便用他那高細的喉音唱道：

「你的父去投軍無音信。

全仗你打雁養娘親，
把弓帶魚鏢與兒帶走，
不等日落你要早回程
……………………
吾兒此去多歡欣，
不枉我撫養十七春，
撩衣且把寒窰進，
兒行半日娘擔心……」

「好！……好！……」

張德功眼裏盈滿了淚水，這是「汾河灣」，秦地舊腔，他想到門外去揩眼淚，但他只踏了一步，便停住。

一個着白色綢布長衫的男子，手提一鳥籠，出現門口。

「四爺，您今天怎麼晚啦？」門外一人在說。

「是啊！」這人笑對那看不見的人說，「我蹓完鳥後，到妙般堂去跟弘一和尚走了盤棋，後來又煮了一壺茶，這所以晚了。」

他鳥籠裏的金絲雀發出一陣迸星四射的歌聲——這人從門前閃過了。

張德功望着衆人，衆人也互睇着。他們彷彿從亮處進入暗室一樣，霎着眼睛。

「那人是誰？」封團長輕輕問堂倌。

「不知道，從來沒見過，」張德功說，「大概新客人。」

廂中又闐攘如前，秦團長上來約魯團長鬪酒令，魯團長亦不示弱，便請姜師長來做裁判。魯團長出左手跟秦團長拉手。

「一二三，全福壽啊，全福壽！」

「兩相好哦，兩相好！」

「八仙過海啊，八仙過海！」……

廂中更熱了，有的人將香港衫解拉下，揮着手帕扇涼。秦團長和魯團長鬪得熱了，自立也脫下港衫。魯團長穿的是一件破孔千數的紗汗衣，活像一張魚網一樣。秦團長脫下後，連汗衣都沒有，光光的裸袒着身。

數小時的談話，以及炎熱，酒，和食物，使老者打起瞌盹來。他先猶睜張重瞼，但不覺間徐然搭下，他的頭垂向胸前。有時他驀間震起，而終又垂首續盹。

一個身穿骯髒舊陰丹士林長衫的男人站在門口，他面容憔悴黧黑，手拿一封香燭。

「馬君謀！」姜師長叫道。

老者睜醒。

「我以為你不來了！」姜師長說。

那人行近老者前，說道：

「老長官……好些年了……我來晚：給您拜壽，」他聲音弱得幾聽不到。

「請坐，馬君謀，」老者說，「張德功，拿張板櫈來。」

馬君謀坐下後，並不說話，只將那壽禮置在桌上。

老者帶同情的望下他，笑道：

「外邊太陽熱嘅？」

馬君謀微微區身，算作回答。

老者不意又作盹下去。髣髴間，他聽見田師長說：

「爸爸睡了……他沒午睡……我看該回去了……」

「……我下樓……電話……讓劉司機來，」姜師長的聲音。

髣髴有人下樓去了，老者覺得。一會兒，另外一人髣髴也離座動身。

「爸爸，」有隻手搖他肩。

「嗯？」老者說。

「馬隊長要走了。」

「老長官——我有點事。」

「再會，馬隊長，謝謝你呀，」老者和他握手，喉間的昇痰網住他的聲音，而眼裏水光閃閃，盈滿疲倦的淚。

馬君謀走後，老者重溫入瞌盹中。他頤支在兩短膀上。他逐漸迷糊，記不出現身在甚麼地方了。在龍天樓，他記了起。但剛才衆人都說過甚麼話，他都模糊不憶了。他強迫記着，他們說過甚麼？他們說過甚麼？

「爺爺！」一聲天眞的呼喚，一個整潔可愛的小男孩站立前面。

「小安安！啊——你怎麼？——你跟誰來的？」

「劉司機哥哥帶我來的，」小孩愉快響聲的笑着。

「這是我最小的孫子，」老者咧嘴笑對大夥說。

「啊，來，來，你今年幾歲了啊，小寶寶？」關師長彎身下問。

「他六歲了，」老者回答。

「他多好看，你看他一雙亮眼睛。」

「爺爺。」小孩說，「我們回家，我們回家去。」

「是的，是的，一會兒就回去。」

「他上學嗎？」

「我在信心小學一年級，」孩子說。

「哦，信心小學，一年級，好呀！」關師長說，「你將來長大以後要做甚麼呢？」

這男孩端正立直，舉手敬一個軍禮。

「他要跟他爹爹和爺爺一樣，也當軍人，哈哈，」老者大笑。

「小無賴，」田師長說。

衆人已穿上衣，有人正在戴遮陽草帽。老者也站起來，牽着小安安的手。

「謝謝大家，謝謝大家，」老者說。

「那裏的話，那裏的話，」他們說，已開始離席啓行。

這時堂倌張德功搶步跑至秦團長後邊，彎腰道：

「秦團長，廝煩您，勞駕問您一件事。您可知道李潛端的下落，潛，陶潛的潛，端，端正的端，青城縣人。他從前是我的班長，他待我非常之好。我非常希望能找着他。」

「李潛端？對了，對了，」秦團長說，「他就在臺北，我不但知道，我還有他的地址，不過不在身上——你給我個地址，我回頭寫信給你。」

「他在臺北呀？」張德功喜出望外的呼道，他露出了全部的牙齦，「太多謝，太多謝了，我這就寫出地址，」他掏摸出筆紙來，立寫成交給秦團長。

他們出廂了，大夥人行在走廊上，張德功跟着，候在門外的劉司機也在後隨上。他們走畢了廊，進入藍桌布客廳。廳內懸着總理遺像，兩幅大國旗，以及「故舊天涯三杯酒，遠地望鄉第一樓」的對聯。出了大廳，他們便扶梯直下，一級接一級的步下。他們不久在大門口出來，站立在「龍天樓」牌匾下。

老者發現仇旅長，封團長和段參謀跟他同路，便堅邀他們同他一塊上車。

「一點不擠，沒問題，定坐得下，」老者說，他們便依請爬上車。

「再會，老長官，再會，再會……」餘人在車外揮招着手。

車子向路的一頭開了去。

餘下的人，望着車走後，一共秦團長，關師長，查旅長，魯團長，頭均戴草帽，向另一方放步踏去。

張德功在龍天樓前左一面揚着手，右一面揚着手，而後佇立眺望了一小會兒，也就回龍天樓去。

片刻功夫，太陽垂到龍天樓的背後，整座樓落進暗影中。

一九六四年五月——一九六五年十一月

Iowa City, Washington, D. C., 臺北

洪範文學叢書㊽
十五篇小說
著　者：王文興
出版者：洪範書店有限公司
臺北市廈門街一一三巷一七－一號二樓
電話　(〇二)二三六五七五七七
傳眞　(〇二)二三六八三〇〇一
郵撥　〇一〇七四〇二－〇
行政院新聞局局版臺業字第一四二五號
法律顧問：陳長文　蕭雄淋
初　版：一九七九年九月
九　印：二〇〇六年二月
定價二六〇元
(缺頁破損裝訂錯誤請寄回調換)

ISBN 957-9525-65-X

國家圖書館出版品預行編目資料

十五篇小說／王文興著. --初版. --臺北市：
洪範，民 68
面；　公分. --(洪範文學叢書；48)

ISBN 957-9525-65-X(平裝)

857.63　　81005600